# 诗歌百年经典

## (1917~2015)

李朝全／主编

中央编译出版社
Central Compilation & Translation Press

**图书在版编目 (CIP) 数据**

诗歌百年经典（1917～2015） ／ 李朝全主编 .
—北京：中央编译出版社，2016.1（2023.10重印）
ISBN 978-7-5117-2813-5

I. ①诗… II. ①李… III. ①诗集－中国－现代 ②诗集－中国－当代
IV. ① I226

中国版本图书馆 CIP 数据核字 (2015) 第 256944 号

诗歌百年经典（1917～2015）

**责任编辑：**曲建文
**责任印制：**李　颖
**出版发行：**中央编译出版社
地　　址　北京市海淀区北四环西路69号（100080）
电　　话　（010）55627391（总编室）　　　（010）55627310（编辑室）
　　　　　（010）55627320（发行部）　　　（010）55627377（新技术部）
经　　销　全国新华书店
印　　刷　佳兴达印刷（天津）有限公司
开　　本　880 毫米 ×1230 毫米　1/32
字　　数　449 千字
印　　张　14
版　　次　2016 年 1 月第 1 版
印　　次　2023 年 10 月第 6 次印刷
定　　价　48.00 元

**新浪微博：**@中央编译出版社　　　　**微　　信：**中央编译出版社（ID：cctphome）
**淘宝店铺：**中央编译出版社直销店（http://shop108367160.taobao.com）　（010）55627331

**本社常年法律顾问：**北京市吴栾赵阎律师事务所律师　　闫军　　梁勤
凡有印装质量问题，本社负责调换，电话：（010）55626985

# 编者的话

## 选编一部经得起读者检验的经典

由长年从事文学研究和编辑的专业读者来选编一部文学选本，其本意在于甄别良莠优劣，评判经典，留取精华，提供给读者一个可信、可读、有益的作品精选，方便读者的阅读。

从 1917 年新文化运动以来诞生的中国新文学，迄今已有近百年历史。这一百年间，发表的作品犹如大海浩瀚。普通读者乃至从事文学研究的专业人士，穷其一生，也无法读尽如此众多的作品。特别是 1976 年以后，文学创作生产力得到了根本的解放，各种作品铺天盖地。因此，选编一部比较可靠的文学选本，分析评介作品的优异之处，帮助读者从茫茫书海中找寻一叶舟楫，是一件很有意义的事情。

基于这样的考虑——让读者用最少的时间，读到最值得阅读的作品，我乐意做这样的选编者。事实上，自 1993 年踏入中国现当代文学研究的大门开始，我就开始选编各种文学选本：《现代诗歌名篇导读》《青年必知名家散文精选》《孙犁作品精编》《年度中国最佳大学生作品选》《年度中国最佳报告文学》《21 世纪最佳纪实文学》……二十余年间，选编的作品集已有数十种约两千万字。选编的书多了，我也时常提醒自己，要保持自己独立的判断，不人云亦云鹦鹉学舌，而坚持自己对作品的综合判断和评价。

在我看来，评价文学作品的标准尽管难免受主观因素的极大影响，但也存在着某些相对客观的标准。首先是感人。故事情节、人物命运能打动人，引起读者共鸣，或感慨万千扼腕叹息，或潸然泪下暗自神伤，或长吁短叹怅惘若失。其次是生动传神。人物的语言、性格活灵活现，情景如在眼前，情节细节丰富独特，心理描写真实可信。让读者觉得作者所写的仿佛就是自己或者身边人的生活、命运，让人容易有感同身受的体验。三是思想深刻、内涵丰厚。可以作深奥的哲思，可以尽情抒发泼洒，无论谈自然、宇宙、生物、人类，万事万物，都能带给人启发和启示，令人在掩卷之后有所思，有所感，有所得，有所获。四是文采飞扬，语言活泼有张力。文学是语言的艺术。经典作品需要有曼妙流转、妙不可言的语言作为装点和支撑。优美的语言，犹如一道铺满鲜花的小径，能够引领人曲径通幽，去见识别有洞天，或豁然开朗，领略到险峰之上的无限风光。语言可以或活泼、鲜活，或幽默、诙谐，可以低头浅吟，亦可引首高歌，可以寂寥独语，可以高谈阔论如入无人之境。语言是工具，是技巧，作品借助语言来牵引读者，令读者欲罢不能，爱难释手。五是时间和读者的检验。经典的作品一定可以穿越时空和历史，在数十年乃至数百上千年之后，依旧亲近读者，依旧被读者所拥抱和喜爱。《诗经》《文选》《古文观止》《唐诗三百首》……这些关于经典选本，就是这样的榜样。好作品是有生命力的，是长脚长翅膀的，它会长久地存活下去，会不断地走进读者的视野，飞进千万人的心里。

现代文学是从白话诗和短篇小说开始发轫的。胡适的《蝴蝶》以及《尝试集》通常被认为是最早的白话诗和白话诗集。1915 年开启的新文化运动，造就了现代文学的第一次喷发。其中，白话诗的成就尤其引人注目。从草创时期诗作的稚嫩简单、明了易懂起步，新诗迅速崛起，并很快取代了旧体诗词而成为占主导地位的诗歌样式。随后，创造社、太阳社、新月派、无产阶级诗歌、象征派、湖畔派以至汉园三诗人、十四行诗、七月派、九叶派、中国诗歌会等诗歌团体及流派风起云涌，叱咤风云。在十四年抗战时期，诗歌更是坚定与祖国和人民站在一起，坚定地为民族存亡呼号呐喊。建国后，马雅可夫斯基阶梯式诗歌大行其道。诗歌更多地赞颂现实的幸福生活，赞美新生的国家。政治抒情诗成就突出。少数民族诗人不断涌现，致力于撰写爱国主义、民族团结、赞美母亲和家乡等主题的诗作。"文革"十年，工人诗歌和农民诗歌备受推崇，出现过鼓动全民参与的诗歌运动。1976 年为纪念周恩来总理而发起的"四五"运动中出现的"天安门诗抄"使诗歌更多更广地进入了大众生活。新时期伊始，朦胧诗和伤痕文学打开了读者新的思想空间及审美世界，诗歌在引导人们审视与反思历史方面作用颇大。文学积极加入新启蒙思想解放的大潮，并在相当长一段时间里占据了文化和思想的制高点，文学和作家的轰动效应频仍。当下最活跃的、成就最显著的一批诗人和作家几乎都是在七十年代末至八十年代登上文坛的。继朦胧诗之后，又有了所谓的后朦胧诗、第三代诗人，既有 1986 年诗歌大展呈现的风云流派，各领风骚没两年，有汶川大地震激发的"地震诗潮"，有草根诗人的写作，新的工人诗歌、农民诗歌，也有一时甚嚣尘上为媒体所反复炒作的"下半身写作"、口水诗、羊羔体等。诗歌领域出现了越写越晦涩难懂和越写越口语化两大倾向。诗歌人口相当庞大。旧体诗词重受推崇，网络诗歌引人关注。诗歌阅读和普及再次进入大众视野。

一百年，一个人一生；一百年，弹指一挥间。伴随新文化运动兴起的中国新诗即将迎来百年历史。检视百年诗歌，多少风云际会，多少风流雅事，已随烟云同去。然而，诗人们曾经的美丽遐想、斑斓联想与深刻思索，却已深嵌进他们所创造的优美诗作而留存下来，作为一个个诗人人生与思想的印记，作为一个时代文学的影像与见证，它们或许还将长期留存下去。文学历史的长河浩浩荡荡，大浪淘沙，最终会把那些珍珠和金子遗留下来，积淀下来。中国新文学经历上百年的风雨沧桑，也已经到了沉淀和甄选经典之期。

作为选编者，我尽量本着客观冷静平和的心态，参考借鉴诸多选家和文学史家们对大量文学作品的判断与评价，尽量尊重专业读者群体淘选出来的各种经典或精品；然而，必须承认的一个事实是，无论是哪位专业读者或文学史家的选本，都不可避免地会打上选编者个人思想、阅历、艺术及审美观点、人文品格的烙印。从这个层面上说，无论是哪一种选本，都只能是"我"的选本，而所谓经典，也终究只可能是一个人眼中的经典。

现在，我已经完成了这样一个经典选本，就像厨师完成了一道菜肴，奉于食客面前，是否可口、美味，就听由读者诸君的评判了。为了帮助读者更好地读解和欣赏，编者在每篇作品的后面都撰写了简短的评析文字，指明选取的理由和作品的高明之处，同时分析作品的思想、艺术特色及社会影响。相信这个选本，不会让读者失望。

2015 年春于北京

# 目 录

| 胡 适 | 蝴蝶 | 001 |
| 沈尹默 | 月夜 | 002 |
| | 人力车夫 | 002 |
| 鲁 迅 | 自嘲 | 004 |
| | 人与时 | 004 |
| 郭沫若 | 天狗 | 006 |
| | 炉中煤——眷念祖国的情绪 | 007 |
| | 凤凰涅槃 | 009 |
| 刘半农 | 教我如何不想她 | 020 |
| | 相隔一层纸 | 021 |
| 冰 心 | 繁星（节选） | 023 |
| | 春水（节选） | 024 |
| 汪静之 | 蕙的风 | 026 |
| | 伊底眼 | 027 |
| 闻一多 | 死水 | 029 |
| | 发现 | 030 |
| | 七子之歌 | 031 |
| | 太阳吟 | 034 |
| | 一句话 | 036 |

| 朱 湘 | 采莲曲 | 038 |
|---|---|---|
| 康白情 | 草儿在前 | 041 |
| 徐志摩 | 再别康桥 | 043 |
| | 沙扬娜拉——赠日本女郎 | 045 |
| | 偶然 | 045 |
| | 雪花的快乐 | 046 |
| 蒋光慈 | 哀中国 | 048 |
| 殷 夫 | 血字 | 051 |
| 戴望舒 | 雨巷 | 053 |
| | 寻梦者 | 055 |
| | 我用残损的手掌 | 056 |
| | 我的记忆 | 058 |
| 林 庚 | 春天的心 | 060 |
| 冯 至 | 蛇 | 062 |
| | 我是一条小河 | 063 |
| | 什么能从我们身上脱落 | 064 |
| | 十四行诗 我们准备着深深地领受 | 065 |
| 李金发 | 弃妇 | 067 |
| | 在淡死的灰里…… | 068 |
| 何其芳 | 预言 | 070 |
| 臧克家 | 难民 | 072 |
| | 烙印 | 073 |
| | 老马 | 074 |
| | 有的人——纪念鲁迅有感 | 075 |

艾　青　大堰河——我的保姆　078

雪落在中国的土地上　082

我爱这土地　086

乞丐　087

礁石　088

古罗马的大斗技场　089

卞之琳　断章　097

鱼化石　098

白螺壳　098

李广田　地之子　101

田　间　假使我们不去打仗　103

义勇军　104

光未然　黄河颂（《黄河大合唱》之二）105

穆木天　落花　108

郑　敏　金黄的稻束　110

渴望：一只雄狮　111

绿　原　诗人　113

中国的风筝　114

鲁　藜　泥土　116

穆　旦　赞美　117

野兽　120

诗八首　121

阿　垅　纤夫　125

袁水拍　发票贴在印花上　131

毛泽东　沁园春·雪　134

忆秦娥·娄山关　135

胡　风　为祖国而歌　136

时间开始了　138

王　莘　歌唱祖国　154

闻　捷　苹果树下　156

郭小川　望星空　158

青纱帐——甘蔗林　167

向困难进军（节选）

——再致青年公民　169

贺敬之　桂林山水歌　176

李　季　我站在祁连山顶　180

乔　羽　让我们荡起双桨　182

邵燕祥　中国的道路呼唤着汽车　184

铁依甫江·艾里耶夫

祖国　187

饶阶巴桑　母亲　190

流沙河　草木篇　192

就是那一只蟋蟀　193

巴·布林贝赫

故乡的风　197

曾　卓　悬崖边的树　199

有赠　200

蔡其矫　祈求　203

川江号子 204

雾中汉水 205

食 指 相信未来 207

热爱生命 209

这是四点零八分的北京 210

牛 汉 华南虎 213

悼念一棵枫树 215

鹰的诞生 218

王立山 天安门诗抄·扬眉剑出鞘 222

北 岛 回答 223

宣告——献给遇罗克 225

舒 婷 致橡树 226

祖国呵，我亲爱的祖国 228

双桅船 229

韩 瀚 重量 231

昌 耀 一百头雄牛 232

凶年逸稿 在饥馑的年代 233

公 刘 哎，大森林！

——刻在烈士饮恨的洼地上 239

梁小斌 中国，我的钥匙丢了 241

雷抒雁 小草在唱歌

——悼女共产党员张志新烈士 244

顾 城 一代人 252

生命幻想曲 252

|  | 远和近 | 255 |

骆耕野　不满　257

傅天琳　母爱　262

　　　　七层塔顶的黄桷树　263

汪国真　热爱生命　265

杨　炼　诺日朗　267

欧阳江河　汉英之间　273

　　　　玻璃工厂　276

崔　健　一无所有　280

杨　牧　我是青年　282

西　川　一个人老了　286

　　　　在哈尔盖仰望星空　288

芒　克　阳光中的向日葵　289

李亚伟　中文系　291

海　子　面朝大海，春暖花开　295

　　　　亚洲铜　296

　　　　麦地　297

　　　　祖国（或以梦为马）　300

林　莽　雪一直没有飘下来　302

柏　桦　惟有旧日子带给我们幸福　304

韩　东　有关大雁塔　307

　　　　你见过大海　308

王家新　帕斯捷尔纳克　310

骆一禾　青草　313

晓　光　在希望的田野上　　315

叶延滨　干妈——陕北记事之一　317

伊　蕾　黄果树大瀑布　　322

多　多　北方的海　　324

　　　　致太阳　　326

　　　　阿姆斯特丹的河流　　327

于　坚　○档案（节选）　　329

吉狄马加　自画像　　342

　　　　嘉那嘛呢石上的星空　344

李少君　那些消失了的人　349

刘立云　给儿子的遗书　　351

　　　　烤蓝　　353

王久辛　狂雪——为被日寇屠杀的

　　　　30 多万南京军民招魂　356

韩作荣　自画像　　374

雷平阳　光辉　　376

史铁生　永在　　377

张　枣　镜中　　379

巴音博罗　鲜花不能对抗子弹　380

翟永明　独白　　382

格　式　我爱的人变成了灰　384

高　凯　村小：生字课　385

大　解　百年之后——致妻　387

尹丽川　妈妈　　389

叶　浪　我有一个强大的祖国

　　　　——5月14日作于成都市

　　　　　抗灾救灾指挥部　　　391

苏善生　孩子，快抓紧妈妈的手　　394

俾伍拉且　故乡的太阳和月亮　　396

伊　甸　阳光总是走得很慢　　398

于右任　国殇　　　400

余光中　乡愁　　　402

　　　　春天，遂想起　　403

　　　　白玉苦瓜——故宫博物院所藏　405

罗　门　麦坚利堡　　408

　　　　遥望故乡　　410

洛　夫　边界望乡　　412

痖　弦　红玉米　　415

郑愁予　错误　　417

纪　弦　狼之独步　　418

　　　　四十的狂徒　　419

席慕蓉　一棵开花的树　　422


附　录　历次诗歌获奖作品　　424

# 胡适（1891—1962）

　　原名嗣穈，字适之，安徽绩溪人。曾任北京大学校长等职。新文化运动的领袖之一，是第一位提倡白话文、新诗的学者。著有《白话文学史》《胡适文存》《尝试集》《中国哲学史大纲》等。

## 蝴　蝶

两个黄蝴蝶，双双飞上天。

剩下那一个，孤单怪可怜；

不知为什么，一个忽飞还。

也无心上天，天上太孤单。

一九一六年八月二十三日

（选自《尝试集》，亚东图书馆 1920 年 3 月版）

点评

　　这是一首堪称中国最早的白话诗。白话诗而采用了旧体五言律诗的体例，基本上遵照了平仄押韵的规则，或许可谓是以旧瓶装新酒。它昭示了新诗的一个发展方向。这首诗描写了两只蝴蝶相依相伴的情景，生动形象如同画面。

## 沈尹默（1883—1971）

原名君默，祖籍浙江湖州人，生于陕西安康市汉阴县。学者、诗人、书法家、教育家。曾任北京大学教授和校长、中央文史馆副馆长等职。

## 月 夜

霜风呼呼地吹着，
月光明明地照着。
我和一株顶高的树并排立着，
却没有靠着。

**点评**

这首诗描绘了一幅月夜图景，凸显了画面中的霜风、月光、树和"我"等事物，动静结合，明暗对照，同时注意韵脚和节奏，表现了一种自由独立的精神。

## 人力车夫

日光淡淡，白云悠悠，风吹薄冰，河水不流。
出门去，雇人力车。街上行人，往来很多；车马纷纷，不知干些甚么？
人力车上人，个个穿棉衣，个个袖手坐，还觉风吹来，身上冷不过。
车夫单衣已破，他却汗珠儿颗颗往下堕。

（原载 1918 年 1 月 15 日《新青年》第 4 卷第 1 号）

**点评**

　　诗人采用了传统诗歌比兴的手法，借景抒情，在看似优美闲适的环境中，突出了坐车人与拉车人天壤之别的生存处境——一个无所事事享受生活却依旧不满现实，一个辛勤劳作却衣不蔽体。通过这样一幅反差鲜明的画面，对不公平的黑暗现实做出了有力的批判。诗歌句式整齐，文字简练而富于表现力。

# 鲁迅（1881—1936）

　　原名周樟寿，字豫才，后改名周树人。浙江绍兴人。中国现代文学的奠基人，中国翻译文学的开拓者。

## 自　嘲

　　　　运交华盖欲何求，未敢翻身已碰头。
　　　　破帽遮颜过闹市，漏船载酒泛中流。
　　　　横眉冷对千夫指，俯首甘为孺子牛。
　　　　躲进小楼成一统，管他冬夏与春秋。

**点评**

　　这是鲁迅先生的一首言志诗、明心诗，采用了七绝的形式，讲究合仄押韵。鲁迅用一种斩钉截铁决绝式的语言，表达了自己的心志：要冷眼面对那些专制独裁者，那些鱼肉百姓被千万人所指责的统治者，要用匕首和投枪与他们决战；同时，心甘情愿俯首低头做百姓的牛马，情愿吃的是草，流出来的是奶和血。

## 人与时

　　　　一人说，将来胜过现在。
　　　　一人说，现在远不及从前。
　　　　一人说，什么？

时道，你们都侮辱我的现在。

从前好的，自己回去。

将来好的，跟我前去。

这说什么的，

我不和你说什么。

**点评**

　　三个人关于时代或时间不同的回答，实质上反映出了三种对待今天——现实的态度。有的人怀旧、守旧而悲观，甘愿留在过去的"好时光"，这样的人，注定没有现在，更不会有未来。有的人则充满乐观，相信未来会更好，这些人只管埋头赶路，径直向前，未来是属于他们的。还有一种人，对时代和时间则备感困惑，手足无措，这样的人只配混混沌沌地活着。因此，这是一首内涵深刻的哲理诗，也体现了作者对于迂腐落后或颓废浑噩人生的批判，对于富于进取心的青年们的赞赏与激励。

# 郭沫若（1892—1978）

生于四川省乐山县。现代文学家、历史学家、新诗奠基人之一。著有《郭沫若全集》《甲骨文字研究》《中国史稿》等。

## 天　狗

我是一条天狗呀！
我把月来吞了，
我把日来吞了，
我把一切的星球来吞了，我把全宇宙来吞了。
我便是我了！

我是月的光，
我是日的光，
我是一切星球的光，
我是 X 光线的光，
我是全宇宙的 Energy 底总量！

我飞奔，
我狂叫，
我燃烧。
我如烈火一样地燃烧！
我如大海一样地狂叫！
我如电气一样地飞跑！
我飞跑，

我飞跑，

我飞跑，

我剥我的皮，

我食我的肉，

我吸我的血，

我啮我的心肝，

我在我神经上飞跑，

我在我脊髓上飞跑，

我在我脑筋上飞跑。


我便是我呀！

我的我要爆了！


**点评**

　　全诗激情飞扬，正是狂飙突进精神的外显。诗人以无比激扬豪迈的热情，刻画一种自由奔跑、跳跃、重生的生命。那只敢于吞噬日月的天狗正好代表了诗人内心蕴藏着的那只横冲直撞的野兽，那个自由不羁的精神和灵魂。这也是五四时代新文化运动的精神与魂魄——解放，启蒙，自由。诗歌节奏急促紧迫，具有很强的内在张力。


# 炉中煤
## ——眷念祖国的情绪


啊，我年青的女郎！

我不辜负你的殷勤，

你也不要辜负了我的思量。

我为我心爱的人儿

燃到了这般模样！

啊，我年青的女郎！
你该知道了我的前身？
你该不嫌我黑奴卤莽？
要我这黑奴底胸中，
才有火一样的心肠。

啊，我年青的女郎！
我想我的前身
原本是有用的栋梁，
我活埋在地底多年，
到今朝才得重见天光。

啊，我年青的女郎！
我自从重见天光，
我常常思念我的故乡，
我为我心爱的人儿
燃到了这般模样！

**点评**

　　诗人把自己比作煤炭，把祖国比作青年女郎、心爱的人，把对祖国的炽热之爱比作炉中熊熊燃烧的煤，为了祖国，他甘愿把自己燃烧殆尽。诗歌意象丰富，生动，跳跃，形象地表达了诗人的情感。旋律热烈，跃动，与情感的表达完全合拍，因此更加强化了情感的浓度和热度。

# 凤凰涅槃

天方国古有神鸟名"菲尼克司"（phoenix），满五百岁后，集香木自焚，复从死灰中更生，鲜美异常，不再死。

按此鸟殆即中国所谓凤凰：雄为凤，雌为凰。《孔演图》云："凤凰火精，生丹穴。"《广雅》云："凤凰……雄鸣曰即即，雌鸣曰足足。"

## 序　曲

除夕将近的空中，
飞来飞去的一对凤凰，
唱着哀哀的歌声飞去，
衔着枝枝的香木飞来，
飞来在丹穴山上。

山右有枯槁了的梧桐，
山左有消歇了的醴泉，
山前有浩茫茫的大海，
山后有阴莽莽的平原，
山上是寒风凛冽的冰天。

天色昏黄了，
香木集高了，
凤已飞倦了，
凰已飞倦了，
他们的死期将近了。

凤啄香木，
一星星的火点迸飞。
凰扇火星，
一缕缕的香烟上腾。

凤又啄，
凰又扇，
山上的香烟弥散，
山上的火光弥满。

夜色已深了，
香木已燃了，
凤已啄倦了，
凰已扇倦了，
他们的死期已近了！

啊啊！
哀哀的凤凰！
凤起舞，低昂！
凰唱歌，悲壮！
凤又舞，
凰又唱，
一群的凡鸟，
自天外飞来观葬。

## 凤　歌

即即！即即！即即！
即即！即即！即即！
茫茫的宇宙，冷酷如铁！

茫茫的宇宙，黑暗如漆！
茫茫的宇宙，腥秽如血！

宇宙呀，宇宙，
你为什么存在？
你自从哪儿来？
你坐在哪儿在？
你是个有限大的空球？
你是个无限大的整块？
你若是有限大的空球，
那拥抱着你的空间
他从哪儿来？
你的外边还有些什么存在？
你若是无限大的整块，
这被你拥抱着的空间
他从哪儿来？
你的当中为什么又有生命存在？
你到底还是个有生命的交流？
你到底还是个无生命的机械？
昂头我问天，
天徒矜高，莫有点儿知识。
低头我问地，
地已死了，莫有点儿呼吸。
伸头我问海，
海正扬声而鸣唈。

啊啊！
生在这样个阴秽的世界当中，
便是把金钢石的宝刀也会生锈！
宇宙啊，宇宙，

我要努力地把你诅咒：
你脓血污秽着的屠场呀！
你悲哀充塞着的囚牢呀！
你群鬼叫号着的坟墓呀！
你群魔跳梁着的地狱呀！
你到底为什么存在？


我们飞向西方，
西方同是一座屠场。
我们飞向东方，
东方同是一座囚牢。
我们飞向南方，
南方同是一座坟墓。
我们飞向北方，
北方同是一座地狱。
我们生在这样个世界当中，
只好学着海洋哀哭。


## 凰　歌


足足！足足！足足！
足足！足足！足足！
五百年来的眼泪倾泻如瀑。
五百年来的眼泪淋漓如烛。
流不尽的眼泪，
洗不净的污浊，
浇不熄的情炎，
荡不去的羞辱，
我们这缥缈的浮生
到底要向哪儿安宿？

啊啊！
我们这缥缈的浮生
好象那大海的孤舟。
左也是漂漫，
右也是漂漫，
前不见灯台，
后不见海岸，
帆已破，
樯已断，
楫已飘流，
柁已腐烂，
倦了的舟子只是在舟中呻唤，
怒了的海涛还是在海中泛滥。

啊啊！
我们这缥缈的浮生
好象这黑夜里的酣梦。
前也是睡眠，
后也是睡眠，
来得如飘风，
去得如轻烟，
来如风，
去如烟，
眠在后，
睡在前，
我们只是这睡眠当中的
一刹那的风烟。

啊啊！

有什么意思？

有什么意思？

痴！痴！痴！

只剩些悲哀，烦恼，寂寥，衰败，

环绕着我们活动着的死尸，

贯串着我们活动着的死尸。


啊啊！

我们年青时候的新鲜哪儿去了？

我们年青时候的甘美哪儿去了？

我们年青时候的光华哪儿去了？

我们年青时候的欢爱哪儿去了？

去了！去了！去了！

一切都已去了，

一切都要去了。

我们也要去了，

你们也要去了，

悲哀呀！烦恼呀！寂寥呀！衰败呀！


## 凤凰同歌

啊啊！

火光熊熊了。

香气蓬蓬了。

时期已到了。

死期已到了。

身外的一切！

身内的一切！

一切的一切！

请了！请了！

## 群鸟歌

岩鹰

  哈哈，凤凰！凤凰！

  你们枉为这禽中的灵长！

  你们死了吗？你们死了吗？

  从今后该我为空界的霸王！

孔雀

  哈哈，凤凰！凤凰！

  你们枉为这禽中的灵长！

  你们死了吗？你们死了吗？

  从今后请看我花翎上的威光！

鸱枭

  哈哈，凤凰！凤凰！

  你们枉为这禽中的灵长！

  你们死了吗？你们死了吗？

  哦！是哪儿来的鼠肉的馨香！

家鸽

  哈哈，凤凰！凤凰！

  你们枉为这禽中的灵长！

  你们死了吗？你们死了吗？

  从今后请看我们驯良百姓的安康！

鹦鹉

  哈哈，凤凰！凤凰！

  你们枉为这禽中的灵长！

  你们死了吗？你们死了吗？

  从今后请听我们雄辩家的主张！

白鹤

哈哈，凤凰！凤凰！

你们枉为这禽中的灵长！

你们死了吗？你们死了吗？

从今后请看我们高蹈派的徜徉！

## 凤凰更生歌

鸡鸣

昕潮涨了，

昕潮涨了，

死了的光明更生了。

春潮涨了，

春潮涨了，

死了的宇宙更生了。


生潮涨了，

生潮涨了，

死了的凤凰更生了。

凤凰和鸣

我们更生了。

我们更生了。

一切的一，更生了。

一的一切，更生了。

我们便是他，他们便是我。

我中也有你，你中也有我。

我便是你。

你便是我。

火便是凰。

凤便是火。

翱翔！翱翔！

欢唱！欢唱！


我们新鲜，我们净朗，

我们华美，我们芬芳，

一切的一，芬芳。

一的一切，芬芳。

芬芳便是你，芬芳便是我。

芬芳便是他，芬芳便是火。

火便是你。

火便是我。

火便是他。

火便是火。

翱翔！翱翔！

欢唱！欢唱！


我们热诚，我们挚爱。

我们欢乐，我们和谐。

一切的一，和谐。

一的一切，和谐。

和谐便是你，和谐便是我。

和谐便是他，和谐便是火。

火便是你。

火便是我。

火便是他。

火便是火。

翱翔！翱翔！

欢唱！欢唱！

我们生动，我们自由，

我们雄浑，我们悠久。

一切的一，悠久。

一的一切，悠久。

悠久便是你，悠久便是我。

悠久便是他，悠久便是火。

火便是你。

火便是我。

火便是他。

火便是火。

翱翔！翱翔！

欢唱！欢唱！


我们欢唱，我们翱翔。

我们翱翔，我们欢唱。

一切的一，常在欢唱。

一的一切，常在欢唱。

是你在欢唱？是我在欢唱？

是他在欢唱？是火在欢唱？

欢唱在欢唱！

欢唱在欢唱！

只有欢唱！

只有欢唱！

欢唱！

欢唱！

欢唱！

1920 年 1 月 20 日初稿

1928 年 1 月 3 日改削

**点评**

这首诗采用了类似西方歌剧的形式，全诗由独唱、双人合唱、群体大合唱等形式组成。旋律一瀑三叠，盘旋萦绕，歌咏性强。诗歌表达了对一个生命经历涅槃重生的向往和渴望，实质上寄寓着诗人对于一个个体、一个民族或国家经由涅槃重获新生的热烈期望。经过火的浴洗，陈腐的一切都会灰飞烟灭，从中诞生的必定是五彩缤纷的凤凰一样的新的事物。这首诗体现了诗人对于时代变革的热情呼唤。

# 刘半农（1891—1934）

　　江苏江阴人，原名寿彭，后名复，初字半侬，后改半农，晚号曲庵，中国新文化运动先驱之一，文学家、语言学家和教育家。作品有诗集《扬鞭集》《瓦釜集》《半农杂文》等。

## 教我如何不想她

天上飘着些微云，
地上吹着些微风。
啊！
微风吹动了我头发，
教我如何不想她？

月光恋爱着海洋，
海洋恋爱着月光。
啊！
这般蜜也似的银夜，
教我如何不想她？

水面落花慢慢流，
水底鱼儿慢慢游。
啊！
燕子你说些什么话？
教我如何不想她？

枯树在冷风里摇，

野火在暮色中烧。

啊！

西天还有些儿残霞，

教我如何不想她？

1920 年 9 月 4 日，伦敦

（选自《刘半农诗选》，人民文学出版社 1958 年版）

**点评**

　　本诗采用了传统的比兴手法，借景抒情，寓情于物。诗歌旋律幽婉，曲折有致。从微云、微风到月光、海洋，再到落花、游鱼、燕子、枯树、野火、残霞，种种事物，种种情景，无时无刻，无处不在，一唱三叹地凸显"她"始终都在我的想念之中。诗人借助这些典型性的情景，极写思念之深、之苦。由于这首诗的脍炙人口，以前通常都用"伊"来代指女性，从此便确定变更为"她"了。据说，"她"这个字便是由刘半农用这首诗创造出来并推广开去的。

## 相隔一层纸

屋子里扰着炉火，

老爷吩咐开窗买水果，

说："天气不冷火太热，

别任它烤坏了我。"

屋子外躺着一个叫化子，

咬紧了牙齿，对着北风呼"要死"！

可怜屋外与屋里，相隔只有一层薄纸！

（原载 1918 年 1 月 15 日《新青年》第 4 卷第 1 号 ）

**点评**

在一幅画面里，屋内的老爷怕烤坏了自己，而屋外的叫花子却冷得要死。彼此之间相隔只有一层纸，这层薄薄的纸却隔开了冷热两重天，也隔开了贫富贵贱两个世界。诗作运用对比反衬的手法，讽刺鞭笞了黑暗不公的现实。诗歌讲究押韵和对仗，读起来朗朗上口，易诵易记，也容易传播开去，从而产生了深远的社会影响。

# 冰心（1900—1999）

原名谢婉莹，福建长乐人。现代女作家，在小说、诗歌、翻译、儿童文学等方面均有建树。

## 繁 星（节选）

### 一

繁星闪烁着——
深蓝的天空，
何曾听得见他们对语？
沉默中，
微光里，
他们深深的互相颂赞了。

### 一〇

嫩绿的芽儿，
和青年说：
"发展你自己！"

淡白的花儿，
和青年说：
"贡献你自己！"

深红的果儿，

和青年说：

"牺牲你自己！"

## 五五

成功的花

人们只惊慕她现时的明艳！

然而当初她的芽儿，

浸透了奋斗的泪泉，

洒遍了牺牲的血雨。

1922 年 1 月

**点评**

这些短诗，朗朗上口，因此更易于流传和为青年们所接受。诗歌所传达的祝福意愿，鼓励青年发展自己、奉献社会、努力奋斗的主题都切合五四时代精神主脉，因此深受广大青年的认同与赞赏。诗句简短，内涵鲜明，韵律和谐。这些诗歌，带给同时代的年轻人诸多精神的慰藉和鼓舞。

# 春 水（节选）

## 三三

墙角的花！

你孤芳自赏时，

天地便小了。

## 六二

我要挽那"过去"的年光
但时间的经纬里
已织上了"现在"的丝了！

## 六五

只是一颗星罢了！
在无边的黑暗里，
已写尽了宇宙的寂寞。

## 一一八

紫藤萝落在地上了，
花架下，
长昼无人，
只有微风吹着叶儿响。

1922 年 3 月

**点评**

　　冰心仿照泰戈尔的短诗创作的《春水》短诗集自成一体，易于诵读，且容易给人留下印象，在五四时期产生了巨大社会反响。每首短诗，寥寥数语，通过描绘一种花草、星星或其他事物，形象地传达诗人关于人生和社会的思考心得之点滴，贴切自然。如对于墙角孤芳自赏的花的温和批评，指出这样的人生格局天地太小；对于无边黑暗中一颗星星的凸显，反衬出宇宙的寂寥……

# 汪静之（1902—1996）

安徽绩溪人。1920年代湖畔派代表性诗人，曾任复旦大学教授。作品有《蕙的风》《耶苏的吩咐》《寂寞的国》《人肉》《父与子》《作家的条件》《诗歌的原理》《李杜研究》等。

## 蕙的风

是那里吹来
这蕙花的风——
温馨的蕙花的风？

蕙花深锁在园里，
伊满怀着幽怨。
伊底幽香潜出园外，
去招伊所爱的蝶儿。

雅洁的蝶儿，
薰在蕙风里：
他陶醉了；
想去寻着伊呢。

他怎寻得到被禁锢的伊呢？
他只迷在伊的风里，

隐忍着这悲惨然而甜蜜的伤心，

醺醺地翩翩地飞着。

一九二一，九，三

（选自《蕙的风》，亚东图书馆 1922 年版）

**点评**

蕙风熏人令人醉。这风里有蕙花的香味，更有她的香味。然而，她的香味和她都被禁锢在院子里。爱情，自由而美好的爱情也都被禁锢在笼子里。诗人写出了一种朦朦胧胧的美好的情意，同时也揭示了爱而不得、无法自由恋爱的残酷现实。

## 伊底眼

伊底眼是温暖的太阳；

不然，何以伊一望着我，

我受了冻的心就热了呢？

伊底眼是解结的剪刀；

不然，何以伊一瞧着我，

我被镣铐的灵魂就自由了呢？

伊底眼是快乐的钥匙；

不然，何以伊一瞅着我，

我就住在乐园里了呢？

伊底眼变成忧愁的引火线了；

不然，何以伊一盯着我，

我就沉溺在愁海里了呢？

1922 年 6 月 4 日

**点评**

这首诗生动地表现出了一个热恋中的男子激动的感情，可谓是一首情感丰沛的情诗。诗人只关注"伊的眼"，将其比作太阳、剪刀、钥匙和引火线，似乎男子一切的欢乐与痛苦皆因之而起，极写爱情之深、之痛彻心扉。诗歌旋律回环往复，强化了情感的表达。

# 闻一多（1899—1946）

本名闻家骅，字友三，生于湖北省黄冈市浠水县，爱国主义者，民主战士，新月派代表诗人和学者。代表作品有新诗集《红烛》《死水》《七子之歌》等。

## 死　水

这是一沟绝望的死水，
清风吹不起半点漪沦。
不如多扔些破铜烂铁，
爽性泼你的剩菜残羹。

也许铜的要绿成翡翠，
铁罐上锈出几瓣桃花；
再让油腻织一层罗绮，
霉菌给他蒸出些云霞。

让死水酵成一沟绿酒，
飘满了珍珠似的白沫；
小珠笑一声变成大珠，
又被偷酒的花蚊咬破。

那么一沟绝望的死水，
也就夸得上几分鲜明。
如果青蛙耐不住寂寞，

又算死水叫出了歌声。

这是一沟绝望的死水，
这里断不是美的所在，
不如让给丑恶来开垦，
看他造出个什么世界。

**点评**

　　闻一多用"死水"来比喻僵固不化、黑暗可憎的现实。这首诗采用了色彩斑斓的种种丰富的意象，采用反讽、对比的手法，极写现实的可鄙、可恶与可怕，体现了诗人严峻的批判精神。诗歌旋律清晰，讲究押韵，体现了诗人倡导的诗要追求建筑美、音乐美和绘画美三美统一的主张。

# 发　现

我来了，我喊一声，迸着血泪，
"这不是我的中华，不对，不对！"
我来了，因为我听见你叫我；
鞭着时间的罡风，擎一把火，
我来了，不知道是一场空喜。
我会见的是噩梦，那里是你？
那是恐怖，是噩梦挂着悬崖，
那不是你，那不是我的心爱！
我追问青天，逼迫八面的风，
我问，拳头擂着大地的赤胸，
总问不出消息，我哭着叫你，
呕出一颗心来，你在我心里！

**点评**

　　诗人对祖国怀着极爱之情，然而，当他发现现实的祖国却是噩梦，是恐怖，是噩梦挂着悬崖，他感受到了巨大的痛苦，无论如何也不愿接受这样的现实。借此表现了对现实的批判和对于祖国变革换新颜的渴望与期盼。他愿意掏出自己的一颗心来，只为了驱除现实的中国，呼唤充满希望的未来

# 七子之歌

## 引　言

　　邶有七子之母不安其室。七子自怨自艾，冀以回其母心。诗人作《凯风》以愍之。吾国自《尼布楚条约》迄旅大之租让，先后丧失之土地，失养于祖国，受虐于异类，臆其悲哀之情，盖有甚于《凯风》之七子，因择其中与中华关系最亲切者七地，为作歌各一章，以抒其孤苦亡告，眷怀祖国之哀忱，亦以励国人之奋斗云尔。国疆崩丧，积日既久，国人视之漠然。不见夫法兰西之 ALSACE——LORRAINE耶？"精诚所至，金石能开。"诚如斯，中华"七子"之归来其在旦夕乎！

## 澳　门

　　你可知"妈港"不是我的真名姓？
　　我离开你的襁褓太久了，母亲！
　　但是他们掳走的是我的肉体，
　　你依然保管着我内心的灵魂。
　　三百年来梦寐不忘的生母啊！
　　请叫儿的乳名，叫我一声"澳门"！
　　母亲！我要回来，母亲！

## 香　港

我好比凤阙阶前守夜的黄豹，
母亲呀，我身份虽微，地位险要。
如今狞恶的海狮扑在我身上，
啖着我的骨肉，咽着我的脂膏；
母亲呀，我哭泣号啕，呼你不应，
母亲呀，快让我躲入你的怀抱！
母亲！我要回来，母亲！

## 台　湾

我们是东海捧出的珍珠一串，
琉球是我的群弟，我便是台湾。
我胸中还氤氲着郑氏的英魂，
精忠的赤血点染了我的家传。
母亲，酷炎的夏日要晒死我了，
赐我个号令，我还能背城一战。
母亲！我要回来，母亲！

## 威海卫

再让我看守着中华最古的海，
威海卫这边岸上原有圣人的丘陵在。
母亲，莫忘了我是防海的健将，
我有一座刘公岛作我的盾牌。
快救我回来呀，时期已经到了。
我背后葬的尽是圣人的遗骸！
母亲！我要回来，母亲！

## 广州湾

广州湾东海和硇州是我的一双管钥，
我是神州后门上的一把铁锁。
你为什么把我借给一个盗贼？
母亲呀，你千万不该抛弃了我！
母亲，让我快回到你的膝前来，
我要紧紧地拥抱着你的脚踝。
母亲！我要回来，母亲！

## 九龙岛

我的胞兄香港在诉他的苦痛，
母亲呀，可记得你的幼女九龙？
自从我下嫁给那镇海的魔王，
我何曾有一天不在泪涛汹涌！
母亲，我天天数着归宁的吉日，
我只怕希望要变作一场空梦。
母亲！我要回来，母亲！

## 旅顺·大连

旅顺大连租借地我们是旅顺，大连，孪生的兄弟。
我们的命运应该如何地比拟？——
两个强邻将我来回地蹴蹋，
我们是暴徒脚下的两团烂泥。
母亲，归期到了，快领我们回来。
你不知道儿们如何的想念你！
母亲！我们要回来，母亲！

**点评**

　　诗人把被西方列强割据的澳门、香港等七块国土比作祖国失散多年的七个游子，以游子苦苦吟唱传达游子回归和团聚的热切希望。这是一首渴望祖国富强、完成领土统一的爱国诗作。这首诗传唱了半个世纪，诗人的吟唱如杜鹃涕泣，声声泪，声声血，情感饱满，感人至深。

# 太阳吟

太阳啊，刺得我心痛的太阳！
又逼走了游子的一出还乡梦，
又加他十二个时辰的九曲回肠！

太阳啊，火一样烧着的太阳！
烘干了小草尖头的露水，
可烘得干游子的冷泪盈眶？

太阳啊，六龙骖驾的太阳，
省得我受这一天天的缓刑。
就把五年当一天跑完那又何妨？

太阳——神速的金乌——太阳！
让我骑着你每日绕行地球一周，
也便能天天望见一次家乡！

太阳啊，楼角新升的太阳！
不是刚从我们东方来的吗？

我的家乡此刻可都依然无恙？

太阳啊，我家乡来的太阳！
北京城里的宫柳裹上一身秋了罢？
唉！我也憔悴的同深秋一样！

太阳啊，奔波不息的太阳！
你也好像无家可归似的呢。
啊！你我的身世一样地不堪设想！

太阳啊，自强不息的太阳！
大宇宙许就是你的家乡罢。
可能指示我我底家乡的方向？

太阳啊，这不像我的山川，太阳！
这里的风云另带一般颜色，
这里鸟儿唱的调子格外凄凉。

太阳啊，生命之火的太阳！
但是谁不知你是球东半的情热，
同时又是球西半的智光？

太阳啊，也是我家乡的太阳！
此刻我回不了我往日的家乡，
便认你为家乡也还得失相偿。

太阳啊，慈光普照的太阳！
往后我看见你时，就当回家一次；
我的家乡不在地下乃在天上！

**点评**

  身为海外游子，每日见到的太阳也照耀着祖国，于是他渴望骑上太阳每天返回家乡，看望祖国一遍；希望太阳能够带去自己对家乡、对祖国的思念和热爱之情。诗歌意象奇特，匠心独运，情感热烈，传递出如火一般的爱国深情。

# 一句话

有一句话说出就是祸，
有一句话能点得着火。
别看五千年没有说破，
你猜得透火山的缄默？
说不定是突然着了魔，
突然青天里一个霹雳
爆一声：
"咱们的中国！"

这话教我今天怎么说？
你不信铁树开花也可，
那么有一句话你听着：
等火山忍不住了缄默，
不要发抖，伸舌头，顿脚，
等到青天里一个霹雳
爆一声：
"咱们的中国！"

**点评**

　　"咱们的中国！"——这是一句在心里憋了很久的话，这也是发自内心深处的呼喊与战叫，祖国永远存在诗人的心底，等到有一天终于可以自由表达的时候，这种炽热的情感将如决堤的洪水、喷射的熔浆，汪洋恣肆，一泻千里。诗歌形式整饬，韵律和谐，体现了诗人对于诗歌须具备建筑美、音乐美、绘画美的倡导。

# 朱湘（1904—1933）

字子沅，原籍安徽太湖，生于湖南沅陵。曾任教于国立安徽大学外文系。著有诗集《夏天》《草莽集》《石门集》等。

## 采莲曲

小船呀轻飘，
杨柳呀风里颠摇；
荷叶呀翠盖，
荷花呀人样娇娆。
　　日落，
　　微波，
金丝闪动过小河。
　　左行
　　右撑，
莲舟上扬起歌声。

菡萏呀半开，
蜂蝶呀不许轻来，
绿水呀相伴，
清净呀不染尘埃，
　　溪间，
　　采莲，
水珠滑走过荷钱。
　　拍紧

拍轻，
桨声应答着歌声。


藕心呀丝长，
羞涩呀水底深藏；
不见呀蚕茧，
丝多呀蛹裹在中央？
　　溪头
　　采藕，
女郎要采又夷犹。
　　波沉，
　　波升，
波上抑扬着歌声。


莲蓬呀子多：
两岸呀榴树婆娑，
喜鹊呀喧噪，
榴花呀落上新罗。
　　溪中
　　采莲，
耳鬓边晕着微红。
　　风定
　　风生，
风飐荡漾着歌声。


升了呀月钩，
明了呀织女牵牛；
薄雾呀拂水，
凉风呀飘去莲舟。
　　花芳

衣香，

消溶入一片苍茫；

时静，

时闻，

虚空里袅着歌音。

## 点评

　　这首诗是古诗《采莲曲》的白话今译。连同旋律和意境都借鉴了这首古诗："江南可采莲，莲叶何田田。鱼戏莲叶东，鱼戏莲叶西。鱼戏莲叶南，鱼戏莲叶北。"然而，诗人运用了白话新诗的体例，更加讲究格律、旋律，讲究节奏、反复，突出了诗歌的音乐之美和意境之美，描绘了一幅生动形象的江南采莲场景，优美而动人。

# 康白情（1896—1945）

　　字洪章，四川安岳人。1916 年考入北京大学，1918 年与罗家伦等人共同组织了新潮社，是五四初期白话诗创作上具有特色的重要诗人之一。著有诗集《草儿》《草儿在前》《河上集》等。

## 草儿在前

草儿在前，
鞭儿在后。
那喘吁吁的耕牛，
正担着犁弯，
眊着白眼，
带水拖泥，
在那里"一东二冬"的走着。

"呼——呼……"
"牛吧，你不要叹气，
快犁快犁，
我把草儿给你。"

"呼——呼……"
"牛吧，快犁快犁。
你还要叹气，
我把鞭儿抽你。"

牛呵！

人呵！

草儿在前，

鞭儿在后。

一九一九年二月一日，北京。

（原载 1919 年 4 月 1 日《新潮》第 1 卷第 4 号）

**点评**

　　这是一幅寻常的耕牛图或耕作画面，却被诗人演绎出了深刻的社会生活哲理。牛的生存只为了前面的一把草，而人则正是运用这把草来役使牲口的。与此同时，后面还有鞭子——如果牛不接受草的诱惑就要挨鞭子。在"威逼利诱"、双重的生存压力面前，牛几乎别无选择，只能忍辱负重，迈着沉重的脚步，带水拖泥地前行。诗中的"牛"是千千万万劳苦大众的象征，它的处境折射出的是在统治者强权控制下坚忍的黎民百姓的现实处境。因此，这首诗也是对人压迫人的现实的一种尖锐的批判。

# 徐志摩（1897—1931）

　　生于浙江省嘉兴海宁市，现代诗人、散文家。原名章垿。新月派代表诗人，著有诗集《志摩的诗》《猛虎集》等。

## 再别康桥

　　　　轻轻的我走了，
　　　　正如我轻轻的来；
　　　　我轻轻的招手，
　　　　作别西天的云彩。

　　　　那河畔的金柳，
　　　　是夕阳中的新娘；
　　　　波光里的艳影，
　　　　在我的心头荡漾。

　　　　软泥上的青荇，
　　　　油油的在水底招摇；
　　　　在康河的柔波里，
　　　　我甘心做一条水草！

　　　　那榆荫下的一潭，
　　　　不是清泉，是天上虹
　　　　揉碎在浮藻间，
　　　　沉淀着彩虹似的梦。

寻梦？撑一支长篙，
向青草更青处漫溯，
满载一船星辉，
在星辉斑斓里放歌。

但我不能放歌，
悄悄是别离的笙箫；
夏虫也为我沉默，
沉默是今晚的康桥！

悄悄的我走了，
正如我悄悄的来；
我挥一挥衣袖，
不带走一片云彩。

**点评**

    康桥即剑桥，是诗人求学的地方。他在这里留下了太多的情和意，当他告别时，该是如何的恋恋难舍。但是，诗人却故意要装出一副淡然洒脱的样子，悄悄地离去，甚至连一丝云彩也不带走。然而，实际上，康桥的一桥一河、一草一木、星辉云彩……哪一样无不都在诗人的脑海里，记忆中。过去的，经历过的，总是令人念念不忘。那种淡淡的忧伤、轻轻的惆怅，就沉淀在了诗句的回环往复的旋律之中。

# 沙扬娜拉
## ——赠日本女郎

最是那一低头的温柔，
像一朵水莲花不胜凉风的娇羞，
道一声珍重，道一声珍重，
那一声珍重里有蜜甜的忧愁——
沙扬娜拉！

**点评**

　　诗歌截取了与日本女郎告别瞬间的画面：温柔的低头，犹如弱不禁风的水莲花，活脱脱地描画出了女郎的娇羞情状。——瞬间即成永恒，犹如蒙娜丽莎永远的微笑一般。用美和温柔作为衬托，凸显了离别的忧愁与怅惘。

# 偶　然

我是天空里的一片云，
偶尔投影在你的波心——
你不必讶异，
更无须欢喜——
在转瞬间消灭了踪影。

你我相逢在黑夜的海上，
你有你的，我有我的，方向；

你记得也好，

最好你忘掉，

在这交会时互放的光亮！

（原载 1926 年 5 月 27 日《晨报副刊·诗镌》第 9 期；
选自《徐志摩全集》第 4 卷，天津人民出版社 2005 年版）

**点评**

云和湖泊的相遇，黑夜里海上船与船的相遇，都像你和我的相遇一样，只是一种偶然。相遇时可以相互投影或互放光亮，然而终归是要擦肩而过、转瞬即逝的。从表面上看，这似乎是一首爱情诗，探究的是男女间偶然的邂逅与分别，未必会擦出火花产生爱情。而实质上，这可以看作是一首哲理诗，一切的相逢皆属偶然，无须欢喜，亦不必惆怅，存在即是永恒，偶然已是永恒，不必刻意去记住或求索。

# 雪花的快乐

假如我是一朵雪花，

翩翩的在半空里潇洒，

我一定认清我的方向——

飞飏，飞飏，飞飏，——

这地面上有我的方向。

不去那冷寞的幽谷，

不去那凄清的山麓，

也不上荒街去惆怅——

飞飏，飞飏，飞飏，——

你看，我有我的方向。

在半空里娟娟的飞舞，
认明了那清幽的住处，
等着她来花园里探望——
飞飏，飞飏，飞飏，——
啊，她身上有朱砂梅的清香！

那时我凭藉我的身轻，
盈盈的，沾住了她的衣襟，
贴近她柔波似的心胸——
消溶，消溶，消溶——
溶入了她柔波似的心胸！

## 点评

　　这是一首情感热烈的情诗。热恋中的男子自比一朵快乐的雪花，要在空中不断地飞扬，只为了去追寻自己的方向，去找寻深爱的女子。借助雪花这一意象，传达了诗人满腔的火一样炽热的爱意。诗歌旋律鲜明，一叹三咏，注重押韵，使得诗句朗朗上口。

# 蒋光慈（1901—1931）

原名蒋如恒，又名侠生、光赤。曾用笔名华西里、华希理、华维素、维索、华希祖等。安徽六安人。曾发起组织太阳社，著有《新梦》《短裤党》等诗集和小说集多部。

## 哀中国

我的悲哀的中国！
我的悲哀的中国！
你怀拥着无限美丽的天然，
你的形象如何浩大而磅礴！
你身上排列着许多蜿蜒的江河，
你身上耸峙着许多郁秀的山岳。
但是现在啊，
江河只流着很呜咽的悲音，
山岳的颜色更惨淡而寥落！

满国中外邦的旗帜乱飞扬，
满国中外人的气焰好猖狂！
旅顺大连不是中国人的土地么？
可是久已做了外国人的军港；
法国花园不是中国人的土地么？
可是不准穿中服的人们游逛。
哎哟！中国人是奴隶啊！
为什么这般地自甘屈服？

为什么这般地萎靡颓唐?

满国中到处起烽烟，
满国中景象好凄惨!
恶魔的军阀只是互相攻打啊，
可怜小百姓的身家性命不值钱!
卑贱的政客只是图谋私利啊，
那管什么葬送了这锦绣的河山?
朋友们，提起来我的心头寒，
我的悲哀的中国啊!
你几时才跳出这黑暗之深渊?

东望望罢，那里是被压迫的高丽;
南望望罢，那里是受欺凌的印度;
哎哟! 亡国之惨不堪重述啊!
我忧中国将沦于万劫而不复。
我愿跑到那昆仑之高巅，
做唤醒同胞迷梦之号呼;
我愿倾泻那东海之洪波，
洗一洗中华民族的懒骨。
我啊! 我羞长此沉默以终古!
易水萧萧啊，壮士吞仇敌;
燕山巍巍啊，吓退匈奴夷;
回思往古不少轰烈事，
中华民族原有反抗力。
却不料而今全国无生息，
大家熙熙然甘愿为奴隶!
哎哟! 我是中国人，
我为中国命运放悲歌，
我为中华民族三叹息。

寒风凛冽啊，吹我衣；

黄花低头啊，暗无语；

我今枉为一诗人，

不能保国当愧死！

拜伦曾为希腊羞，

我今更为中国泣。

哎哟！我的悲哀的中国啊！

我不相信你永沉沦于浩劫，

我不相信你无重兴之一日。

一九二四年十一月二十一日。

（原载 1924 年 11 月 23 日《民国日报·觉悟》文学专号）


**点评**

　　诗人对祖国充满了热烈的感情，为她备受列强凌辱蹂躏的现实强烈不满，对军阀混战、民不聊生的现状备感愤懑。又为祖国万马齐喑的状况深感不安，为国家的前途命运忧心忡忡。他热切呼唤中华民族的有志之士奋起抗争，焕现出这个民族原有的英雄气概。他相信可悲的中国终将从沉沦中奋起，从浩劫中重兴。诗歌旋律沉重，低回萦绕，具有很强的感染力。对于唤起民族意识的觉醒、激发民族反抗意志，皆能起到有力的鼓动作用。

# 殷夫（1909—1931）

　　原名徐白，学名徐祖华，又名白莽，浙江象山人。现代文学史上著名的无产阶级的优秀革命诗人。作品有《孩儿塔》《殷夫选集》等。

## 血　字

　　　血液写成的大字，
　　　斜斜地躺在南京路，
　　　这个难忘的日子——
　　　润饰着一年一度……

　　　血液写成的大字，
　　　刻划着千万声的高呼，
　　　这个难忘的日子——
　　　几万个心灵暴怒……

　　　血液写成的大字，
　　　记录着冲突的经过，
　　　这个难忘的日子——
　　　狞笑着几多叛徒……

　　　"五卅"哟！
　　　立起来，在南京路走！
　　　把你血的光芒射到天的尽头，

把你刚强的姿态投映到黄浦江口，
把你的洪钟般的预言震动宇宙！

今日他们的天堂，
他日他们的地狱，
今日我们的血液写成字，
异日他们的泪水可入浴。

我是一个叛乱的开始，
我也是历史的长子，
我是海燕，
我是时代的尖刺。

"五"要成为报复的枷子，
"卅"要成为囚禁仇敌的铁栅，
"五"要分成镰刀和铁锤，
"卅"要成为断铐和炮弹！……

四年的血液润饰够了，
两个血字不该再放光辉，
千万的心音够坚决了，
这个日子应该即刻消毁！

**点评**

  这是一首为"五卅惨案"而作的悼诗或纪念诗歌。表达了诗人义愤填膺、顽强抗争的心情。但是，诗人并不止于悲痛哀伤，更多的是表达出一种抗争。那千千万万人的呼喊，那些青年的血，都是书写在地面上的无声的抗议，是对黑暗时代和现实的勇敢的背叛，是为美好未来发出的召唤。青年的血不会白流，他们的牺牲不会没有价值，那些生命都是会站起来行走的文字，都将推动历史的车轮前行。

# 戴望舒（1905—1950）

名承，字朝安，生于浙江杭州，祖籍南京。诗人，翻译家。著有诗集《我的记忆》《望舒草》《望舒诗稿》《灾难的岁月》等。

## 雨　巷

撑着油纸伞，独自
彷徨在悠长，悠长
又寂寥的雨巷，
我希望逢着
一个丁香一样地
结着愁怨的姑娘。

她是有
丁香一样的颜色，
丁香一样的芬芳，
丁香一样的忧愁，
在雨中哀怨，
哀怨又彷徨；

她彷徨在这寂寥的雨巷，
撑着油纸伞
像我一样，
像我一样地
默默彳亍着，

冷漠、凄清，又惆怅。

她静默地走近
走近，又投出
太息一般的眼光，
她飘过
像梦一般地，
像梦一般地凄婉迷茫。

像梦中飘过
一枝丁香地，
我身旁飘过这女郎；
她静静地远了，远了，
到了颓圮的篱墙，
走尽这雨巷。

在雨的哀曲里，
消了她的颜色，
散了她的芬芳，
消散了，甚至她的
太息般的眼光，
丁香般的惆怅。
撑着油纸伞，独自
彷徨在悠长，悠长，
又寂寥的雨巷，
我希望飘过
一个丁香一样地
结着愁怨的姑娘。

**点评**

　　雨巷、油纸伞和丁香姑娘是这首诗的基本意象。"我"在雨巷中徘徊，只为了等待这位姑娘的出现。这是少男憧憬爱情的一种形象描写。丁香一般的姑娘就是诗人理想中的爱人。诗人写出了寻找爱情的艰苦和幸福，写出了无尽美好的憧憬和渴盼，能够打动向往爱情的少男少女。诗歌旋律优美温婉，与诗意贴切吻合，相得益彰。

# 寻梦者

梦会开出花来的，
梦会开出娇妍的花来的：
去求无价的珍宝吧。

在青色的大海里，
在青色的大海的底里，
深藏着金色的贝一枚。

你去攀九年的冰山吧，
你去航九年的旱海吧，
然后你逢到那金色的贝。

它有天上的云雨声，
它有海上的风涛声，
它会使你的心沉醉。

把它在海水里养九年，
把它在天水里养九年，
然后，它在一个暗夜里开绽了。

当你鬓发斑斑了的时候，
当你眼睛朦胧了的时候，
金色的贝吐出桃色的珠。

把桃色的珠放在你怀里，
把桃色的珠放在你枕边，
于是一个梦静静地升上来了。

你的梦开出花来了，
你的梦开出娇妍的花来了，
在你已衰老了的时候。

**点评**

　　寻梦者也是一个奋斗者，一个为了理想和目标而苦苦求索的人。诗人鼓励青年要勇敢地去追梦、圆梦，要做好充分的思想准备，准备经历层层的磨难，最终才能登临光辉的顶点。这是为青年擂鼓呐喊、鼓劲助威的诗，也是一首献给奋斗者的战歌。

# 我用残损的手掌

我用残损的手掌
摸索这广大的土地：
这一角已变成灰烬，
那一角只是血和泥；
这一片湖该是我的家乡，
（春天，堤上繁花如锦障，

嫩柳枝折断有奇异的芬芳，）

我触到荇藻和水的微凉；

这长白山的雪峰冷到彻骨，

这黄河的水夹泥沙在指间滑出；

江南的水田，你当年新生的禾草

是那么细，那么软……现在只有蓬蒿；

岭南的荔枝花寂寞地憔悴，

尽那边，我蘸着南海没有渔船的苦水……

无形的手掌掠过无限的江山，

手指沾了血和灰，手掌沾了阴暗，

只有那辽远的一角依然完整，

温暖，明朗，坚固而蓬勃生春。

在那上面，我用残损的手掌轻抚，

像恋人的柔发，婴孩手中乳。

我把全部的力量运在手掌

贴在上面，寄与爱和一切希望，

因为只有那里是太阳，是春，

将驱逐阴暗，带来苏生，

因为只有那里我们不像牲口一样活，

蝼蚁一样死……那里，永恒的中国！

## 点评

　　这是一首抗战题材的优秀诗篇。诗人对于国土沦丧、生民涂炭的现实饱含忧伤和愤懑，对于坚持抗日的同胞寄予了热切的期望，表达了浓烈的爱国之情。诗人坚信，太阳和春天终将逐去黑暗，中国人永远不愿也不会像牲口、蝼蚁一般地苟活，我们的国家永远不会亡。这首诗歌富于感召力和感染力。"残损的手掌"这一意象与破败的国土构成了一种内在的呼应。

# 我的记忆

我的记忆是忠实于我的，
忠实甚于我最好的友人。

它生存在燃着的烟卷上，
它生存在绘着百合花的笔杆上，
它生存在破旧的粉盒上，
它生存在颓垣的木莓上，
它生存在喝了一半的酒瓶上，
在撕碎的往日的诗稿上，在压干的花片上，
在凄暗的灯上，在平静的水上，
在一切有灵魂没有灵魂的东西上，
它在到处生存着，像我在这世界一样。

它是胆小的，它怕着人们的喧嚣，
但在寂寥时，它便对我来作密切的拜访。
它的声音是低微的，
但是它的话却很长，很长，
很长，很琐碎，而且永远不肯休：
它的话是古旧的，老讲着同样的故事，
它的音调是和谐的，老唱着同样的曲子，
有时它还模仿着爱娇的少女的声音，
它的声音是没有气力的，
而且还夹着眼泪，夹着太息。

它的拜访是没有一定的，

在任何时间，在任何地点，
时常当我已上床，朦胧地想睡了；
或是选一个大清早，
人们会说它没有礼貌，
但是我们是老朋友。

它是琐琐地永远不肯休止的，
除非我凄凄地哭了，
或是沉沉地睡了，
但是我永远不讨厌它，
因为它是忠实于我的。

**点评**

记忆是个体生命的一部分，在无意识的时候，在任何的瞬间，它都可能涌上心头。然而，这样的记忆不仅私密，更是忠实于自己的。记忆，对过去的回忆，也是生命的一种体验，是每个人都无法割舍的。它就像是一个忠实的朋友，或者自己的影子一样，始终伴随我们。

# 林庚（1910—2006）

字静希，原籍福建闽侯，生于北京。现代诗人、学者。北京大学教授。著有诗集《春野与窗》《北平情歌》《林庚诗选》等。

## 春天的心

春的心如草的荒芜
随便的踏出门去
美丽的东西随处可以拣起来
少女的心情是不能说的
天上的雨点常是落下
而且不定落在谁的身上
路上的行人都打着雨伞
车上的邂逅多是不相识的
含情的眼睛未必为着谁
潮湿的桃花乃有胭脂的颜色
水珠斜落在玻璃车窗上
江南的雨天是爱人的

（选自《春野与窗》，文学评论社 1934 年版）

**点评**

春天是多么美好的季节。春天的江南，江南的雨中，这是多么美好的意境。这样的情境是属于怀春的少女的，是属于朦胧的爱情的。那些心事，那些起伏的情绪或情感，那无尽的美丽的东西随处可拣。这是一首献给少男少女的诗篇，是一首为骚动的心、初萌的爱而写的诗作。春天里的一切，无论是雨点，芳草，雨伞，含情的眼睛，潮湿的桃花，路上的行人，一切都透着一种不可言说的美好与美妙，包括那些不期而来的邂逅，那些未约而至的爱情。春天令人向往，更让人憧憬。

# 冯至（1905—1993）

原名冯承植，河北涿州人。诗人、学者。曾任中国社科院外国文学研究所所长、中国作家协会副主席。著有诗集《昨日之歌》《北游及其他》，散文集《山水》，论著《论歌德》《杜甫传》等。

## 蛇

我的寂寞是一条蛇，
静静地没有言语。
你万一梦到它时，
千万啊，不要悚惧！

它是我忠诚的侣伴，
心里害着热烈的乡思：
它想那茂密的草原——
你头上的，浓郁的乌丝。

它月影一般轻轻地
从你那儿轻轻走过；
它把你的梦境衔了来
像一只绯红的花朵。

**点评**

蛇是诗人内心情感外化的对象。它可以是爱情、亲情、乡情或其他情感的象征。诗人怀着深刻的寂寞和相思，这种思绪就像蛇一样游走不定。蛇向往的是对方的满头乌发，蛇会出现在对方的梦里，将对方绯红的花朵一般的梦境衔来……那些无形的、无法言表的情感都被诗人用具象化的事物形象地表现出来。

## 我是一条小河

我是一条小河，
我无心由你的身边绕过——
你无心把你彩霞般的影儿
投入了我软软的柔波。

我流过一座森林——
柔波便荡荡地
把那些碧翠的叶影儿
裁剪成你的裙裳。

我流过一座花丛——
柔波便粼粼地
把那些凄艳的花影儿
编织成你的花冠。

无奈呀，我终于流入了，
流入那无情的大海——
海上的风又厉，浪又狂，
吹折了花冠，击碎了裙裳！

我也随着海潮漂漾，
漂漾到无边的地方——

你那彩霞般的影儿
也和幻散了的彩霞一样！

**点评**

　　小河和森林、花丛、彩霞等的关系，都是流动不居的。小河是一个象征性主体，他只顾一味地向前向前，融入大海，漂流到无穷的远方。这是一个无休止的前行者的形象，不眷恋于人生旅途或征途中的点滴得失，只为了以自己的有限的力量，融进浩瀚的大海，过往的一切最终都将烟消云散，而不消散的只有大海。因此，这可谓是一首明志诗作，表达了诗人的宏阔胸襟或抱负。

# 什么能从我们身上脱落

什么能从我们身上脱落，
我们都让它化作尘埃：
我们安排我们在这时代
像秋日的树木，一棵棵

把树叶和些过迟的花朵
都交给秋风，好舒开树身。
伸入严冬；我们安排我们
在自然里，像蜕化的蝉蛾

把残壳都丢在泥里土里；
我们把我们安排给那个
未来的死亡，像一段歌曲，

歌声从音乐的身上脱落，

归终剩下了音乐的身躯
化作一脉的青山默默。

**点评**

　　树叶和花朵会从树上脱落，岁月和时光会从我们身上溜走，最终留下的只有一棵光秃秃的屹立在秋风里的树。或者像蜕化的蝉蛾一样重获新生，或者像残壳一样归于死亡，化作默默青山。生命有大绚烂，大欢喜，大美，而终究生命将回归泥土，重返大地。没有什么是永恒的，什么都可能从我们身上脱落，都可能离我们远去，最终留下的只有静默。诗人借助诗作进行了一种深邃的人生思索，传达了一种哲理性的思想。

# 十四行诗
## 我们准备着深深地领受

我们准备着深深地领受
那些意想不到的奇迹，
在漫长的岁月里忽然有
彗星的出现，狂风乍起。

我们的生命在这一瞬间，
仿佛在第一次的拥抱里
过去的悲欢忽然在眼前
凝结成屹然不动的形体。

我们赞颂那些小昆虫
它们经过了一次交媾
或是抵御了一次危险，

便结束它们美妙的一生。
我们整个的生命在承受
狂风乍起，彗星的出现。

（选自《十四行集》，文化生活出版社 1949 年版）

## 点评

　　生命里的岁月或许是漫长的，然而即便是如此漫长的生命，也如那朝生夕死的蝼蚁一般，总要经历欢喜、危险和悲欢。生命的历程中，既会有狂风乍起，也会有突兀而至的彗星。阴晴圆缺悲欢离合，五种滋味，百般人生。无论短暂或漫长，生命都要去承受，去担当。主动去顺从命运，深深领会和接受生命的安排，以及生命中出现的一切。这，大概是这首诗的寓意所在。

# 李金发（1900—1976）

　　原名李淑良，广东梅州人。中国象征主义诗人，雕塑家。著有中国早期象征诗派的代表作《微雨》《为幸福而歌》《食客与凶年》等。

## 弃　妇

长发披遍我两眼之前，
遂隔断了一切羞恶之疾视，
与鲜血之急流，枯骨之沉睡。
黑夜与蚊虫联步徐来，
越此短墙之角，
狂呼在我清白之耳后，
如荒野狂风怒号，
战栗了无数游牧。

靠一根草儿，与上帝之灵往返在空谷里。
我的哀戚惟游蜂之脑能深印着；
或与山泉长泻在悬崖，
然后随红叶而俱去。

弃妇之隐忧堆积在动作上，
夕阳之火不能把时间之烦闷
化成灰烬，从烟突里飞去，
长染在游鸦之羽，
将同栖止于海啸之石上，

静听舟子之歌。

衰老的裙裾发出哀吟，
徜徉在丘墓之侧，
永无热泪，
点滴在草地
为世界之装饰。

**点评**

　　弃妇的隐忧和哀戚无法与人诉说，她的清白也要遭遇黑夜蚊虫、荒野狂风的聒噪。她只有依凭一根稻草与上帝沟通，摆脱时间的羁绊，直至最终的死去，空留下点滴热泪作为世界之装饰。诗人用大量的意象，象征弃妇幽隐悲苦的心理，表现她的孤寂的生存。而弃妇，亦可以代指弃儿，可以是被这个世界或者被他人所抛弃的每一个人，每一个孤独寂寥生存的个体或灵魂。

## 在淡死的灰里……

在淡死的灰里，
可寻出当年的火焰，
惟过去之萧条，
不能给人温暖之摸索。

如海浪把我躯体载去，
仅存留我的名字在你心里，
切勿懊悔这丧失，
我终将搁止于你住的海岸上。

若忘却我的呼唤，

你将无痛哭的种子，

若忧闷堆满了四壁，

可到我心里的隙地来。


我欲稳睡在裸体的新月之旁，

偏怕星儿如晨鸡呼唤；

我欲细语对你说爱，

奈那 R 的喉音又使我舌儿生强。


**点评**

　　这是一首象征意味很强的诗歌。淡死的灰、火焰、海浪、新月、星儿等意象都是诗人内在思绪的外化对象。死去的灰，烧成灰烬的火焰无法给人以温暖，犹如人离去后不能复活，空留给爱的人一个名字的记忆一样。爱情是短暂的，温馨美妙也会被晨鸡唤醒，尽管有爱在心，却没有相应的语言来表达。爱情和人生一样，当遗忘时则需遗忘，当放下时即要放下，不必忧闷，更不要痛哭，生死乃是自然的一道轮回。

# 何其芳（1912—1977）

生于重庆万州。现代诗人、散文家、文学评论家。曾任中国作协书记处书记、中国社科院文学所所长。代表作有《预言》《夜歌》《画梦录》等。

## 预　言

这一个心跳的日子终于来临。
你夜的叹息似的渐近的足音，
我听得清不是林叶和夜风私语，
麋鹿驰过苔径的细碎的蹄声。
告诉我，用你银铃的歌声告诉我
你是不是预言中的年轻的神？

你一定来自温郁的南方，
告诉我那儿的月色，那儿的日光，
告诉我春风是怎样吹开百花，
燕子是怎样痴恋着绿杨。
我将合眼睡在你如梦的歌声里，
那温馨我似乎记得又似乎遗忘。

请停下，停下你长途的奔波，
进来，这儿有虎皮的褥你坐！
让我烧起每一秋天拾来的落叶，
听我低低唱起我自己的歌，
那歌声将火光样沉郁又高扬，

火光样将落叶的一生诉说。

不要前行，前面是无边的森林，
古老的树现着野兽身上的斑文，
半生半死的藤蟒蛇样交缠着，
密叶里漏不下一颗星，
你将怯怯地不敢放下第二步，
当你听见了第一步空寥的回声。

一定要走吗？等我和你同行，
我的足知道每一条平安的路径，
我可以不停地唱着忘倦的歌，
再给你，再给你手的温存。
当夜的浓黑遮断了我们，
你可以不转眼地望着我的眼睛。

我激动的歌声你竟不听，
你的足竟不为我的颤抖暂停，
像静穆的微风飘过这黄昏里，
消失了，消失了你骄傲的足音……
呵，你终于如预言中所说的无语而来
无语而去了吗，年轻的神？

## 点评

　　那等待中的年轻的神，终于来了，如同预言一样。然而，她终于不肯停住脚步，继续前行，无语而去。那是一种无所畏忌的力量和激情，那是一种青春的朝气与活力，无论前方是如何的荆棘密布，如何的困难重重。年轻的神从南方来，带来春天的花开，带来激动的日子。她是爱情和青春，她也可以是希望和梦想，可以是一切美好的事物。全诗充满了浓烈的抒情色彩。

## 臧克家（1905—2004）

山东潍坊诸城人，现代诗人。曾任《诗刊》主编、中国作家协会书记处书记，著有《烙印》《罪恶的黑手》《从军行》《淮上吟》等。有《臧克家全集》12 卷行世。

## 难　民

日头堕到鸟巢里，
黄昏还没溶尽归鸦的翅膀，
陌生的道路无归宿的薄暮，
把这群人度到这座古镇上。
沉重的影子，扎根在大街两旁，
一簇一簇，象秋郊的禾堆一样，
静静的，孤寂的，支撑着一个大的凄凉。
满染征尘的古怪的服装，
告诉了他们的来历，
一张一张兜着阴影的脸皮，
说尽了他们的情况。
螺丝的炊烟牵动着一串亲热的眼光，
在这群人心上抽出了一个不忍的想象：
"这时，黄昏正徘徊在古树梢头，
从无烟火的屋顶慢慢地涨大到无边，
接着，阴森的凄凉吞了可怜的故乡。"
铁力的疲倦，连人和想象一齐推入了朦胧，
但是，更猛烈的饥饿立刻又把他们牵回了异乡。

象一个天神从梦里落到这群人身旁，
一只灰色的影子，手里亮着一支长枪。
一个小声，在他们耳中开出天大的响：
"年头不对，不敢留生人在镇上。"
"唉！人到哪里，灾荒到哪里！"
一阵叹息，黄昏更加了苍茫。
一步一步，这群人走下了大街，
走开了这异乡，
小孩子的哭声乱了大人的心肠，
铁门的响声截断了最后一人的脚步，
这时，黑夜爬过了古镇的围墙。

（选自《烙印》，开明书店 1934 年版）

**点评**

　　黄昏时分，连倦鸟都要归林，然而，这群从异乡流浪而来的人们，这群家乡被凄凉所围困、丧失了家园的人们，只能四处漂泊。但是，灾荒岁月，小镇上也不让留人，即便已是黑夜时分难民也只能继续上路，继续漂泊。诗人通过描绘难民四处流徙、艰难凄苦的生存遭遇，批判了当时黑暗的社会现实。

# 烙　印

生怕回头向过去望，
我狡猾地说"人生是个谎"，
痛苦在我心上打个印烙，
刻刻警醒我这是在生活。

我不住地抚摩这印烙，
忽然红光上灼起了毒火，
火花里迸出一串歌声，
件件唱着生命的不幸。

我从不把悲痛向人诉说，
我知道那是一个罪过，
浑沌地活着什么也不觉，
既然是谜，就不该把底点破。

我嚼着苦汁营生，
像一条吃巴豆的虫，
把个心提在半空，
连呼吸都觉得沉重。

1932 年

（选自《烙印》初版）

## 点评

　　生活的苦难在诗人心里刻下了烙印，然而，诗人只能把这些痛苦、悲痛和不幸隐埋在心底，混沌地活着，心吊在嗓子眼上，呼吸都很艰难，忍辱负重卑屈地生活。诗人刻画了旧时代普通人的一种生存状态，伤痕累累，但依旧屈辱而坚强地活着，苦难只有向自己的心里去诉说，只有深藏在自己的内心深处。这个烙印是生活的烙印，是不幸人生的印记。诗句间传达了对现实的强烈不满。

# 老　马

总得叫大车装个够，

它横竖不说一句话，

背上的压力往肉里扣，

它把头沉重地垂下！

这刻不知道下刻的命，

它有泪只往心里咽，

眼里飘来一道鞭影，

它抬起头望望前面。

1932年4月

（选自《烙印》，人民文学出版社2000年版）

**点评**

　　诗人刻画了一幅老马忍辱负重图。这匹不言不语、逆来顺受、任人使唤和压迫的老马，正是旧社会百姓的写照。诗人通过这首诗，表达了对普通百姓艰难隐忍生活的深切同情，对于那些施暴者、压迫者的痛恨与鞭挞。这是一首为劳苦大众而作的诗歌，犹如一座劳工雕像一般，矗立在中国新诗史上。

# 有的人

## ——纪念鲁迅有感

有的人活着

他已经死了；

有的人死了

他还活着。

有的人

骑在人民头上："啊，我多伟大！"
有的人
俯下身子给人民当牛马。

有的人
把名字刻入石头想"不朽"；
有的人
情愿做野草，等着地下的火烧。

有的人
他活着别人就不能活；
有的人
他活着为了多数人更好地活。

骑在人民头上的，
人民把他摔垮；
给人民做牛马的，
人民永远记住他！

把名字刻入石头的，
名字比尸首烂得更早；
只要春风吹到的地方，
到处是青青的野草。

他活着别人就不能活的人，
他的下场可以看到；
他活着为了多数人更好地活着的人，
群众把他抬举得很高，很高。

1949 年 10 月于北京

（选自《臧克家诗选》，作家出版社 1954 年版）

**点评**

　　诗人以高度浓缩概括的诗句，总结了两种人、两种人生选择和两种人生归宿，讴歌了鲁迅先生甘为孺子牛的一生，抒发了对那些为人民而活的人们由衷的赞美之情。这首诗具有很强的哲理性，可以视为一首人生哲理诗，可以引导读者更好地思考和选择自己的人生道路。几十年来，这首诗从人生观上影响了千千万万的读者。

# 艾青（1910—1996）

原名蒋海澄，生于浙江金华，现代文学家、诗人。曾任中国作家协会副主席，获法国文学艺术最高勋章。著有诗集《北风》《大堰河》等。

## 大堰河——我的保姆

大堰河，是我的保姆。
她的名字就是生她的村庄的名字，
她是童养媳，
大堰河，是我的保姆。

我是地主的儿子；
也是吃了大堰河的奶而长大了的
大堰河的儿子。

大堰河以养育我而养育她的家，
而我，是吃了你的奶而被养育了的，
大堰河啊，我的保姆。

大堰河，今天我看到雪使我想起了你：
你的被雪压着的草盖的坟墓，
你的关闭了的故居檐头的枯死的瓦菲，
你的被典押了的一丈平方的园地，
你的门前的长了青苔的石椅，
大堰河，今天我看到雪使我想起了你。

你用你厚大的手掌把我抱在怀里，抚摸我；

在你搭好了灶火之后，

在你拍去了围裙上的炭灰之后，

在你尝到饭已煮熟了之后，

在你把乌黑的酱碗放到乌黑的桌子上之后，

在你补好了儿子们的为山腰的荆棘扯破的衣服之后，

在你把小儿被柴刀砍伤了的手包好之后，

在你把夫儿们的衬衣上的虱子一颗颗的掐死之后，

在你拿起了今天的第一颗鸡蛋之后，

你用你厚大的手掌把我抱在怀里，抚摸我。

我是地主的儿子，

在我吃光了你大堰河的奶之后，

我被生我的父母领回到自己的家里。

啊，大堰河，你为什么要哭？

我做了生我的父母家里的新客了！

我摸着红漆雕花的家具，

我摸着父母的睡床上金色的花纹，

我呆呆地看着檐头的我不认得的"天伦叙乐"的匾，

我摸着新换上的衣服的丝的和贝壳的钮扣，

我看着母亲怀里的不熟识的妹妹，

我坐着油漆过的安了火钵的炕凳，

我吃着碾了三番的白米的饭，

但，我是这般忸怩不安！因为我

我做了生我的父母家里的新客了。

大堰河，为了生活，

在她流尽了她的乳液之后，

她就开始用抱过我的两臂劳动了；

她含着笑，洗着我们的衣服，

她含着笑，提着菜篮到村边的结冰的池塘去，

她含着笑，切着冰屑悉索的萝卜，

她含着笑，用手掏着猪吃的麦糟，

她含着笑，扇着燉肉的炉子的火，

她含着笑，背了团箕到广场上去晒好那些大豆和小麦，

大堰河，为了生活，

在她流尽了她的乳液之后，

她就用抱过我的两臂，劳动了。

大堰河，深爱着她的乳儿；

在年节里，为了他，忙着切那冬米的糖，

为了他，常悄悄地走到村边的她的家里去，

为了他，走到她的身边叫一声"妈"，

大堰河，把他画的大红大绿的关云长贴在灶边的墙上，

大堰河，会对她的邻居夸口赞美她的乳儿；

大堰河曾做了一个不能对人说的梦：

在梦里，她吃着她的乳儿的婚酒，

坐在辉煌的结彩的堂上，

而她的娇美的媳妇亲切地叫她"婆婆"

……

大堰河，深爱她的乳儿！

大堰河，在她的梦没有做醒的时候已死了。

她死时，乳儿不在她的旁侧，

她死时，平时打骂她的丈夫也为她流泪，

五个儿子，个个哭得很悲，

她死时，轻轻地呼着她的乳儿的名字，

大堰河，已死了，

她死时，乳儿不在她的旁侧。

大堰河，含泪的去了！
同着四十几年的人世生活的凌侮，
同着数不尽的奴隶的凄苦，
同着四块钱的棺材和几束稻草，
同着几尺长方的埋棺材的土地，
同着一手把的纸钱的灰，
大堰河，她含泪的去了。

这是大堰河所不知道的：
她的醉酒的丈夫已死去，
大儿做了土匪，
第二个死在炮火的烟里，
第三，第四，第五
在师傅和地主的叱骂声里过着日子。
而我，我是在写着给予这不公道的世界的咒语。
当我经了长长的飘泊回到故土时，
在山腰里，田野上，
兄弟们碰见时，是比六七年前更要亲密！
这，这是为你，静静的睡着的大堰河
所不知道的啊！

大堰河，今天，你的乳儿是在狱里，
写着一首呈给你的赞美诗，
呈给你黄土下紫色的灵魂，
呈给你拥抱过我的直伸着的手，
呈给你吻过我的唇，
呈给你泥黑的温柔的脸颜，
呈给你养育了我的乳房，
呈给你的儿子们，我的兄弟们，

呈给大地上一切的，
我的大堰河般的保姆和她们的儿子，
呈给爱我如爱她自己的儿子般的大堰河。

大堰河，
我是吃了你的奶而长大了的你的儿子，
我敬你
爱你！

1933 年 1 月 14 日雪朝

**点评**

　　这是一首献给保姆大堰河的诗篇。诗人叙述了这位普通中国妇女平凡而坎坷、不幸的一生，表达了对这位伟大母亲由衷的感恩之情。大堰河，也是千千万万中国母亲的代表，正是这片如同慈母一样宽阔的土地和这个伟大的祖国，尽管她受尽欺辱，满身疮痍，历尽沧桑，然而却永远不失母性和母爱伟大的光辉。诗歌饱含深情，反复咏唱，如泣如诉。

## 雪落在中国的土地上

雪落在中国的土地上，
寒冷在封锁着中国呀……

风，
像一个太悲哀了的老妇，
紧紧地跟随着
伸出寒冷的指爪

拉扯着行人的衣襟，
用着像土地一样古老的话
一刻也不停地絮聒着……

那丛林间出现的，
赶着马车的
你中国的农夫
戴着皮帽
冒着大雪
你要到哪儿去呢?

告诉你
我也是农人的后裔——
由于你们的
刻满了痛苦的皱纹的脸
我能如此深深地
知道了
生活在草原上的人们的
岁月的艰辛。

而我
也并不比你们快乐啊
——躺在时间的河流上
苦难的浪涛
曾经几次把我吞没又卷起——
流浪与禁监
已失去了我的青春的
最可贵的日子，
我的生命
也像你们的生命

一样的憔悴呀。

雪落在中国的土地上，
寒冷在封锁着中国呀……
沿着雪夜的河流，
一盏小油灯在徐缓地移行，
那破烂的乌篷船里
映着灯光，垂着头
坐着的是谁呀？

——啊，你
蓬头垢面的少妇，
是不是
你的家
——那幸福与温暖的巢穴——
已被暴戾的敌人
烧毁了么？
是不是
也像这样的夜间，
失去了男人的保护，
在死亡的恐怖里
你已经受尽敌人刺刀的戏弄？

咳，就在如此寒冷的今夜，
无数的
我们的年老的母亲，
都蜷伏在不是自己的家里，
就像异邦人
不知明天的车轮
要滚上怎样的路程……
——而且

中国的路
是如此的崎岖
是如此的泥泞呀。

雪落在中国的土地上，
寒冷在封锁着中国呀……

透过雪夜的草原
那些被烽火所啮啃着的地域，
无数的土地的垦植者
失去了他们所饲养的家畜
失去了他们肥沃的田地
拥挤在
生活的绝望的污巷里；
饥馑的大地
朝向阴暗的天
伸出乞援的
颤抖着的两臂。

中国的苦痛与灾难
像这雪夜一样广阔而又漫长呀！

雪落在中国的土地上，
寒冷在封锁着中国呀……
中国，
我的在没有灯光的晚上
所写的无力的诗句
能给你些许的温暖么？

点评

　　雪落在土地上，寒冷封锁着中国。这是诗人对于旧中国的一个基本判断和意象。冰封雪冻的中国，无论是农人，牧民，无论是母亲，孩子，一切土地上的劳作者都陷入了绝望的污巷，只有向天祷告祈求。面对这一切，诗人无能为力，只能唱出自己的愤怒，写出自己的同情，希望能给那些寒冷中的人们带去些许的温暖。这首诗对中国黑暗现实进行了深刻的批判，对于中国形象的刻画生动而准确。诗句采用了反复的修辞手法，强化了情感的表达。


# 我爱这土地


　　　　假如我是一只鸟，
　　　　我也应该用嘶哑的喉咙歌唱：
　　　　这被暴风雨所打击着的土地，
　　　　这永远汹涌着我们的悲愤的河流，
　　　　这无止息地吹刮着的激怒的风，
　　　　和那来自林间的无比温柔的黎明……
　　　　——然后我死了，
　　　　连羽毛也腐烂在土地里面。

　　　　为什么我的眼里常含泪水？
　　　　因为我对这土地爱得深沉……


　　　　　　　　　　　　1938 年 11 月 17 日


点评

　　为什么我的眼里常含泪水？因为我对这土地爱得深沉——这两句诗道出了亿万华夏儿女共同的心声。祖国犹如一片遭遇暴风雨击打的土地，激起"汹涌着我们的悲愤的河流"，激荡着愤怒的风，然而，即便是一只小鸟，也要为祖国歌唱，为那无比温柔的黎明歌唱，直至生命的最后一刻，直至死后也要把自己的身躯埋葬在深爱的土地之中。诗人借助小鸟等意象，抒发了对祖国无比强烈的热爱之情。

# 乞 丐

在北方
乞丐徘徊在黄河的两岸
徘徊在铁道的两旁

在北方
乞丐用最使人厌烦的声音
呐喊着痛苦
说他们来自灾区
来自战地

饥饿是可怕的
它使年老的失去仁慈
年幼的学会憎恨

在北方
乞丐用固执的眼
凝视着你
看你在吃任何食物
和你用指甲剔牙齿的样子

在北方
乞丐伸着永不缩回的手
乌黑的手

要求施舍一个铜子

向任何人

甚至那掏不出一个铜子的兵士

**点评**

    战乱给百姓带来了惨痛的灾难。诗人通过乞丐固执地伸着手的形象，揭示了北方的苦难、人民的苦难。乞丐犹如一座立体雕像，活画出了一幅灾难流亡图。

# 礁　石

一个浪，一个浪

无休止地扑过来

每一个浪都在它脚下

被打成碎沫、散开……

它的脸上和身上

像刀砍过的一样

但它依然站在那里

含着微笑，看着海洋……

1954 年 7 月 25 日

（选自诗集《海岬上》，作家出版社 1957 年版）

**点评**

    礁石的形象，正像一个久经斗争考验的人，无论东西南北风，无论多少的伤害打击，都不能让它移动一步，都不会让它丧失生活的信念和信心。经受刀砍浪打的礁石，依旧微小地面对海洋、历经磨难的斗士依旧勇敢坚强地活着。诗人表达了对这种坚韧顽强的生命存在的由衷赞美。这种存在，既可以是一个人，也可以是正处在种种困扰和挤压中的祖国。

# 古罗马的大斗技场

也许你曾经看见过
这样的场面——
在一个圆的小瓦罐里
两只蟋蟀在相斗，
双方都鼓动着翅膀
发出一阵阵金属的声响，
张牙舞爪扑向对方
又是扭打、又是冲撞，
经过了持久的较量，
总是有一只更强的
撕断另一只的腿
咬破肚子——直到死亡。

古罗马的大斗技场
也就是这个模样，
大家都可以想象，
那一幅壮烈的风光。

古罗马是有名的"七山之城"
在帕拉丁山的东面
在锡利山的北面
在埃斯撰林山的南面

那一片盆地的中间
有一座——可能是
全世界最大的斗技场，
它像圆形的古城堡
远远看去是四层的楼房，
每层都有几十个高大的门窗
里面的圆周是石砌的看台
可以容纳十多万人来观赏。

想当年举行斗技的日子
也许是一个喜庆的日子
这儿比赶庙会还要热闹
古罗马的人穿上节日的盛装
从四面八方都朝向这儿
真是人山人海——全城欢腾
好像庆祝在亚洲和非洲打了胜仗
其实只是来看一场残酷的悲剧
从别人的痛苦激起自己的欢畅。

号声一响
死神上场

当角斗士的都是奴隶
挑选的一个个身强力壮，
他们都是战败国的俘虏
早已妻离子散、家破人亡，
如今被押送到斗技场上
等于执行用不着宣布的死刑
面临着任人宰割的结局
像畜棚里的牲口一样；

相搏斗的彼此无冤无仇
却安排了同一的命运，
都要用无辜的手
去杀死无辜的人；
明知自己必然要死
却把希望寄托在刀尖上；

有时也要和猛兽搏斗
猛兽——不论吃饱了的
还是饥饿的都是可怕的——
它所渴求的是温热的鲜血，
奴隶到这里即使有勇气
也只能是来源于绝望，
因为这儿所需要的不是智慧
而是必须压倒对方的力量；

看那些"打手"多么神气！
他们是角斗场雇用的工役
一个个长得牛头马面
手拿铁棍和皮鞭
（起先还带着工具
后来连面具也不要了）
他们驱赶着角斗士去厮杀
进行着死亡前的挣扎；
最可怜的是那些蒙面的角斗士
（不知道是哪个游手好闲的
想出如此残忍的坏点子！）

参加角斗的互相看不见

双方都乱挥着短剑寻找敌人
无论进攻和防御都是盲目的——
盲目的死亡、盲目的胜利。

一场角斗结束了
那些"打手"进场
用长钩子钩曳出尸体
和那些血淋淋的肉块
把被戮将死的曳到一旁
拿走武器和其他的什物，
奄奄一息的就把他杀死；
然后用水冲刷污血
使它不留一点痕迹——
这些"打手"受命于人
不直接去杀人
却比刽子手更阴沉。

再看那一层层的看台上
多少万人都在欢欣若狂
那儿是等级森严、层次分明
按照权力大小坐在不同的位置上，
王家贵族一个个悠闲自得
旁边都有陪臣在阿谀奉承；
那些宫妃打扮得花枝招展
与其说她们是来看角斗
不如说到这儿展览自己的青春
好像是天上的星斗光照人间；
有"赫赫战功"的，生活在
奴隶用双手建造的宫殿里
奸淫战败国的妇女；

他们的餐具都沾着血
他们赞赏血腥的气味；
能看人和兽搏斗的
多少都具有兽性——
从流血的游戏中得到快感
从死亡的挣扎中引起笑声，
别人越痛苦，他们越高兴；
（你没有听见那笑声吗？）
最可恨的是那些
用别人的灾难进行投机
从血泊中捞取利润的人，
他们的财富和罪恶一同增长；

斗技场的奴隶越紧张
看台上的人群越兴奋；
厮杀的叫喊越响
越能爆发狂暴的笑声；
看台上是金银首饰在闪光
斗场上是刀叉匕首在闪光；
两者之间相距并不远
却有一堵不能逾越的墙。

这就是古罗马的斗技场
它延续了多少个世纪
谁知道有多少奴隶
在这个圆池里丧生。
神呀，宙斯呀，丘比特呀，耶和华呀
一切所谓"万能的主"呀，都在哪里？
为什么对人间的不幸无动于衷？
风呀，雨呀，雷霆呀，

为什么对罪恶能宽容?

奴隶依然是奴隶
谁在主宰着人间?
谁是这场游戏的主谋?
时间越久，看得越清:
经营斗技场的都是奴隶主
不论是老泰尔克维尼乌斯
还是苏拉、恺撒、奥大维……
都是奴隶主中的奴隶主——
嗜血的猛兽、残暴的君王!

"不要做奴隶!
要做自由人！"
一人号召
万人响应
为了改变自己的命运
就要捣毁万恶的斗技场;
把那些拿别人生命作赌的人
钉死在耻辱柱上!
奴隶的领袖
只有从奴隶中产生;
共同的命运
产生共同的思想;
共同的意志
汇成伟大的力量。
一次又一次地举起义旗
斗争的才能因失败而增长
愤怒的队伍像地中海的巨浪
淹没了宫殿，掀翻了凯旋门

冲垮了斗技场，浩浩荡荡
觉醒了的人们誓用鲜血灌溉大地
建造起一个自由劳动的天堂！

如今，古罗马的大斗技场
已成了历史的遗物，像战后的废墟
沉浸在落日的余晖里，像碉堡
不得不引起我疑问和沉思：
它究竟是光荣的纪念，
还是耻辱的标志？
它是夸耀古罗马的豪华，
还是记录野蛮的统治？
它是为了博得廉价的同情，
还是谋求遥远的叹息？

时间太久了
连大理石也要哭泣；
时间太久了
连凯旋门也要低头；
奴隶社会最残忍的一幕已经过去
不义的杀戮已消失在历史的烟雾里
但它却在人类的良心上留下可耻的记忆
而且向我们披示一条真理：
血债迟早都要用血来偿还；
以别人的生命作为赌注的
就不可能得到光彩的下场。

说起来多少有些荒唐——
在当今的世界上
依然有人保留了奴隶主的思想

他们把全人类都看做奴役的对象
整个地球是一个最大的斗技场。

1979 年 9 月北京

（以上均选自诗集《归来的歌》，四川人民出版社 1980 年版）

**点评**

　　诗人通过重现古罗马大斗技场的场景，批判了奴役他人的罪恶行径，讴歌了勇于抗争的精神，同时又影射现实，对国际上那些企图奴役他人的列强进行了一针见血的批判。历史是现实的一面镜子，重温残暴的历史，是为了提醒今人，团结起来，反抗那些强暴和威权，去争取属于自己的自由和权利。

# 卞之琳（1910—2000）

生于江苏海门，祖籍南京溧水，诗人、文学评论家、翻译家。"汉园三诗人"之一，新月派的代表诗人。著有诗集《三秋草》《鱼目集》《十年诗草》《雕虫纪历》等。

## 断　章

你站在桥上看风景，
看风景的人在楼上看你。

明月装饰了你的窗子，
你装饰了别人的梦。

**点评**

这首诗歌采用了顶针、对比等修辞手法，描画了两个形象的画面，阐述了深刻的哲理。风景是相对的，"看"与"被看"、"装饰"与"被装饰"都是相对的。你可以站在桥上看风景，与此同时你也可以成为一道风景；月光可以装饰你的窗子，而你也可以变成别人梦境里的装饰。美也是相对的，每个人都可以成为美的创造者和欣赏者。人生和生活中的一切，人与人的关系等，世间的万事万物，都处在一种相对的状态之中。

# 鱼化石
## （一条鱼或一个女子说）

我要有你的怀抱的形状，
我往往溶化于水的线条。
你真像镜子一样的爱我呢，
你我都远了乃有了鱼化石。

**点评**

　　鱼化石，是鱼溶于水最终硬化成的石头。爱情倘若亦能如此坚贞，最终也会变成一段美丽的传说，成为一块化石。鱼化石既是一个象征，也是一个记忆或印记，是一种情感的相互依存关系的见证。卞之琳诗歌是一种智性诗歌，充满了哲理意味，往往可以进行多重的解读。

# 白螺壳

空灵的白螺壳，你，
孔眼里不留纤尘，
漏到了我的手里
却有一千种感情：
掌心里波涛汹涌，
我感叹你的神工，
你的慧心啊，大海，
你细到可以穿珠！

我也不禁要惊呼：
"你这个洁癖啊，唉！"

请看这一湖烟雨
水一样把我浸透，
像浸透一片鸟羽。
我仿佛一所小楼，
风穿过，柳絮穿过，
燕子穿过像穿梭，
楼中也许有珍本，
书叶给银鱼穿织，
从爱字通到哀字——
出脱空华不就成！

玲珑吗，白螺壳，我？
大海送我到海滩，
万一落到人掌握，
愿得原始人喜欢：
换一只山羊还差
三十分之二十八；
倒是值一只蟠桃。
怕叫多思者想起：
空灵的白螺壳，你
卷起我的愁潮——

我梦见你的阑珊：
檐溜滴穿的石阶，
绳子锯缺的井栏……
时间磨透于忍耐！
黄色还诸小鸡雏，

青色还诸小碧梧，

玫瑰色还诸玫瑰，

可是你回顾道旁，

柔嫩的蔷薇刺上

还挂着你的宿泪。

**点评**

　　一只空灵的白螺壳，引起了诗人无尽的思绪。他回忆了白螺壳的前世今生，又遐想了它的未来。那是一个生命体，经历了风雨春秋，也见证了人间的爱与哀。生命最终会像被绳索锯缺的井栏、水滴石穿的台阶，时间会改变一切，在布满荆棘的人生道上，处处都能见到泪与痛苦。诗人借助白螺壳的意象，缅怀、回顾并思考了生命的全部旅程。

# 李广田（1906—1968）

散文家。山东邹平人。曾任云南大学校长。1936 年与北大学友卞之琳、何其芳合出诗集《汉园集》，故被称为"汉园三诗人"。

## 地之子

我是生自土中，
来自田间的，
这大地，我的母亲，
我对她有着作为人子的深情。
我爱着这地面上的沙壤，湿软软的，
我的襁褓；
更爱着绿绒绒的田禾，野草，
保姆的怀抱。
我愿安息在这土地上，
在这人类的田野里生长，
生长又死亡。

我在地上，
昂了首，望着天上。
望着白的云，
彩色的虹，
也望着碧蓝的晴空。
但我的脚却永踏着土地，
我永嗅着人间的土的气息。

我无心于住在天国里，

因为住在天国时

便失掉了天国，

且失掉了我的母亲，这土地。

一九三三年春

（原载 1933 年 3 月 1 日《新月》第 4 卷第 6 期）

## 点评

诗人自比大地的儿子。他深情地爱着这如母亲般的土地，向往天堂，坚守大地。大地是人的根本，天堂是人的理想。那些天上的白云、彩虹和碧空正是美丽的梦想与憧憬。一个人只有脚踏大地，才有实现理想的可能。这首诗既是献给大地和母亲的赞歌，也是献给地之子——每一个人的共勉词。大地，用沙壤拥抱人，用田禾青草哺育人。人同大地的关系休戚相关，声息相通，彼此如同母子一般血肉相连，唇齿相依。《地之子》描绘的正是这样一种动人的场景和意境。

# 田间（1916—1985）

原名童天鉴，安徽无为县人。曾任中央文学讲习所秘书长、河北文联主席等职。著有《给战斗者》《赶车传》《抗战诗抄》《板门店记事》等诗文集。

## 假使我们不去打仗

假使我们不去打仗，
敌人用刺刀
杀死了我们，
还要用手指着我们骨头说：
"看，
这是奴隶！"

1938 年作

（选自《田间诗选》，人民文学出版社 1983 年版）

**点评**

这首诗像鼓点一样简短有力，在抗战时期发挥了巨大的鼓动作用。假使我们不去打仗，假使我们放弃抵抗，我们就会变成敌人刺刀下的死鬼，而且还要永远地丧失做人的尊严，因为，即便是死了，敌人还要指着我们骨头，嘲笑我们是自甘沉沦和不战而降的奴隶，是低人一等的民族。诗歌用一种类似激将的手法，号召人们振奋起来，捍卫自己的祖国，同时更是捍卫每一个人做人的尊严。

# 义勇军

在长白山一带的地方，
中国的高粱
正在血里生长。
大风沙里
一个义勇军
骑马走过他的家乡，
他回来：
敌人的头，
挂在铁枪上！

1938 年作

## 点评

抗日战争时期，东北沦陷，东北的土地和高粱浸泡在血水之中，风沙肆虐，生民涂炭。然而，却有我们威武不屈的义勇军，骑马走过家乡，他用以慰藉血流之中的家乡的，是那颗挂在铁枪上的敌人的头！诗歌短小简明，却富于鼓动性，在那个特殊的历史时期产生了震撼人心的鼓舞力量。

# 光未然（1913—2002）

原名张光年，湖北省光化县人（现湖北襄阳老河口市），现代诗人，文学评论家。曾任中国作协党组书记。代表作有《戏剧的现实主义问题》《风雨文谈》《黄河大合唱》等。

## 黄河颂
### （《黄河大合唱》之二）

**（朗诵词）**

啊，朋友！
黄河以它英雄的气魄，
出现在亚洲的原野；
它表现出我们民族的精神：
伟大而又坚强！
这里，
我们向着黄河，
唱出我们的赞歌。

**（歌词）**

我站在高山之巅，
望黄河滚滚，
奔向东南。
金涛澎湃，

掀起万丈狂澜；

浊流宛转，

结成九曲连环；

从昆仑山下

奔向黄海之边；

把中原大地

劈成南北两面。

啊！黄河！

你是中华民族的摇篮！

五千年的古国文化，

从你这发源；

多少英雄的故事，

在你的身边扮演！

啊！黄河！

你是伟大坚强，

像一个巨人

出现在亚洲平原之上，

用你那英雄的体魄

筑成我们民族的屏障。

啊！黄河！

你一泻万丈，

浩浩荡荡，

向南北两岸

伸出千万条铁的臂膀。

我们民族的伟大精神，

将要在你的哺育下

发扬滋长！

我们祖国的英雄儿女，

将要学习你的榜样，

像你一样的伟大坚强！

像你一样的伟大坚强！

（选自北京大学、北京师范大学、北京师范学院主编：
《新诗选》，上海教育出版社 1979 年版）

**点评**

　　黄河是中华民族的母亲河，也是中国精神的象征。黄河的气势、黄河的力量正是这个民族的气势和力量。这是一条伟大的河流，历史悠久、强劲顽强、浩浩荡荡，正如这个国家和民族。诗人歌颂黄河，就是歌颂这个蕴含着无限力量和激情的民族。这是一首献给祖国的赞歌。在抗战时期，黄河象征着全民族同仇敌忾抗战到底的决心和力量，气势豪迈，不可阻挡，奔流在亚洲的原野之上；最终的胜利必定属于这条河流以及她的子孙。《黄河大合唱》是抗战时期最著名的、最鼓舞人心的一首歌曲。

# 穆木天（1900—1971）

原名穆敬熙，吉林伊通县人，现代诗人、翻译家。象征派诗人的代表人物。著有诗集《旅心》《流亡者之歌》《新的旅途》等。

## 落　花

我愿透着寂静的朦胧　薄淡的浮纱
细听着淅淅的细雨寂寂的在檐上激打
遥对着远远吹来的空虚中的嘘叹的声音
意识着一片一片的坠下的轻轻的白色的落花

落花掩住了藓苔　幽径　石块　沉沙
落花吹送来白色的幽梦到寂静的人家
落花倚着细雨的纤纤的柔腕虚虚的落下
落花印在我们唇上接吻的余香　啊　不要惊醒了她

啊　不要惊醒了她　不要惊醒了落花
任她孤独的飘荡　飘荡　飘荡　飘荡在
我们的心头　眼里　歌唱着　到处是人生的故家
啊　到底哪里是人生的故家　啊　寂寂的听着落花

妹妹　你愿意罢　我们永久的透着朦胧的浮纱
细细的深尝着白色的落花深深的坠下
你弱弱的倾依着我的胳膊　细细的听歌唱着她
"不要忘了山巅　水涯　到处是你们的故乡　到处你们是落花"

**点评**

　　这首诗运用了舒缓的旋律，描绘了落花飘落、漂泊的状态及过程。那些绵长的词句，正像那飘飘扬扬纷纷下降的落花。我们每一个人，都是漂泊在山巅、水涯、天涯海角的落花。到处都是异乡，到处又都是我们的家乡。我们是无家可归的游子，是无处落脚的坠落的花朵。诗人写出了一种孤寂游离的、无以言说的生存状态，全诗带有一种淡淡的忧伤与怅惘。

# 郑敏（1920—　　）

福建闽侯人。"九叶"诗派的重要女诗人，北京师范大学教授。出版有《诗集：1942—1947》《心象》《寻觅集》《诗人与死》等。

## 金黄的稻束

金黄的稻束站在
割过的秋天的田里，
我想起无数个疲倦的母亲，
黄昏路上我看见那皱了的美丽的脸，
收获日的满月在
高耸的树巅上，
暮色里，远山
围着我们的心边，
没有一个雕像能比这更静默。
肩荷着那伟大的疲倦，你们
在这伸向远远的一片
秋天的田里低首沉思，
静默。静默。历史也不过是
脚下一条流去的小河，
而你们，站在那儿，
将成为人类的一个思想。

**点评**

金黄的稻束，站立在收割后的田野里，犹如一幅凝重的画面或雕塑，矗立在大地之上。她们就像生育后疲倦的母亲，又像深沉的思想者，任由时间和历史如同脚下流走的那条小河一样不断过去、消逝。这是一种坚毅的、执着的站立与守望，是一种伟大的爱和力量的存在。诗歌意象丰富，形象，具有深刻的思想内涵。

# 渴望：一只雄狮

在我的身体里有一张张得大大的嘴
它像一只在吼叫的雄狮
它冲到大江的桥头
看着桥下的湍流
那静静滑过桥洞的轮船
它听见时代在吼叫
好像森林里象在吼叫
它回头看着我
又走回我身体的笼子里
那狮子的金毛像日光
那象的吼声像鼓鸣
开花样的活力回到我的体内
狮子带我去桥头
那里，我去赴一个约会

1986 年

**点评**

　　每个人的心里都藏着一只雄狮，在时代的召唤面前，内心的狮子将会发出相应的吼叫。桥、湍流和约会，都是时代的潮流的裹挟，它们让我们每个人的内心的雄狮醒来，更加主动勇猛地去投入新的生活。雄狮代表着内心的这种渴望，代表着对于时代巨变的热切呼应。因此，这首诗可谓是写出了一个时代的心声。

## 绿原（1922—2009）

原名刘仁甫，又名刘半九，生于湖北。出版有《人之诗》《另一支歌》《我们走向海》《绿原自选诗》《小时候》《向时间走去》等诗集，曾获第 37 届斯特鲁加国际诗歌节"金环奖"。

## 诗　人

有奴隶诗人
他唱苦难的秘密
他用歌叹息
他的诗是荆棘
不能插在花瓶里

有战士诗人
他唱真理的胜利
他用歌射击
他的诗是血液
不能倒在酒杯里

1949 年

**点评**

这是一首言志诗，堪称诗人的座右铭。诗人就要做奴隶的代言人，为苦难呐喊，鞭笞黑暗；诗人就要像战士一样，勇敢地用诗歌去战斗，在诗歌里融进自己的血液，一心追求真理和胜利。这首诗采用了排比对仗的句式，语言简短精炼，寓意深刻，体现了作者的人格追求和职业操守。

# 中国的风筝

从蚂蚁的地平线飞起

从花蝴蝶的菜园飞起

从麻雀的胡同飞起

从雨燕的田野飞起

从长翅膀的奔马扬起一蓬火光的草原飞起


带着幼儿园拍手的欢呼飞起

带着小学校升旗的歌曲飞起

带着提菜篮子的主妇的微笑飞起

带着想当发明家的残疾少年的誓愿飞起

带着一亿辆自行车逆风骑行的加速度飞起


飞过了戴着绿色冠冕的乔木群

飞过了传递最新信息的高压线

飞过了刚住进人去的第二十层高楼

飞过了几乎污染了云彩的煤烟

飞过了十次起飞有九次飞不起来的梦魇


望得见长城像一道堤埂

望得见黄河像一条蚯蚓

望得见阡陌纵横像一块棋盘

望得见田亩里麦垛像一枚枚小兵

望得见仰天望我的儿童们的亮眼像星星


说不定被一阵劲风刮到北海去

说不定被一行鸿雁邀到南洋去

说不定被一架喷气式引到外国港口去

说不定被一只飞碟拐到黑洞里去

说不定被一次迷惘送到想去又不敢去的地方去


飞吧飞吧更高一些飞吧任凭

万有引力从四面八方拉来扯去

只因有一根看不见也剪不断的脐带

把你和母体大地紧紧相连才使你像

一块神秘的锦绣永远嵌在儿时的天幕


——1990 年代


**点评**

　　放飞风筝，放飞梦想。这是中国的风筝，它凝聚着幼儿、小学生、残疾少年、主妇……每一个人的梦想和愿望。飞起来的风筝俯瞰大地，寄托着千千万万人的祝愿与期望。然而，它也会受到四面来风的影响，也会东飘西荡，但是，它的绳线却永远拽在祖国的手中，牵在我们自己的手里。如果说，风筝是命运的代表或象征，那么，这个命运永远掌握在中国手里。诗人表达了一种坚定的自信和对于未来的美好的预期，是一首为前进中的祖国歌咏的诗篇。

## 鲁藜（1914—1999）

原名许图地。福建同安人。诗人。曾任天津作协主席。著有诗集《醒来的时候》《时间的歌》《天青集》《山》《鲁藜诗选》等。

## 泥　土

老是把自己当作珍珠
就时时有被埋没的痛苦
把自己当作泥土吧
让众人把你踩成一条道路

**点评**

诗歌运用了对比的手法，昭示人们，不要自视甚高，把自己高高挂起，而要甘愿去做一粒平凡的泥土，融进集体和大众，才能真正实现自己的人生价值。这是一首献给普通劳动者的诗篇，是阐发人生哲理的诗歌。诗歌简短精炼，意蕴深刻，富有说服力。

# 穆旦（1918—1977）

原名查良铮，爱国主义诗人、翻译家。生于天津，祖籍浙江海宁。九叶诗派成员之一。曾任南开大学副教授。著有《探险队》《穆旦诗集》《旗》《穆旦诗选》等。

## 赞　美

走不尽的山峦的起伏，河流和草原，
数不尽的密密的村庄，鸡鸣和狗吠，
接连在原是荒凉的亚洲的土地上，
在野草的茫茫中呼啸着干燥的风，
在低压的暗云下唱着单调的东流的水，
在忧郁的森林里有无数埋藏的年代。
它们静静地和我拥抱：
说不尽的故事是说不尽的灾难，沉默的
是爱情，是在天空飞翔的鹰群，
是干枯的眼睛期待着泉涌的热泪，
当不移的灰色的行列在遥远的天际爬行；
我有太多的话语，太悠久的感情，
我要以荒凉的沙漠，坎坷的小路，骡子车，
我要以槽子船，漫山的野花，阴雨的天气，
我要以一切拥抱你，你，
我到处看见的人民呵，
在耻辱里生活的人民，佝偻的人民，
我要以带血的手和你们一一拥抱。

因为一个民族已经起来。

一个农夫，他粗糙的身躯移动在田野中，
他是一个女人的孩子，许多孩子的父亲，
多少朝代在他的身边升起又降落了
而把希望和失望压在他身上，
而他永远无言地跟在犁后旋转，
翻起同样的泥土溶解过他祖先的，
是同样的受难的形象凝固在路旁。
在大路上多少次愉快的歌声流过去了，
多少次跟来的是临到他的忧患；
在大路上人们演说，叫嚣，欢快，
然而他没有，他只放下了古代的锄头，
再一次相信名词，溶进了大众的爱，
坚定地，他看着自己溶进死亡里，
而这样的路是无限的悠长的
而他是不能够流泪的，
他没有流泪，因为一个民族已经起来。

在群山的包围里，在蔚蓝的天空下，
在春天和秋天经过他家园的时候，
在幽深的谷里隐着最含蓄的悲哀：
一个老妇期待着孩子，许多孩子期待着
饥饿，而又在饥饿里忍耐，
在路旁仍是那聚集着黑暗的茅屋，
一样的是不可知的恐惧，一样的是
大自然中那侵蚀着生活的泥土，
而他走去了从不回头诅咒。
为了他我要拥抱每一个人，
为了他我失去了拥抱的安慰，

因为他，我们是不能给以幸福的，
痛哭吧，让我们在他的身上痛哭吧，
因为一个民族已经起来。

一样的是这悠久的年代的风，
一样的是从这倾圯的屋檐下散开的
无尽的呻吟和寒冷，
它歌唱在一片枯槁的树顶上，
它吹过了荒芜的沼泽，芦苇和虫鸣，
一样的是这飞过的乌鸦的声音。
当我走过，站在路上踟蹰，
我踟蹰着为了多年耻辱的历史
仍在这广大的山河中等待，
等待着，我们无言的痛苦是太多了，
然而一个民族已经起来，
然而一个民族已经起来。

1941 年 12 月

**点评**

　　这是一个灾难深重的国家，这里的国土满目疮痍，这里的人们生活在水深火热之中，苦苦挣扎，凄楚等待，忍辱负重……然而，这个国家的脊梁已经挺直，这个民族的精神永远不屈，她是不会被消灭的，她已经顽强地站起来，希望就在前方。这是一首为抗战呼号的诗歌，犹如"咚咚"战鼓，震荡着每一位仁人志士的耳膜，震荡着每一个中华儿女的心脏。是的，这个民族从来没有屈服过，这个民族永远不会倒下，胜利和未来终将属于我们！

# 野　兽

黑夜里叫出了野性的呼喊，
是谁，谁噬咬它受了创伤？
在坚实的肉里那些深深的
血的沟渠，血的沟渠灌溉了
翻白的花，在青铜样的皮上！
是多大的奇迹，从紫色的血泊中
它抖身，它站立，它跃起，
风在鞭挞它痛楚的喘息。

然而，那是一团猛烈的火焰，
是对死亡蕴积的野性的凶残，
在狂暴的原野和荆棘的山谷里，
像一阵怒涛绞着无边的海浪，
它拧起全身的力。
在暗黑中，随着一声凄厉的号叫，
它是以如星的锐利的眼睛，
射出那可怕的复仇的光芒。

**点评**

　　一只受了伤的野兽，一只充满了复仇的愤怒的野兽。这是一个不屈的顽强的抗争的生命。诗人用明快的笔墨，刻画出了一个英勇的灵魂，一个野兽一般的战士。

# 诗八首

## 1

你底眼睛看见这一场火灾，
你看不见我，虽然我为你点燃；
唉，那烧着的不过是成熟的年代，
你底，我底。我们相隔如重山！

从这自然底蜕变程序里，
我却爱了一个暂时的你。
即使我哭泣，变灰，变灰又新生，
姑娘，那只是上帝玩弄他自己。

## 2

水流山石间沉淀下你我，
而我们成长，在死底子宫里。
在无数的可能里一个变形的生命
永远不能完成他自己。

我和你谈话，相信你，爱你，
这时候就听见我底主暗笑，

不断地他添来另外的你我
使我们丰富而且危险。

## 3

你底年龄里的小小野兽，
它和青草一样地呼吸，
它带来你底颜色，芳香丰满，
它要你疯狂在温暖的黑暗里。

我越过你大理石的理智底殿堂，
而为它埋藏的生命珍惜；
你我底手底接触是一片草场。
那里有它底固执，我底惊喜。

## 4

静静地，我们拥抱在
用言语所能照明的世界里，
而那未形成的黑暗是可怕的，
那可能的和不可能的使我们沉迷。

那窒息着我们的
是甜蜜的未生即死的言语，
它底幽灵笼罩，使我们游离，
游进混乱的爱底自由和美丽。

## 5

夕阳西下，一阵微风吹拂着田野，
是多么久的原因在这里积累。
那移动了景物的移动我底心，

从最古老的开端流向你，安睡。

那形成了树木和屹立的岩石的，
将使我此时的渴望永存，
一切在它底过程中流露的美，
教我爱你的方法，教我变更。

## 6

相同和相同溶为怠倦，
在差别间又凝固着陌生：
是一条多么危险的窄路里，
我驱使自己在那上面旅行。

他存在，听我底指使，
他保护，而把我留在孤独里，
他底痛苦是不断的寻求
你底秩序，求得了又必须背离。

## 7

风暴，远路，寂寞的夜晚，
丢失，记忆，永续的时间，
所有的科学不能祛除的恐惧
让我在你怀里得到安憩——

呵，在你底不能自主的心上，
你底随有随无的美丽形象，
那里，我看见你孤独的爱情

笔立着，和我底平行着生长！

## 8

再没有更近的接近，
所有的偶然在我们间定型；
只有阳光透过缤纷的枝叶
分在两片情愿的心上，相同。

等季候一到就要各自飘落，
而赐生我们的巨树永青，
它对我们不仁的嘲弄
（和哭泣）在合一的老根里化为平静。

1942 年 2 月

**点评**

　　生命是独立存在的，又需要相互取暖。我和你是两个并立的平行的生命，会有交叉，会碰撞出爱情的火花。然而，人与人之间仍旧存在隔膜。在相同里我们彼此会消泯了差异，然而只有在死亡中，一切才会归于平静。生命的历程，充满了诱惑和各种不确定的因素，人与人的相知相爱亦是如此。这首诗的八个章节，几乎可以对应人生和爱情的八个阶段，从生发到死亡，从躁动到归于宁静。

# 阿垅（1907—1967）

文艺理论家、诗人。原名陈守梅，又名陈亦门，浙江杭州人。"七月诗派"骨干成员之一。著有长篇小说《南京》，诗集《无弦琴》等。

## 纤　夫

嘉陵江
风，顽固地逆吹着
江水，狂荡地逆流着，
而那大木船
衰弱而又懒惰
沉涸而又笨重，
而那纤夫们
正面着逆吹的风
正面着逆流的江水
在三百尺远的一条纤绳之前
又大大地——跨出了一寸的脚步！……

风，是一个绝望于街头的老人
伸出枯僵成生铁的老手随便拉住行人（不让再走了）
要你听完那永不会完的破落的独白，
江水，是一支生吃活人的卍字旗麾下的钢甲军队
集中攻袭一个据点
要给它尽兴的毁灭
而不让它有一步的移动！

但是纤夫们既逆着那
逆吹的风
更逆着那逆流的江水。


大木船
活够了两百岁了的样子，活够了的样子
污黑而又猥琐的，
灰黑的木头处处蛀蚀着
木板坼裂成黑而又黑的巨缝（里面象有阴谋和臭虫在做窠的）
用石灰、竹丝、桐油捣制的膏深深地填嵌起来（填嵌不好的），
在风和江水里
象那生根在江岸的大黄桷树，动也——真懒得动呢
自己不动影子也不动（映着这影子的水波也几乎不流动起来）
这个走天下的老江湖
快要在这宽阔的江面上躺下来睡觉了（毫不在乎呢），
中国的船啊！
古老而又破漏的船啊！
而船仓里有
五百担米和谷
五百担粮食和种子
五百担，人底生活的资料
和大地底第二次的春底胚胎，酵母，
纤夫们底这长长的纤绳
和那更长更长的
道路，不过为的这个！


一绳之微
紧张地拽引着
作为人和那五百担粮食和种子之间的力的有机联系，
紧张地——拽引着

前进啊；

一绳之微

用正确而坚强的脚步

给大木船以应有的方向（象走回家的路一样有一个确信而又满意

的方向）：

向那炊烟直立的人类聚居的、繁殖之处

是有那么一个方向的

向那和天相接的迷茫一线的远方

是有那么一个方向的

向那

一轮赤赤地炽火飞爆的清晨的太阳！——

是有那么一个方向的。


偻伛着腰

匍匐着屁股

坚持而又强进！

四十五度倾斜的

铜赤的身体和鹅卵石滩所成的角度

动力和阻力之间的角度，

互相平行地向前的

天空和地面，和天空和地面之间的人底昂奋的脊椎骨

昂奋的方向

向历史走的深远的方向，

动力一定要胜利

而阻力一定要消灭！

这动力是

创造的劳动力

和那一团风暴的大意志力。


脚步是艰辛的啊

有角的石子往往猛锐地楔入厚茧皮的脚底

多纹的沙滩是松陷的，走不到末梢的

鹅卵石底堆积总是不稳固地滑动着（滑头滑脑地滑动着），

大大的岸岩权威地当路耸立（上面的小树和草是它底一脸威严的

大胡子）

——禁止通行！

走完一条路又是一条路

越过一个村落又是一个村落，

而到了水急滩险之处

哗噪的水浪强迫地夺住大木船

人半腰浸入洪怒的水沫飞漩的江水

去小山一样扛抬着

去鲸鱼一样拖拉着

用了

那最大的力和那最后的力

动也不动——几个纤夫徒然振奋地大张着两臂（象斜插在地上的

十字架了）

他们决不绝望而用背退着向前硬走，

而风又是这样逆向的

而江水又是这样逆向的啊！

而纤夫们，他们自己

骨头到处格格发响象会片片迸碎的他们自己

小腿胀重象木柱无法挪动

自己底辛劳和体重

和自己底偶然的一放手的松懈

那无聊的从愤怒来的绝望和可耻的从畏惧来的冷淡

居然——也成为最严重的一个问题

但是他们——那人和群

那人底意志力

那坚凝而浑然一体的群

那群底坚凝成钢铁的集中力
——于是大木船又行动于绿波如笑的江面了。


一条纤绳
整齐了脚步（象一队向召集令集合去的老兵），
脚步是严肃的（严肃得有沙滩上的晨霜底那种调子）
脚步是坚定的（坚定得几乎失去人性了的样子）
脚步是沉默的（一个一个都沉默得象铁铸的男子）
一条纤绳维系了一切
大木船和纤夫们
粮食和种子和纤夫们
力和方向和纤夫们
纤夫们自己——个人，和一个集团，
一条纤绳组织了
脚步
组织了力
组织了群
组织了方向和道路，——
就是这一条细细的、长长的似乎很单薄的苎麻的纤绳。


前进——
前进！
这前进的路
同志们！
并不是一里一里的
也不是一步一步的
而只是——一寸一寸那么的，
一寸一寸的一百里
一寸一寸的一千里啊！
一只乌龟底竞走的一寸

一只蜗牛底最高速度的一寸啊！

而且一寸有一寸的障碍的

或者一块以不成形状为形状的岩石

或者一块小讽刺一样的自己已经破碎的石子

或者一枚从三百年的古墓中偶然给兔子掘出的锈烂钉子，……

但是一寸的强进终于是一寸的前进啊

一寸的前进是一寸的胜利啊，

以一寸的力人底力和群底力

直迫近了一寸

那一轮赤赤地炽火飞爆的清晨的太阳！

一九四一，一一，五。方林公寓。

（选自《无弦琴》，希望社 1947 年版）

**点评**

前进，前进，迎着风高浪急，向着太阳，拉着沉重破败的木船和粮食，一步一步，在礁石上腾挪、移动。这就是纤夫，负重前行的纤夫。而他们所背负的，正是养育生命的粮食，是老大古老的国家，是希望和生机；他们所奔向的地方，正是那太阳的方向，是光明和未来。诗人用雕刻刀一样的笔触，刻画了一组立体的雕塑，这是劳动者的雕塑。因此，这是一首献给劳动者的赞歌，也是献给这个英勇顽强、不屈抗战、奋力前行的民族的赞歌。

# 袁水拍（1916—1982）

原名袁光楣，笔名马凡陀。诗人。江苏吴县人。曾任中宣部文艺处处长、文化部艺术研究所负责人。著有诗集《马凡陀的山歌》《政治讽刺诗》《诗四十首》《歌颂和诅咒》《春莺歌》等。

## 发票贴在印花上

发票贴在印花上[①]，
蔻丹揭在脚趾上，
水兵出巡马路上，
吉普开到人身上[②]。

黄浦余到阶沿上，
房子造在金条上，
工厂死在接收上，
鸟窠做在烟囱上[③]。

演得好戏我来看，
重税派在你头上，
学生募捐读书钱，

---

① 这是报纸上所载新闻标题，因为印花税票贴得多，好像不是发票上贴印花，倒是印花上贴发票。
② 美国水兵驾驶吉普车在马路上随便轧人。
③ 国民党大员接收工厂后，工厂都关了门。下面第四节"仓库"云云，指接收后国民党官僚盗卖仓库，纵火掩饰。

教师罢工课不上。

仓库皮子一把火，
仓库馅子没去向，
廉耻挂在高楼上①，
是非扔进大毛坑。

民主涂在嘴巴上，
自由附在条件上，
议案协定归了档，
文章写在水面上②。

游行学生坐卡车，
面包装在吉普上③，
自由太多便束缚，
羊枣优待故身亡④。

脑袋碰在枪弹上，
和平挑在刀尖上，
中国命运在哪里⑤？
挂在高高鼻子上。

米粮落入黑市场，
面粉救济黄牛党⑥，
财政躺在发行上，

---

① 上海国际饭店高楼上挂有"礼义廉耻"四字。
② 指"停战协定"等均被国民党撕毁。
③ 反苏游行学生由"当局"派了卡车装运，还用供给面包作为报酬之一。
④ 进步记者羊枣被杀在国民党的集中营里，反动报纸还说他是受优待的。
⑤ 影射蒋介石的《中国之命运》。
⑥ "联总"运华救济之粮食，报载有此种情形。

发行发到天文上。

上海跳舞中国饿，
十九个省份都闹荒①，
收购军米免征粮，
树皮草根啃个光。

百姓滚在钉板上，
汉奸坐牢带铜床，
曲线软性是救国，
地上地下往来忙②。

南京复员拆蓬户，
广州迎驾砖砌窗③，
力气使在市容上，
四强之一叮叮唱！

1946 年 4 月 11 日

（选自《袁水拍诗歌选》，人民文学出版社 1985 年版）

**点评**

　　诗人运用漫画一样的笔墨，描绘了一幅社会凋敝、腐败横行、民不聊生的现实百景图。采用反讽和夸张的手法，尖锐地批判了国民党的独裁统治。

---

① "联总"统计。
② 汉奸带了铜床去坐牢，国民党与汉奸合作，汉奸自称曲线救国。
③ 蒋介石去广州时所经马路窗门堵死，怕被暗杀。南京因复员，整顿市容，大拆贫民茅屋。

# 毛泽东（1893—1976）

字润之，笔名子任。湖南湘潭人。诗人，伟大的马克思主义者，无产阶级革命家、战略家和理论家，中国共产党、中国人民解放军和中华人民共和国的主要缔造者和领导人。著有《毛泽东诗词》《毛泽东文集》等。

## 沁园春·雪

北国风光，千里冰封，万里雪飘。望长城内外，惟余莽莽；大河上下，顿失滔滔。山舞银蛇，原驰蜡象，欲与天公试比高。须晴日，看红装素裹，分外妖娆。

江山如此多娇，引无数英雄竞折腰。惜秦皇汉武，略输文采；唐宗宋祖，稍逊风骚。一代天骄，成吉思汗，只识弯弓射大雕。俱往矣，数风流人物，还看今朝。

**点评**

这首词气势雄浑激越，尽情挥洒泼墨，从祖国的万里江山、多娇雪景写到中华民族的悠久历史、风流人物，引出对今日英雄的赞美。全首词一气呵成，对仗工整，节奏明快，颇具豪放派词风。

# 忆秦娥 · 娄山关

西风烈，
长空雁叫霜晨月。
霜晨月，
马蹄声碎，
喇叭声咽。

雄关漫道真如铁，
而今迈步从头越。
从头越，
苍山如海。
残阳如血。

## 点评

　　这是一首气势豪迈的词，在铁军脚下，雄关漫道只等闲。诗人运用了诸多意象，采用了动静结合的手法和顶针、对仗等修辞，使得词句旋律豪放、悲壮、强烈，富于冲击力。这首词画面感强，景色、景物搭配犹如油画一般讲究、贴切。

# 胡风（1902—1985）

原名张光人，湖北蕲春人。文艺理论家、诗人、翻译家。抗战时期主编大型文艺刊物《七月》和《希望》，后被称为"七月派"。有《胡风全集》十卷本和《胡风全集补遗》行世。

## 为祖国而歌

在黑暗里　在重压下　在侮辱中
苦痛着　呻吟着　挣扎着
是我底祖国是我底受难的祖国！

在祖国
忍受着面色底痉挛
和呼吸底喘促
以及茫茫的亚细亚的黑夜
如暴风雨下的树群
我们成长了！

为了明天
为了抖去苦痛和侮辱底重载
　　朝阳似地
　　绿草似地
　　生活含笑，
祖国呵
你底儿女们

　　歌唱在你底大地上面
　　战斗在你底大地上面
喋血在你底大地上面
在卢沟桥
在南口
在黄浦江上
在敌人底铁蹄所到的一切地方，
迎着枪声　炮声　炸弹声底呼啸声——
祖国呵
为了你
为了你底勇敢的儿女们
为了明天
我要尽情地歌唱：
用我底感激
　　我底悲愤
　　我底热泪
　　我底也许迸溅在你底土壤上的活血！
人说：无用的笔呵
　　　把它扔掉好啦。
然而，祖国呵
就是当我拿着一把刀
　　或者一枝枪
在丛山茂林中出没的时候吧
依然要尽情地歌唱
依然要倾听兄弟们底赤诚的歌唱——
迎着铁底风暴
　　火底风暴
　　血底风暴
歌唱出郁积在心头上的仇火
歌唱出郁积在心头上的真爱

也歌唱掉盘结在你古老的灵魂里的一切死渣和污秽

为了抖掉苦痛和侮辱底重载为了胜利

为了自由而幸福的明天

为了你呵，生我的　养我的　教给我什么是爱　什么是恨的　使
　　我在爱里恨里苦痛的展转于苦痛里但依然能够给我希给我力
　　量的

我底受难的祖国！

一九三七年八月二十四日

（选自《为祖国而歌》，南天出版社 1942 年版）

**点评**

　　一九三七年的祖国，正在蒙受日本侵略者的铁蹄践踏。诗人感同身受着祖国的苦难与屈辱，为祖国唱出了内心的悲愤，唱出了中华民族不屈的精神。他坚定地相信，生养自己的祖国、教会自己爱与恨的祖国，依然能够给予自己希望和力量。祖国在难中，每一位中华儿女都要勇敢地承担起自己的责任，用自己的血去迎接敌人的铁与火，去洗掉祖国古老灵魂里的"死渣"和"污秽"。这是一首献给祖国的恋歌，更是一曲号召国人奋起为了祖国母亲的尊严与荣光而顽强抗争的号角，一首抗战救亡的壮丽诗篇。

# 时间开始了

第一乐章：欢乐颂

时间开始了——


毛泽东

他站到了主席台的正中间

他站在飘着四面红旗的地球面底
中国地形正前面
他屹立着象一尊塑像……

掌声和呼声静下来了

这会场
静下来了
好象是风浪停息了的海
只有微波在动荡而过
只有微风在吹拂而过
一刹那通到永远——
时间
奔腾在肃穆的呼吸里面

跨过了这肃穆的一刹那
时间！时间！
你一跃地站了起来！
毛泽东，他向世界发出了声音
毛泽东，他向时间发出了命令
"进军！"

掌声爆发了起来
乐声奔涌了出来
灯光放射了开来
礼炮象大交响乐的鼓声
"咚！咚！咚！"地轰响了进来
这会场
一瞬间化成了一片沸腾的海
一片声浪的海

一片光带的海
一片声浪和光带交错着的
欢跃的生命的海

海
沸腾着
它涌着一个最高峰
毛泽东
他屹然地站在那最高峰上
好象他微微俯着身躯
好象他右手握紧拳头放在前面
好象他双脚踩着一个
巨大的无形的舵盘
好象他在凝视着流到了这里的
各种各样的河流

毛泽东
他屹然地站在那最高峰上
好象他在向着自己
也就是向着全世界宣布：
让带着泥沙的流到这里来
让浮着血污的流到这里来
让沾着尸臭的流到这里来
让千千万万的清流流到这里来
也让千千万万的浊流流到这里来
……
我是海
我要大
大到能够
环抱世界

大到能够

流贯永远

我是海

要容纳应该容纳的一切

能澄清应该澄清的一切

我这晶莹无际的碧蓝

永远地

永远地

要用它纯洁的幸福光波

映照在这个大宇宙中间


海在沸腾

毛泽东

他屹然地站在那最高峰上

那不是挥动巨掌

击落着无数飞箭

而奔驰前进的

火焰似的列宁底姿势

那不是斩掉了一切毒瘤以后

重量和力量的凝合体

泰山石敢当的

钢柱似的斯大林底姿势

毛泽东

列宁、斯大林的这个伟大的学生

他微微俯着身躯

好象正要迈开大步的

神话里的巨人

在紧张地估计着前面的方向

握得紧紧的右手的拳头

抓住了无数的中国河流

他劝告它们跟着他前进
他命令它们跟着他前进

诗人但丁
当年在地狱门上写下了一句金言：
"到这里来的，
一切希望都要放弃！"
今天
中国人民底诗人毛泽东
在中国新生的时间大门上面
写下了
但丁没有幸运写下的
使人感到幸福
而不是感到痛苦的句子：
"一切愿意新生的
到这里来罢
最美好最纯洁的希望
在等待着你！"

祖国
伟大的祖国呵
在你忍受灾难的怀抱里
我所分得的微小的屈辱
和微小的悲痛
也是永世难忘的
但终于到了今天
今天
为了你的新生
我奉上这欢喜的泪
为了你的母爱

我奉上这感激的泪

祖国，我的祖国
今天
在你新生的这神圣的时间
全地球都在向你敬礼
全宇宙都在向你祝贺

雷声响起了
轰轰轰地在你头上滚动
雨点打来了
花花花地在你头上飘舞
祖国呵
为了你
全宇宙都在欢唱
这大自然底交响乐
那么雄伟又那么慈和
飘流在这一片生命的海上
我感到了你巨大的心房
在激烈地鼓动

梦幻的我的眼睛
朝向了右边一瞥
看见了一个老人底侧脸
他的头发象一蓬秋草
他的胡子钢一样翘着
激动得张开着的嘴巴
忘记了动作
我感到了
他的额头上在冒着热汗

我感到了
在我看不到的他的眼睛里面
在燃烧着火焰

我的战友
我的兄弟
我看见了你！
你在臭湿的牢房垂死过
你在荒野的乡村冻饿过
你和穷苦的农民一道喂过虱子
你和勇敢的战友一道喝过血水
你受过了千锤百炼
你征服了痛苦和死亡
这中间
多少年多少年了
但你的希望活到了今天
你的意志活到了今天

今天
激动着你的此刻
你忘记了过去的一切罢
但过去的一切
使你纯真得象一个婴儿
仿佛躺在温暖的摇篮里面
洁白的心房充溢着新生的恩惠

你也感到了
这摇撼着雷雨的大交响底抚慰罢
那是催生歌
也是催眠曲

我梦幻的心
荡漾着一片醉意
越过你的侧脸
飘忽地回到了七月一日的狂风暴雨下面

好猛烈的狂风暴雨
好甜蜜的狂风暴雨
夹着雷声
飞着电火
倾天覆地而来了
被你吹着淋着
是三万个战斗的生命
用歌声迎接你
用欢笑迎接你
用舞蹈迎接你
因为
只有你这响彻天地的大合奏
只有你这湿透发肤的大洗礼
才能满足这神圣的生日所怀抱的大
欢喜

圆形的大会场
象一个浮在大宇宙中间的地球
整列在那边缘上的
湿透了的无数红旗
飘舞得更响更欢
好象在歌唱
飘舞得更红更鲜
好象是跳跃着的火焰
被它们照临着的

三万颗战斗的心

被暴雨洗过

被狂风吹着

也更响更欢

也更红更鲜


突然

那个克服了艰险的历程

走到了胜利的战列前行的钢人

中断了他的发言

用着只有那么镇定

才能表现他所感到的光荣的声音宣

布了：

——我们的毛主席来到！


三万个激动的声音

欢呼了起来

好象是从地面飞起的暴雨

三万个激动的面孔

转向了一边

好象是被大旋风吹向着一点

三万个激动的心

拥抱着融合着

汇成了掀播着的不能分割的海面


圆形海面的边缘

整列着

湿透了的无数红旗

飘舞得更响更欢

好象在歌唱

飘舞得更红更鲜

好象是跳跃着的火焰

它们歌唱着

朝向一点

它们跳跃着

朝向一点

三万个战斗的生命

每一个都在心里告诉自己：

——毛主席，毛主席，他在这

里！

——毛主席，毛主席，他和我们

在一起！


他在这里

在他正对着的那一边

矗立着四幅巨像

——马克思、恩格斯、列宁、斯

大林

劳动人类底四颗伟大的心脏

人类福音底四面神圣的旗子


四幅巨像

前面放射着灯光

正对着他们天才的学生毛泽东

和三万个战斗的生命

所汇成的海面


四幅巨像

背后是无际的天空

黑沉沉的远方

雷声还在隐隐地滚动
电火还在一闪一闪地飞现

四幅巨像
被这大自然底交响乐伴奏着
使我们和大宇宙年青的生命融合在
一起
使我们和全地球未完的战斗连结在
一起

一刹那通到无际……

一刹那通到无际——
今天
毛泽东
他站在这里
头上
轰轰的雷声在滚动
花花的雨声在歌唱
掀播着这声浪和光带交错着的
又一个生命的海

海
掀播着
涌着一个最高峰
毛泽东
他屹然地站在那里
他背后的地球形上
照临着碧蓝的天空
梦幻的我的眼睛

又看见了
那四幅巨像
矗立着
若隐若现
那碧蓝的亮光中间
好象飞来了雷声底隐隐滚动
好象射来了电火底一闪一闪

毛泽东! 毛泽东!
由于你
我们的祖国
我们的人民
感到了太空底永生的呼吸
受到了全地球本身底战斗的召唤

毛泽东
你屹然地站在最高峰上
你感到了那个呼吸
你听到了那个召唤
你微微俯着身躯
你坚定地望着前面

前面
是那个唯一的方向
前面
是无数河流汇合之点
你两脚踩着无形的巨大的舵盘
你坚定地望着望着
那上面闪现过了什么呢?

闪现过了一个面影：
赤裸着身子
被绑着送向法场
在英勇地喊着口号吗？

闪现过了一个面影：
被装在麻袋里面
抛到了河里
传来了一声水响吗？

闪现过了一个面影：
双脚被捆了起来
由烈马倒拖着
奔驰而过吗？

闪现过了一个面影：
在草地里陷了下去
儿童的脑袋沉没了
双手还在抓扑吗？

闪现过了一个面影：
在雪山边坐了下来
即刻僵冻住了
定在那里永远不动吗？

闪现过了一个面影：
为了不让敌人发现
用母亲的战栗的手扣住幼儿底咽喉
望着他僵冷下去了吗？

闪现过了一个面影：
抱着炸药包
冲到碉堡底下
让身体和它同时粉碎了吗？

闪现过了一个面影：
把飞舞的红旗插上了敌人阵地
身里的热血同时喷了出来
在旗杆旁边倒下了吗？

一颗挂在电线柱子上的头颅
闪现过了吗？
一具倒毙在暗牢里的尸体
闪现过了吗？
一个埋进土里的半截身子
闪现过了吗？
………
………

他们
你的战友
你的兄弟
你的同志
艰险的时候想到你
忍苦的时候想到你
受刑的时候想到你
献命的时候想到你……

今天
在祖国新生的温暖怀抱里

他们复活了
踏着雄壮的步子
现出欢喜的笑容
亮着温爱的目光
举起健康的手臂
蜂群似地来了
浪潮似地来了
来了来了
来向你欢呼
来向你致敬
来向你祝贺

毛泽东！毛泽东！
中国第一个光荣的布尔塞维克
他们的力量
汇集着活在你的身上
你抓住了无数的河流
他们的意志
汇集着活在你的心里
你挑起了这一部历史

毛泽东！毛泽东！
中国大地最无畏的战士
中国人民最亲爱的儿子
你微微俯着巨人的身躯
你坚定地望着前面
随着你抬起的手势
大自然底交响乐涌出了最高音
全人类底大希望发出了最强光

你镇定地迈开了第一步
你沉着的声音象一响惊雷——
"全人类四分之一的中国人从此站立
起来了！"

　　——一九四九、十一月十一日夜十时半，成。
　　十一月十二日夜十一时，改。在北京。

**点评**

　　时间开始了，从这个新生的国家诞生之日开始。这个国家和这个政党，经历了血雨腥风，走过了万里长征，八年抗战，牺牲了千千万万的战士，终于走到了天安门城楼，走上了主人的宝座。诗人用充沛豪壮的激情，写出了一个新生政权大海一样的胸怀和抱负，刻画了这个新生国家伟大的领袖，有着诗人一般豪情的毛泽东。这是一个标志性的时间，也是一个划时代的时刻。作者用这首诗及时地记录下了历史的这个重要瞬间，留下了如同影像一般的宝贵的诗歌的见证。

# 王莘（1918—2007）

原名王莘耕，江苏无锡荡口镇人。著名作曲家，曾任天津市音协主席。中国音协"金钟奖"终身成就奖获得者。代表作有《歌唱祖国》等。

## 歌唱祖国

五星红旗迎风飘扬，胜利歌声多么响亮；
歌唱我们亲爱的祖国，从今走向繁荣富强。
歌唱我们亲爱的祖国，从今走向繁荣富强。
越过高山，越过平原，跨过奔腾的黄河长江；
宽广美丽的大地，是我们亲爱的家乡，
英雄的人民站起来了！我们团结友爱坚强如钢。
五星红旗迎风飘扬，胜利歌声多么响亮；
歌唱我们亲爱的祖国，从今走向繁荣富强。
歌唱我们亲爱的祖国，从今走向繁荣富强。
我们勤劳，我们勇敢，五千年历史光辉灿烂；
我们战胜了一切苦难，才得到今天的解放！
我们爱和平，我们爱家乡，谁敢侵犯我们就叫他灭亡！
五星红旗迎风飘扬，胜利歌声多么响亮；
歌唱我们亲爱的祖国，从今走向繁荣富强。
歌唱我们亲爱的祖国，从今走向繁荣富强。
太阳升起，万丈光芒，人民共和国正在成长；
我们领袖毛泽东，指点着前进的方向。
我们的生活天天向上，我们的前途万丈光芒。
五星红旗迎风飘扬，胜利歌声多么响亮；

歌唱我们亲爱的祖国，从今走向繁荣富强。

歌唱我们亲爱的祖国，从今走向繁荣富强。

**点评**

　　这是一首传唱了半个多世纪的歌曲，几乎与共和国同步。歌词和旋律都脍炙人口，家喻户晓。在新中国成立初期，作曲家王莘怀着兴奋激动的心情，带着对伟大祖国深厚的感情，写下了这首歌，道出了亿万人民共同的心声。歌词里对于祖国由衷的赞美与歌颂，对于祖国美好未来真诚的祝愿与祝福，都是全国人民共同的心愿。言为心声，诗言心志。正是因为这首歌抒发出了人民群众的心声，所以受到了广泛持久的欢迎和喜爱，产生了不可估量的感染人心、振奋人心的作用。

# 闻捷（1923—1971）

原名赵文节，现代诗人。江苏丹徒人。曾任新华社新疆分社社长。主要作品有《祖国！光辉的十月》《生活的赞歌》以及诗集《天山牧歌》《生活的赞歌》，长诗《复仇的火焰》等。

## 苹果树下

苹果树下那个小伙子，
你不要、不要再唱歌；
姑娘沿着水渠走来了，
年轻的心在胸中跳着。
她的心为什么跳呵？
为什么跳得失去节拍？……

春天，姑娘在果园劳作，
歌声轻轻从她耳边飘过，
枝头的花苞还没有开放，
小伙子就盼望它早结果。
奇怪的念头姑娘不懂得，
她说：别用歌声打扰我。

小伙子夏天在果园度过，
一边劳动一边把姑娘盯着，
果子才结得葡萄那么大，
小伙子就唱着赶快去采摘。

满腔的心思姑娘猜不着，
她说：别象影子一样缠着我。

淡红的果子压弯绿枝
秋天是一个成熟季节，
姑娘整夜整夜地睡不着，
是不是挂念那树好苹果？
这些事小伙子应该明白，
她说：有句话你怎么不说？

苹果树下那个小伙子，
你不要、不要再唱歌；
姑娘踏着草坪过来了，
她的笑容里藏着什么？……
说出那句真心的话吧！
种下的爱情已该收获。

1952 年—1954 年
乌鲁木齐—北京

**点评**

  苹果树和爱情，构成了一种同构的关系。种下种子期待收获，爱情也是如此——种下思念和眷恋，等待瓜熟蒂落，说出真爱。诗人借用了少数民族情歌对歌的形式，模拟小伙子和姑娘的相恋、相爱经过，人物生动传神，情感真挚美好。这首诗借鉴了中国传统诗歌借景抒情、触景生情的比兴手法，委婉曲折，却又贴近人物的微妙心理，具有鲜明的画面感和动态感，惟妙惟肖，活灵活现。

# 郭小川（1919—1976）

原名郭恩大，生于河北省丰宁县。诗人。曾任中国作协党组副书记。主要作品有《投入火热的斗争》《致青年公民》《甘蔗林——青纱帐》《昆仑行》等。

## 望星空

### 一

今夜呀，
我站在北京的街头上。
向星空了望。
明天哟，
一个紧要任务，
又要放在我的双肩上。
我能退缩吗？
只有迈开阔步，
踏万里重洋；
我能叫嚷困难吗？
只有挺直腰身，
承担千斤重量。
心房呵。
不许你这般激荡！ ——
此刻呵，
最该是我沉着镇定的时光。

而星空，

却是异样的安详。

夜深了，

风息了，

雷雨逃往他乡。

云飞了，

雾散了，

月亮躲在远方。

天海平平，

不起浪，

四围静静，

无声响。

但星空是壮丽的，

雄厚而明朗。

穹窿呵，

深又广，

在那神秘的世界里，

好象竖立着层层神秘的殿堂。

大气呵，

浓又香，

在那奇妙的海洋中，

仿佛流荡着奇妙的酒浆。

星星呵，

亮又亮，

在浩大无比的太空里，

点起万古不灭的盏盏灯光。

银河呀。

长又长，

在没有涯际的宇宙中，

架起没有尽头的桥梁。

呵，星空，

只有你，

称得起万寿无疆！

你看过多少次：

冰河解冻，

火山喷浆！

你赏过多少回：

白杨吐绿，

柳絮飞霜！

在那遥远的高处，

在那不可思议的地方，

你观尽人间美景，

饱看世界沧桑。

时间对于你，

跟空间一样——

无穷无尽，

浩浩荡荡。

## 二

呵，

望星空，

我不免感到惆怅。

说什么：

身宽气盛，

年富力强！

怎比得：

你那根深蒂固，

源远流长！

说什么：

情豪志大，

心高胆壮！

怎比得：

你那阔大胸襟，

无限容量！

我爱人间，

我在人间生长，

但比起你来，

人间还远不辉煌。

走千山，

涉万水，

登不上你的殿堂。

过大海，

越重洋，

饮不到你的酒浆。

千堆火，

万盏灯，

不如一颗小小星光亮。

千条路，

万座桥，

不如银河一节长。

我游历过半个地球，

从东方到西方。

地球的阔大幅员，

引起我的惊奇和赞赏。

可谁能知道：

宇宙里有多少星星，

是地球的姊妹星！

谁曾晓得：

天空中有多少陆地，

能够充作人类的家乡！
远方的星星呵，
你看得见地球吗？
——一片迷茫！
远方的陆地呵，
你感觉到我们的存在吗？
——怎能想象！
生命是珍贵的，
为了赞颂战斗的人生，
我写下成册的诗章；
可是在人生的路途上，
又有多少机缘，
向星空了望！
在人生的行程中，
又有多少个夜晚，
见星空如此安详！
在伟大的宇宙的空间，
人生不过是流星般的闪光。
在无限的时间的河流里，
人生仅仅是微小又微小的波浪。
呵，星空，
我不免感到惆怅
于是我带着惆怅的心情，
走向北京的心脏——

三

忽然之间，
壮丽的星空，
一下子变了模样。

天黑了，

星小了，

高空显得暗淡无光，

云没有来，

风没有刮，

却象有一股阴霾罩天上。

天窄了，

星低了，

星空不再辉煌。

夜没有尽，

月没有升，

太阳也不曾起床。

呵，这突然的变化，

使我感到迷惘，

我不能不带着格外的惊奇，

向四围寻望：

就在我的近边，

在天安门广场，

升起了一座美妙的人民会堂；

就在那会堂的里面，

在宴会厅的杯盏中，

斟满了芬芳的友谊的酒浆；

就在我的两侧，

在长安街上，

挂出了长串的灯光；

就在那灯光之下，

在北京的中心，

架起了一座银河般的桥梁。

这是天上人间吗？

不，人间天上！

这是天堂中的大地吗？

不，大地上的天堂。

真实的世界呵，

一点也不虚妄；

你朴质地描述吧，

不需要作半点夸张！

是谁说的呀——

星空比人间还要辉煌？

是什么人呀——

在星空下感到忧伤？

今夜哟，

最该是我沉着镇定的时光！

是的，

我错了，

我曾是如此地神情激荡！

此刻我才明白：

刚才是我望星空，

而不是星空向我了望。

我们生活着，

而没有生命的宇宙，

既不生活也不死亡。

我们思索着，

而不会思索的穹窿，

总是露出呆相。

星空哟，

面对着你，

我有资格挺起胸膛。

# 四

当我怀着自豪的感情，
再向星空了望。
我的身子，
充溢着非凡的力量。
因为我知道：
在一切最好的传统之上，
我们的队伍已经组成，
犹如浩荡的万里长江。
而我自己呢，
早就全副武装，
在我们的行列里。
充当了一名小小的兵将。
可是呵，
我和我的同志一样，
决不会在红灯绿酒之前，
神魂飘荡。
我们要在地球与星空之间，
修建一条走廊，
把大地上的楼台殿阁，
移往辽阔的天堂。
我们要在无限的高空，
架起一座桥梁，
把人间的山珍海味，
送往迢遥的上苍。
真的，
我和我的同志一样，
决不只是"自扫门前雪"，

而是定管"他人瓦上霜"。

我们要把长安街上的灯光，

延伸到远方；

让万里无云的夜空，

出现千千万万个太阳。

我们要把广漠的穹窿，

变成繁华的天安门广场，

让满天星斗，

全成为人类的家乡。

而星空呵，

不要笑我荒唐！

我是诚实的，

从不痴心妄想。

人生虽是暂短的，

但只有人类的双手，

能够为宇宙穿上盛装；

世界呀，

由于人的生存，

而有了无穷的希望。

你呵，

还有什么艰难，

使你力不可当？

请再仔细抬头了望吧！

出发于盟邦的新的火箭，

正遨游于辽远的星空之上。

**点评**

　　仰望星空，诗人浮想联翩，思绪万千。与寥廓的星空相比，人是如此的渺小，但是"高山仰止，景行行止，虽不能至，心向往之"。星空如同宇宙，在令人类自觉渺小的同时，也会产生一种趋同、效仿之心。康德说：有两件事令人心存敬畏，一是头顶的星空，一是人内心的道德准绳。星空令人敬畏，更令人向往与遐想。诗人通过真实抒发仰望星空时的无限联想，写出了一个时代昂扬上进的精神风貌。阶梯式的诗句，铿锵有力，如"咚咚"战鼓，如"哒哒"马蹄，催人奋进，与诗歌的内在意蕴正相吻合。

## 青纱帐——甘蔗林

看见了甘蔗林，我怎能不想起青纱帐！
北方的青纱帐啊，你至今还这样令人神往；
想起了青纱帐，我怎能不迷恋甘蔗林的风光！
南方的甘蔗林哪，你竟如此翻动战士的衷肠。

哦，我的青春、我的信念、我的梦想……
无不在北方的青纱帐里染上战斗的火光！
哦，我的战友、我的亲人、我的兄长……
无不在北方的青纱帐里浴过壮丽的朝阳！

哦，我的歌声、我的意志、我的希望……
好象都是在北方的青纱帐里生出翅膀！
哦，我的祖国、我的同胞、我的故乡……
好象都是在北方的青纱帐里炼成纯钢！

这里却是南方，而不是遥远的北方；
北方的高粱地里没有这么甜、这么香！
这里却是甘蔗林，而不是北方的青纱帐；
北方的青纱帐里没有这么美、这么亮！

北方的青纱帐哟，常常满怀凛冽的白霜；
南方的甘蔗林呢，只有大气的芬芳！
北方的青纱帐哟，常常充溢炮火的寒光；
南方的甘蔗林呢，只有朝雾的苍茫！

北方的青纱帐哟，平时只听见心跳的声响；
南方的甘蔗林呢，处处有欢欣的吟唱！
北方的青纱帐哟，长年只看到破烂的衣裳；
南方的甘蔗林呢，时时有节日的盛装！

何必这样问呢——到底更爱南方，还是北方？
我只能回答我们的国土到处都是一样；
何必这样问呢——到底更爱甘蔗林，还是青纱帐？
我只能回答：生活永远使人感到新鲜明朗。
风暴是一样地雄浑呀，雷声也一样地高亢，
无论哪里的风雷哟，都一样能壮大我们的胆量；
太阳是一样地炽烈呀，月亮也一样地甜畅，
无论哪里的光华哟，都一样能照耀我们的心房。

露珠是一样地明澈呀，雨水也一样地清凉，
无论哪里的雨露哟，都一样是滋养我们的琼浆；
天空是一样地高远呀，大地也一样地宽敞，
无论哪里的天地哟，都一样是培育我们的温床。

我们的人哪，总是那样胆大、心细、性子刚；
呵，老一代还健步如飞，新一代又紧紧跟上，
我们的人哪，总是那样胸宽、气壮、眼睛亮。

看吧，当敌人挑衅时，甘蔗林将叫他们投降；
那甜甜的秸杆啊，立刻变为锐利的刀枪！
看吧，当敌人侵犯时，甘蔗林将把他们埋葬；

那密密的长叶啊，立刻织成强大的罗网！

北方的青纱帐啊，你为什么至今还令人神往？
因为我们的甘蔗林呀，已经是新时代的青纱帐！
南方的甘蔗林哪，你为什么这样翻动战士的衷肠？
因为我们的青纱帐呀，埋伏着千百万雄兵勇将！

1962 年 3 月广州初稿，6 至 9 月北京改成

**点评**

  诗人在抚今思昔、南北对比中尽情抒发自己对于祖国的情感。青纱帐和甘蔗林都凝聚着诗人的青春和生命，凝聚着梦想与光荣。诗人在新时代放歌，要英勇地保卫祖国，要勤奋劳作繁荣祖国。全诗如同源源不绝长江水，情感亦如开闸之水，一泻千里，难以辖制。

## 向困难进军（节选）
### ——再致青年公民

  骏马
    在平地上如飞地奔走，
    有时却不敢越过
        湍急的河流；
  大雁
    在春天爱唱豪迈的进行曲
    一到严厉的冬天
        歌声里就满含着哀愁；
  公民们！

你们
　　在祖国的热烘烘的胸脯上长大，
　　会不会
　　　　　在困难面前低下了头！？
不会的
　　我信任你们
　　　　　甚至超过我自己，
不过
　　我要问一问
　　　　　你们作好了准备没有
我
　　比你们年长几岁
　　　　　而且光荣地成了你们的朋友，
禁不住
　　要把你们的心
　　　　　带回到那变乱的年头。
当我的少年时代
生活
　　决不像现在这样
　　　　　自由而温暖，
我过早地同我们的祖国在一起
　　　　　负担着巨大的忧患，
可是我仍然是稚气的，
人生的道路
　　　　在我看来是如此的一目了然，
仿佛
　　只要报晓的钟声一响，
神话般的奇迹
　　　　就像彩霞似的出现在天边，
一切

都会是不可思议地美满……

呵，就在这个时候

严峻的考验来了！

抗日战争的炮火

在我寄居的城市中

卷起浓烟，

我带着泪痕

投入红色士兵的行列

走上前线。

……真正的生活开始了！

可惜

它开始得过于突然！

我呀

几乎是毫无准备地

遭遇到一场风险。

在一个雨夜的行军的路上，

我慌张地跑到

最初接待我的将军的面前，

诉说了

我的烦恼和不安：

打仗嘛

我还不能自如地往枪膛里装子弹，

动员人民嘛

我嘴上只有书本上的枯燥的语言。

我说：

"同志，

请允许我到后方再学几年。"

于是

将军的沉重的声音

在我耳边震响了：

"问题很简单——
不勇敢的
　　　　在斗争中学会勇敢，
怕困难的
　　　　去顽强地熟悉困难。"
呵呵
　　这闪光的话
　　　　　　像雨点似的打在我的心间，
我怀着感激
　　　　回到我们的队伍中
　　　　　　　　继续向前……
现在
　　十八年已经过去了，
时间
　　锻炼了我
　　　　　并且为我们的祖国带来荣耀，
不是我们
　　　　被困难所征服，
而是那些似乎很吓人的困难
　　　　　　　　一个个
　　　　　　　　　在我们的面前跪倒。
黑暗永远地消亡了，
随太阳一起
　　　　滚滚而来的
　　　　　　　是胜利和欢乐的高潮。
公民们
　　　我羡慕你们，
你们的青年时代
　　　　　就这样好！
你们再不要

赤手空拳

去夺敌人手中的三八枪了，

而是怎样

去建造

保卫祖国的远射程的海防炮；

你们再不要

乘着黑夜

去挖隐蔽身体的地洞了，

而是怎样

寻根追底地到深山去探宝；

你们再不要

越过地堡群

偷袭敌人控制的城市了，

而是怎样

把从工厂中伸出的烟囱

筑得直上云霄；

是呵

连你们遭遇的困难

都使我感到骄傲，

可是我要说

它的威风

决不会比从前小。

社会主义的道路上

并非

平安无事，

就是阳光四射的早晨

也时常

有风雨来袭，

帝国主义者

对着我们

每天都要咬碎几颗吃人的牙齿，

生活的河流里

随处都可能

埋伏着坚硬的礁石，

旧世界的苍蝇们

在每个阳光不曾照进的角落

生着蛆……

新生的事物

每时每刻都遇到

没落者的抗拒……

然而我要告诉你们

凭着我所体味的生活的真理：

困难

这是一种愚蠢而又怯懦的东西，

它

惯于对着惊恐的眼睛

卖弄它的威力

而只要听见刚健的脚步声

就像老鼠似的

悄悄向后缩去，

它从来不能战胜

人们的英雄的意志。

我要号召你们

凭着一个普通的战士的良心：

以百倍的

勇气和毅力

向困难进军，

不仅用言词

而且用行动

说明你们是真正的公民，

在我们的祖国中

困难减一分，

幸福就要长几寸，

困难的背后

伟大的社会主义世界

正向我们飞奔。

**点评**

　　诗人运用了阶梯式的形式，表达了对于生活与困难的认识，鼓励青年人勇于直面困难，勇于克服困难，向生活的深处掘进。全诗情感饱满，真挚，富于鼓动性。

# 贺敬之（1924—　　）

山东枣庄市峄县人。现代著名诗人和剧作家。曾任文化部代部长。著有《雷锋之歌》《放歌集》《西去列车的窗口》《回延安》等。和丁毅执笔集体创作的歌剧《白毛女》获斯大林文学奖。

## 桂林山水歌

云中的神啊，雾中的仙，
神姿仙态桂林的山！

情一样深啊，梦一样美，
如情似梦漓江的水！

水几重啊，山几重？
水绕山环桂林城……

是山城啊，是水城？
都在青山绿水中……

啊！此山此水入胸怀，
此时此身何处来？

……黄河的浪涛塞外的风，
此来关山千万重。

马鞍上梦见沙盘上画：
"桂林山水甲天下"……

啊！是梦境啊，是仙境？
此时身在独秀峰<sup>①</sup>！

心是醉啊，还是醒？
水迎山接入画屏！

画中画——漓江照我身千影，
歌中歌——山山应我响回声……

招手相问老人山<sup>②</sup>，
云罩江山几万年？

——伏波山<sup>③</sup>下还珠洞<sup>④</sup>，
宝珠久等叩门声……

鸡笼山<sup>⑤</sup>一唱屏风开<sup>⑥</sup>，
绿水白帆红旗来！

大地的愁容春雨洗，
请看穿山<sup>⑦</sup>明镜里——

啊！桂林的山来漓江的水——
祖国的笑容这样美！

---

① 独秀峰，在桂林市中心。孤峰一柱，拔地而起。
②⑤⑥ 老人山、鸡笼山、屏风山均在桂林市区，因状得名。
③④ 伏波山，汉"伏波将军"马援遗迹。山下还珠洞，有老龙谢情还珠神话，本诗转意借用。
⑦ 穿山，在桂林市南郊。峰顶有巨大圆形洞口，洞穿露天，状似明镜高悬。

桂林山水入胸襟，
此景此情战士的心——

是诗情啊，是爱情？
都在漓江春水中！

三花酒① 掺一份漓江水，
祖国啊，对你的爱情百年醉……

江山多娇人多情，
使我白发永不生！

对此江山人自豪，
使我青春永不老！

七星岩② 去赴神仙会，
招呼刘三姐啊打从天上回……

人间天上大路开，
要唱新歌随我来！

三姐的山歌十万八千箩，
战士啊，指点江山唱祖国……

红旗万梭织锦绣，
海北天南一望收！

---

① 三花酒，桂林名酒。
② 七星岩，桂林最著名岩洞之一。相传歌仙刘三姐在此洞中赛歌，后化石成仙。

塞外的风沙啊黄河的浪，
春光万里到故乡。

红旗下：少年英雄遍地生——
望不尽：千姿万态"独秀峰"！

——意满怀啊，才满胸，
恰似漓江春水浓！

啊！汗雨挥洒彩笔画——
桂林山水——满天下！……

1959 年 7 月初稿，1961 年 8 月整理于北戴河

（原载《人民文学》1961 年 10 月号）

**点评**

　　桂林山水甲天下。桂林之美美在青山绿水。美景带给诗人许多的感慨，激发了他战士一般的豪情，爱人一般的激情，亲人一般的热情。桂林山水，只是美丽中国的一页，她更激起了诗人强烈的爱国之心和报国之志。山水无言，却能给人以大美，给人以大的思考和情感触动。这首诗，诗句整饬匀称，节奏悠扬婉转，宜歌宜唱；旋律回旋，有余音绕梁之效。

# 李季（1922—1980）

河南唐河县人。原名李振鹏。现代著名诗人。曾任《人民文学》主编、《诗刊》主编。著有叙事长诗《王贵与李香香》和《玉门诗抄》《西苑诗草》等。

## 我站在祁连山顶

像一个守卫边疆的战士，
我昼夜站立在祁连山顶。
我站在那雄伟的井架下面，
深情地照料着我的油井。

虽然是严寒封锁了大地，
虽然是风沙吹打得睁不开眼睛；
不论什么时候我都不愿离开一步，
哪怕是寒冷得连鼻涕也冻结成冰。

在山顶上我一点也不觉得寂寞，
整天陪伴我的是那祁连群峰。
黑夜里，群山悄悄地隐入夜幕，
这时候，来拜访我的是北斗七星。

辽阔坦平的戈壁就在我的脚下，
行驶着的车队像一群小小的甲虫。
排成长列的白云前来把我慰问，

乐队总是那高傲的山鹰的噪鸣。

我见过黎明怎样赶走黑夜，
我见过破晓前最后熄灭的那颗晨星，
我见过坐着第一辆车去上工的兄弟，
我见过金光四射的太阳怎样升上天空。

（选自诗集《玉门诗抄》，作家出版社 1955 年版）

## 点评

　　山高人为峰。站在祁连山顶，诗人豪情万丈。他感到无比的骄傲和自豪，根本无惧严寒风沙。他像一名战士，守护着和平与安宁，守护着祖国的建设，目睹新的一天第一抹阳光，望见走向工地的第一批油井工人兄弟……他的心里感到的是充实与满足，是欣慰与喜悦。诗人用自己的激情和诗情，抒发了对一个蒸蒸日上、欣欣向荣的新兴国家由衷的热爱和祝福。

# 乔羽（1927—　　）

山东济宁人。曾任中国歌剧舞剧院院长、中国音乐文学学会主席。代表作有《让我们荡起双桨》《难忘今宵》等。

## 让我们荡起双桨

让我们荡起双桨，
小船儿推开波浪。
海面倒映着美丽的白塔，
四周环绕着绿树红墙。
　　　小船儿轻轻飘荡在水中，
　　　迎面吹来了凉爽的风。

红领巾迎着太阳，
阳光洒在海面上。
水中鱼儿望着我们，
悄悄地听我们愉快歌唱。
　　　小船儿轻轻飘荡在水中，
　　　迎面吹来了凉爽的风。

做完了一天的功课，
我们来尽情欢乐，
我问你亲爱的伙伴，
谁给我们安排下幸福的生活？
　　　小船儿轻轻飘荡在水中，

迎面吹来了凉爽的风。

（选自《少年之歌》第四集，少年儿童出版社 1955 年版）

**点评**

　　这首传唱了六十年的少年儿童歌曲，优美、抒情，深入人心，受到了一代代儿童少年的喜爱。歌词描绘的是孩子们在北海公园的湖面上荡桨划船的情景。迎面轻轻吹拂的微风，游弋的小鱼儿，倒映在湖面上的白塔，鲜艳的红领巾和温暖的阳光——画面静中有动，无声中有音，用优美的画笔描摹出了一幅美丽动人的孩子们休闲游玩图。而歌词最后轻轻的发问，无声的应答，都深化了诗作主题，提醒小伙伴们不要忘了那给我们安排了幸福生活的党、国家和人民。诗词温婉舒缓，完全贴合少年儿童的心理，因此引起了读者强烈的心灵共鸣。

# 邵燕祥（1933— ）

生于北京，当代诗人、散文家。曾任《诗刊》副主编。著有诗集《到远方去》《在远方》《迟开的花》《邵燕祥抒情长诗集》等。

## 中国的道路呼唤着汽车

你可知道祖国的辽阔？
你可曾用脚量过道路？

你数没数过中国有多少条道路——
穿行高山，横渡大河，
联结着三家村和万家灯火的城市，
联结着车站和码头，
联结着工厂、仓库、合作社，
绕过牧民的帐篷、农民的门口，
又从你脚下伸过；

你可认得这些道路——
像树干生出枝桠，
像胳膊挽着胳膊，
像头发，像蛛网，
交织在山谷，在平原，
在又像山谷又像平原的高原上；

在那穷年累月没有见过好车马的山野，

你可看见有一条新的道路通过——
它驮着农具、肥料和纸张，
还有粮食、棉麻、甜菜和山货；
在那环海的公路旁边，
海浪泼溅着陡峭的岩岸；
你可看见海防的战士
等待着粮秣和子弹！

你可曾走过这些道路？
你可曾听到道路在呼唤？
它们都通到第一汽车制造厂，
对我们建设者大声地说：
——我们需要汽车！

我们满怀着热情，
大声地告诉负重的道路：
——我们要让中国用自己的汽车走路，
我们要把中国架上汽车，
开足马力，掌稳方向盘，
一日千里、一日千里地飞奔……

1954 年 8 月 5 日

（以上均选自诗集《到远方去》，新文艺出版社 1955 年版）

## 点评

　　诗人从描写道路入手，写出中国的大地上遍布着蛛网头发一般、枝杈手臂一般的道路，继而写到这些道路正热切地呼唤着我们自己生产的汽车。最后，诗人发出真诚的慨叹：中国的道路需要汽车，中国的发展需要飞奔的车轮。汽车将带给中国全新的前进速度和动力。这，才是这首诗歌的题旨所在。60 多年前，百业待兴的祖国，亟需汽车，期望着快速发展，这是全体人民共同的心声，也是时代的召唤。这首诗切中了人民之所想，道出了时代之心声，因此受到了广泛的关注和欢迎。多年之后，诗人又顺应新的形势，写下了《中国的汽车呼唤着高速公路》，与这首诗遥相呼应。

# 铁依甫江·艾里耶夫（1936—1989）

维吾尔族，生于新疆霍城。曾任《塔里木》主编、中国作协副主席。出版的诗集有《和平之歌》《铁依甫江诗选》《无惑集》等。

## 祖 国

祖国，自从我来到人间，
我的喜怒哀乐与您紧紧相连。
您对儿女的辛勤哺育和爱抚，
一息尚存，我将永远铭记心间。

我的一切都属于您的赐予：
开始第一次呼吸，
接触第一线光明，
有了第一个愿望和记忆。
是您教会了我区分冬夏，
懂得了冷暖炎凉、酸甜苦辣；
是您教会了我识别善恶，
懂得了美丑、大小与真假。

我熟谙您无边无际的寥廓大地，
那浓密的果林和飘香的花园；
我熟谙您星罗棋布的大小城镇，
奔腾湍急的河流，白雪皑皑的群山。

我熟谙饱经风霜的爷爷奶奶，

健壮的小伙子、姑娘和同辈的伙伴；

我熟谙祖祖辈辈的坟茔墓地，

以及我们的后代，将瓜瓞绵绵。


我熟谙我们昨夜的灾难，

和那古老的历史，血迹斑斑；

我熟谙多少世纪的决斗，

和赢得胜利时泪飞如雨的狂欢。


今天我们决心用金字书写历史——

一部宏伟的史诗，正气凛然；

每一页，每一个字母、每一个标点，

都标志着时代的智慧、正直和尊严。


这个时代还仅仅是幸福的黎明，

我们子孙享有的阳光将更为充盈。

但他们也决不应数典忘祖、骄矜自大，

站在历史潮头的，还有我们整整一代人。


祖国，我誓做维护你荣誉的忠诚哨兵，

胸中将永远炽燃着对您火一样的深情；

只要能把我的内心披露于万一，

我就不悔自己枉做了诗人。


1956 年　王一之译

（选自《铁依甫江诗选》，人民文学出版社 1982 年版）

**点评**

　　诗人的胸中燃烧着对于祖国火一样的深情。他像热爱和敬重母亲一样热爱和敬重自己的祖国。他对于祖国广袤的土地、丰饶的物产、优美的景色和祖辈子孙充满了感情，对于祖国历尽磨难的历史永志不忘。他要用诗歌为祖国写一部充满智慧、正直与尊严的史诗。他相信祖国的未来会更加美好，因为在历史的潮头站着我们整整一代人！全诗洋溢着充沛饱满的情感，而这种情感全是发自诗人炽热的内心，情真意切，因此特别动人，容易引起读者的共鸣。

## 饶阶巴桑（1935—　　）

藏族，云南德钦人。诗人。曾任云南作协主席。代表作有《牧人的幻想》《金沙江边的战士》《步步向太阳》《爱的花瓣》《棘叶集》等。

### 母　亲

我吸吮着母亲的奶头，
还不曾想过捏泥娃娃和捉迷藏，
还不曾想过天空和陆地，
可是心里却有一个模糊的印象：
"世间再也没有什么
比母亲的胸脯还宽广！"

我从遥远遥远的边疆，
渡过了长江和黄河，
虽然我还没有走到长白山，
但是我在心底轻声地说：
"世间再也没有什么
比祖国的胸脯更宽广！"

1956 年 4 月

（选自诗集《草原集》，作家出版社 1960 年版）

**点评**

　　对于襁褓中的婴儿，最辽阔的是母亲的胸脯。这几乎是一种与生俱来的、根深蒂固的对于母亲的眷恋与热爱。我们的祖国，犹如母亲一般，有着寥廓的胸怀、宽广的大地，怎能不让人倍加热爱与眷恋？！诗人用母亲与祖国类比，深情地抒发了自己的爱国之情。

# 流沙河（1931—　）

原名余勋坦，四川金堂人，生于成都。当代诗人。著有《流沙河诗集》《故园六咏》《蟋蟀国》等。

## 草木篇

寄言立身者，勿学柔弱苗。
——（唐）白居易

### 白　杨

她，一柄绿光闪闪的长剑，孤伶伶地立在平原，高指蓝天。也许，一场暴风会把她连根拔去。但，纵然死了吧，她的腰也不肯和谁弯一弯！

### 藤

他纠缠着丁香，往上爬，爬，爬……终于把花挂上树梢。丁香被缠死了，砍作柴烧了。他倒在地上，喘着气，窥视着另一株树……

### 仙人掌

她不想用鲜花向主人献媚，遍身披上刺刀。主人把她逐出花园，也不给水喝。在野地里，在沙漠中，她活着，繁殖着儿女……

## 梅

在姐姐妹妹里，她的爱情来得最迟。春天，百花用媚笑引诱蝴蝶的时候，她却把自己悄悄地许给了冬天的白雪。轻佻的蝴蝶是不配吻她的，正如别的花不配被白雪抚爱一样。在姐姐妹妹里，她笑得最晚，笑得最美丽。

## 毒　菌

在阳光照不到的河岸，他出现了。白天，用美丽的彩衣，黑夜，用暗绿的磷火，诱惑人类。然而，连三岁孩子也不去采他。因为，妈妈说过，那是毒蛇吐的唾液⋯⋯

1956 年 10 月 30 日，成都

**点评**

人非草木，孰能无情。然而，纵是草木，亦未必无情。诗人用哲理性的语言，描写了各种富于个性和独特品格的草木，告诫人们不要效法那些攀附他人、戕害他人的藤蔓和毒害人类的毒菌，不要受到毒菌一样的敌人美丽外表的诱惑；而要学习白杨的宁折不弯，学习仙人掌的自立自强，学习梅花的傲雪绽放。草木可以给人类以有益的启迪。草木亦如同人类和社会一样，菁芜混杂，泥沙俱下。诗篇简短凝练，富于智性特征。

## 就是那一只蟋蟀

台湾诗人 Y 先生说："在海外，夜间听到蟋蟀叫，就会以为那是在四川乡下听到的那一只。"

就是那一只蟋蟀
钢翅响拍着金风
一跳跳过了海峡
从台北上空悄悄降落
落在你的院子里
夜夜唱歌

就是那一只蟋蟀
在《豳风·七月》里唱过
在《唐风·蟋蟀》里唱过
在《古诗十九首》里唱过
在花木兰的织机旁唱过
在姜夔的词里唱过
劳人听过
思妇听过

就是那一只蟋蟀
在深山的驿道边唱过
在长城的烽台上唱过
在旅馆的天井中唱过
在战场的野草间唱过
孤客听过
伤兵听过

就是那一只蟋蟀
在你的记忆里唱歌
在我的记忆里唱歌
唱童年的惊喜
唱中年的寂寞

想起雕竹做笼

想起呼灯篱落

想起月饼

想起桂花

想起满腹珍珠的石榴果

想起故园飞黄叶

想起野塘剩残荷

想起雁南飞

想起田间一堆堆的草垛

想起妈妈唤我们回去加衣裳

想起岁月偷偷流去许多许多


就是那一只蟋蟀

在海峡那边唱歌

在海峡这边唱歌

在台北的一条巷子里唱歌

在四川的一个乡村里唱歌

在每个中国人脚迹所到之处

处处唱歌

比最单调的乐曲更单调

比最谐和的音响更谐和

凝成水

是露珠

燃成光

是萤火

变成鸟

是鹧鸪

啼叫在乡愁者的心窝


就是那一只蟋蟀

在你的窗外唱歌

在我的窗外唱歌

你在倾听

你在想念

我在倾听

我在吟哦

你该猜到我在吟些什么

我会猜到你在想些什么

中国人有中国人的心态

中国人有中国人的耳朵

1982 年 7 月 10 日在成都《星星》

（选自诗集《故园别》，四川人民出版社 1983 年版）

**点评**

　　中国人有中国人的心态和耳朵。那只童年鸣叫于耳畔的蟋蟀，依旧在耳边鸣响。那象征着的是诗人无尽的乡愁和乡思。无论身在海峡的此岸或是彼岸，无论身处天涯海角，耳边依旧回响着故乡和母亲的轻声召唤。这是一种与生俱来的情感，一种深入骨髓的情意，是从悠远的传统文化熏陶得来的感受与体验。无论是蟋蟀，还是露珠、萤火虫、鹧鸪鸟，勾引起的都是这种浓得化不开的思绪和情感。这首诗睹物思情，因景起兴，生动传达了浩瀚无边的思乡情和爱国情。

# 巴·布林贝赫（1928—2009）

生于内蒙古巴林右旗，蒙古族。诗人、学者。曾任内蒙古大学教授、内蒙古作协副主席、全国青联副主席等。著有诗集《生命的礼花》《星群》《命运之马》《巴·布林贝赫诗选》等。

## 故乡的风

人们常常谈论的
黄色的风哪里去了？
从青丝摇曳的垂柳那边，
轻轻吹来了淡绿色的风。
　我故乡的风是绿色的，
　我故乡的风是绿色的。

说唱艺人时时哀叹的
干旱的风哪里去了？
从碧波荡漾的水库上面，
徐徐飘来了湿淋淋的风。
　我故乡的风是湿淋淋的，
　我故乡的风是湿淋淋的。

行路人最最厌恶的
苦湿的风哪里去了？
从草原新城的街头，
姗姗送来了麝香味的风。

我故乡的风是芬芳的，

我故乡的风是芬芳的。

1963 年 4 月 — 6 月

巴嘎邻译

（原载《诗刊》1963 年 9 月号）

**点评**

  故乡越变越美，越变越好。诗人不直接正面描写故乡的美和好，而从故乡吹来的风的颜色、成分和气味的变化来表现故乡的日新月异。写法独特，匠心独具。设问句式和反复句式的运用，也不断地强化了读者的感受。在诗人的歌咏中，读者仿佛看见、闻到和感受到诗人故乡那清新、美丽、芬芳的风，那鲜美、惬意的气息。这是一首深情怀念故乡、赞美故乡的诗歌。

# 曾卓（1922—2002）

原名曾庆冠。原籍湖北黄陂，生于湖北武汉。诗人。曾任武汉市文联作协副主席。著有《曾卓文集》三卷。

## 悬崖边的树

不知道是什么奇异的风
将一棵树吹到了那边——
平原的尽头
临近深谷的悬崖上

它倾听远处森林的喧哗
和深谷中小溪的歌唱
它孤独地站在那里
显得寂寞而又倔强

它的弯曲的身体
留下了风的形状
它似乎即将倾跌进深谷里
却又像是要展翅飞翔……

1970 年

（选自诗集《悬崖边的树》，四川人民出版社 1981 年版）

**点评**

  悬崖边的一棵树，那是一棵历尽风吹雨打的树，它的身上有着风的形状；那也是一棵危险的树，寂寞的孤独的树。这棵树的处境是如此的艰难和险峻，生存是如此的惨烈，但是它依旧固执地倔强地站立在悬崖边。也许是风的无心的造化，也许是命运的有意的安排。但是，这棵树本身就是一个不可轻视的顽强的存在，一个了不起的生命。树亦如人。某些人的处境，人在某个阶段的处境，不正如这棵悬崖边的树一样吗？然而，纵然可能即将倾跌进深谷，但又何尝不可以看作是一种展翅飞翔的姿势。人生就是要在艰难中跋涉和奋斗，去放飞梦想，去追求高远……

# 有　赠

我是从感情的沙漠上来的旅客，
我饥渴、劳累、困顿。
我远远地就看到你窗前的光亮，
它在招引我——我的生命的灯。

我轻轻地叩门，如同心跳。
你为我开门。
你默默地凝望着我。
（那闪耀着的是泪光吗？）

你为我引路、掌着灯。
我怀着不安的心情走进你洁净的小屋，
我赤着脚走得很慢，很轻，
但每一步还是留下了灰土和血印。

你让我在舒适的靠椅上坐下。
你微现慌张地为我倒茶，送水。
我眯着眼，因为不能习惯光亮，
也不能习惯你母亲般温存的眼睛。

我的行囊很小，
但我背负着的东西却很重，很重，
你看我头发斑白了，背脊佝偻了，
虽然我还年轻。

一捧水就可以解救我的口渴，
一口酒就使我醉了，
一点温暖就使我全身灼热，
那么，我能有力量承担你如此的好意和温情吗？

我全身颤栗，当你的手轻轻地握着我的。
我忍不住啜泣，当你的眼泪滴在我的手背。
你愿这样握着我的手走向人生的长途吗？
你敢这样握着我的手穿过蔑视的人群吗？

在一瞬间闪过了我的一生，
这神圣的时刻是结束也是开始。
一切过去的已经过去，终于过去了，
你给了我力量、勇气和信心。

你的含泪微笑着的眼睛是一座炼狱。
你的晶莹的泪光焚冶着我的灵魂。
我将在彩云般的烈焰中飞腾，

口中喷出痛苦而又欢乐的歌声。

1961 年 11 月

（选自《曾卓抒情诗选》，中国文联出版公司 1983 年版）

**点评**

  在人生的漫漫长途上跋涉，每个人都渴望着有一座小屋，有一盏灯在等候着自己。那个小屋里的人用她温暖的手、滚烫的热泪为诗人抚平伤痕，陶冶灵魂，让他飞升和超越。这可以是一首赠送给友人、亲人或爱人的诗歌，诗人抒发的是这样一种真挚而热烈的友情、亲情或爱情。有了如此厚重的情感依托，再重的行囊包袱和心理负担也可以放下，再难熬的日子也终将过去，因为这份情感给了人力量、勇气和信心，救赎了旅人的灵魂。

# 蔡其矫（1918—2007）

　　福建泉州晋江人，当代诗人。曾任福建作协副主席、名誉主席。代表作有《雾中汉水》《川江号子》等。

## 祈　求

　　我祈求炎夏有风，冬日少雨；
　　我祈求花开有红有紫；
　　我祈求爱情不受讥笑，
　　跌倒有人扶持；
　　我祈求同情心——
　　当人悲伤
　　至少给予安慰
　　而不是冷眼竖眉；
　　我祈求知识有如泉源
　　每一天都涌流不息，
　　而不是这也禁止，那也禁止；
　　我祈求歌声发自各人胸中
　　没有谁要制造模式
　　为所有的音调规定高低；
　　我祈求
　　总有一天，再没有人
　　像我作这样的祈求。

1975 年

（选自诗集《祈求》，江苏人民出版社 1980 年版）

**点评**

在那些黯淡无光的日子里，诗人祈求一切真善美的东西，祈求同情，祈求自由，祈求爱情。他用祈求这样一种委婉的方式，对禁锢人们思想和情感的黑暗现实进行了深刻的批判。同时，也是对一个美好光明的未来的热切呼唤，呼唤那样一个不必再四处祈求的时代早日到来。这首诗道出了一代人共同的心声。

# 川江号子

你碎裂人心的呼号，

来自万丈断崖下，

来自飞箭般的船上。

你悲歌的回声在震荡，

从悬岩到悬岩，

从漩涡到漩涡。

你一阵吆喝，一声长啸，

有如生命最凶猛的浪潮

向我流来，流来。

我看见巨大的木船上有四支桨，

一支桨四个人；

我看见眼中的闪电，额上的雨点，

我看见川江舟子千年的血泪，

我看见终身搏斗在急流上的英雄，

宁做沥血歌唱的鸟，

不做沉默无声的鱼；

但是几千年来

有谁来倾听你的呼声

除了那悬挂在绝壁上的
一片云，一棵树，一座野庙？
……歌声远去了，
我从沉痛中苏醒，
那新时代诞生的巨鸟
我心爱的钻探机，正在山上和江上
用深沉的歌声
回答你的呼吁。

1958 年

（选自《收获》1958 年第 3 期）

**点评**

　　川江号子，那是川江舟子的歌唱，是从生命深处发出的呐喊。那是一群豪壮的生命，从悲苦的现实生存中叫喊出来的声音，然而，几千年来，又有谁会去倾听去理会？只有一片云、一棵树或一座野庙，都是一些无情物而已。舟子们的生存是悲惨的、无奈的。但是，新的时代到来了，那些凄苦的呼号正在远去，轰鸣的机械取代了川江号子，正在呼应着人们内心的梦想与热望。

# 雾中汉水

两岸的丛林成空中的草地，
堤上的牛车在天半运行；
向上游去的货船
只从浓雾中传来沉重的橹声，
看得见的
是千年来征服汉江的纤夫

赤裸着双腿倾身向前

在冬天的寒水冷滩喘息……

艰难上升的早晨的红日，

不忍心看这痛苦的跋涉，

用雾巾遮住颜脸，

向江上洒下斑斑红泪。

1957 年

（原载《长江文艺》1958 年 2 月号）

**点评**

　　在雾中，一切如梦如幻。丛林和牛车仿佛都漂浮到了半空中。耳边听见的是橹声，眼睛看见的是纤夫们弯曲的身躯，奋力前行的姿态。连太阳似乎都不忍心看见如此艰辛的生存和悲惨的命运，特意用雾巾遮脸，只向江上洒下点点红泪。诗人同情纤夫的命运，写出了他们生存的艰难与顽强。这是一首为劳动者呼吁的歌。

# 食指（1948—　）

本名郭路生。生于山东省朝城，籍贯山东省鱼台县。朦胧诗代表人物。著有诗集《食指的诗》、诗歌《相信未来》《这是四点零八分的北京》等。

## 相信未来

当蜘蛛网无情地查封了我的炉台
当灰烬的余烟叹息着贫困的悲哀
我依然固执地铺平失望的灰烬
用美丽的雪花写下：相信未来

当我的紫葡萄化为深秋的泪水
当我的鲜花依偎在别人的情怀
我依然固执地用凝露的枯藤
在凄凉的大地上写下：相信未来

我要用手指那涌向天边的排浪
我要用手掌那托起太阳的大海
摇曳着曙光那支温暖漂亮的笔杆
用孩子的笔体写下：相信未来

我之所以坚定地相信未来
是我相信未来人们的眼睛
她有拨开历史风尘的睫毛

她有看透岁月篇章的瞳孔

不管人们对于我们腐烂的皮肉
那些迷途的惆怅、失败的苦痛
是寄予感动的热泪、深切的同情
还是轻蔑的微笑、辛辣的嘲讽……

我坚信人们对于我们的脊骨
那无数次的探索、迷途、失败和成功
一定会给予热情、客观、公正的评定
是的，我焦急地等待着他们的评定

朋友，坚定地相信未来吧
相信不屈不挠的努力
相信战胜死亡的年轻
相信未来、热爱生命

1968 年北京

## 点评

即便生活如何地贫困、寂寥、艰难，即便失去爱情、友情、事业甚至一切，但是希望和光明永在，梦想与未来永在。相信未来，就是要相信自己，相信历史；就是要相信不屈不挠的努力终会有收获，相信年轻可以战胜死亡；就是要热爱生命，热爱生活。这首诗具有极大的鼓舞人心的力量，尤其是在一个黑白颠倒的荒唐岁月，更能带给人们激励和思想的启迪。

# 热爱生命

也许我瘦弱的身躯像攀附的葛藤，
把握不住自己命运的前程，
那请在凄风苦雨中听我的声音，
仍在反复地低语：热爱生命。

也许经过人生激烈的搏斗后，
我死得比那湖水还要平静。
那请去墓地寻找我的碑文，
上面仍会刻着：热爱生命。

我下决心：用痛苦来做砝码，
我有信心：以人生作为天平。
我要称出一个人生命的价值，
要后代以我为榜样：热爱生命。

的确，我十分珍惜属于我的
那条曲曲弯弯的荒草野径，
正是通过这条曲折的小路，
我才认识到如此艰辛的人生。

我流浪儿般地赤着双脚走来，
深感到途程上顽石棱角的坚硬，
再加上那一丛丛拦路的荆棘
使我每一步都留下一道血痕。

我乞丐似地光着脊背走去，
深知道冬天风雪中的饥饿寒冷，
和夏天毒日头烈火一般的灼热，
这使我百倍地珍惜每一丝温情。

但我有着向命运挑战的个性，
虽是屡经挫败，我绝不轻从。
我能顽强地活着，活到现在，
就在于：相信未来，热爱生命。

1979 年

**点评**

命运可能无比曲折，人生或许会一败涂地。但是，无论怎样的挫折和打击，无论怎样的失败和丧失，都不能改变诗人对于生命的热爱。生命第一，生命至高无上。只要一息尚存，就要去奋斗，就要去搏击，就要顽强地活着。这首诗语气铿锵、坚定，带有一种不由分说的强悍的说服人的力量。

## 这是四点零八分的北京

这是四点零八分的北京，
一片手的海浪翻动；
这是四点零八分的北京，
一声尖厉的汽笛长鸣。

北京车站高大的建筑，
突然一阵剧烈地抖动。

我吃惊地望着窗外，
不知发生了什么事情。

我的心骤然一阵疼痛，一定是
妈妈缀扣子的针线穿透了心胸。
这时，我的心变成了一只风筝，
风筝的线绳就在妈妈手中。

线绳绷得太紧了，就要扯断了，
我不得不把头探出车厢的窗棂。
直到这时，直到这个时候，
我才明白发生了什么事情。

——一阵阵告别的声浪，
就要卷走车站；
北京在我的脚下，
已经缓缓地移动。

我再次向北京挥动手臂，
想一把抓住她的衣领，
然后对她大声地叫喊：
永远记着我，妈妈啊北京！

终于抓住了什么东西，
管他是谁的手，不能松，
因为这是我的北京，
这是我的最后的北京。

1968 年 12 月 20 日

**点评**

　　瞬间铸就永恒。多情自古伤别离，何况是在凌晨四点零八分的别离！在这离别的时刻，千言万语，千丝万缕的情感都道不尽。北京，这片生活的家园，这片母亲的土地，只能深藏于内心，连同那无穷的眷恋和思念。这是一种告别，一种离开，是一种失去，却也是一种回归和皈依，是精神的期待、爱的连接，使诗人与北京永远无法分割。诗歌情感热烈，诗句节奏鲜明。

# 牛汉（1923—2013）

原名史成汉，蒙古族，山西定襄县人。"七月派"诗人，曾任《新文学史料》主编、中国诗歌学会副会长等。出版有《温泉》《童年牧歌》《我仍在苦苦跋涉》等多部诗集、散文集。

## 华南虎

在桂林
小小的动物园里
我见到一只老虎。

我挤在叽叽喳喳的人群中，
隔着两道铁栅栏
向笼里的老虎
张望了许久许久
但一直没有瞧见
老虎斑斓的面孔
和火焰似的眼睛。

笼里的老虎
背对胆怯而绝望的观众
安详地卧在一个角落，
有人用石块砸它
有人向它厉声呵斥
有人还苦苦劝诱

它都一概不理！

又长又粗的尾巴
悠悠地在拂动，
哦，老虎，笼中的老虎，
你是梦见了苍苍莽莽的山林吗？
是屈辱的心灵在抽搐吗？
还是想用尾巴鞭击那些可怜而可笑的观众？

你的健壮的腿
直挺挺地向四方伸开，
我看见你的每个趾爪
全都是破碎的，
凝结着浓浓的鲜血！
你的趾爪
是被人捆绑着
活活地铰掉的吗？
还是由于悲愤
你用同样破碎的牙齿
（听说你的牙齿是老钢锯锯掉的）
把它们和着热血咬碎……

我看见铁笼里
灰灰的水泥墙壁上
有一道一道的血淋淋的沟壑
象闪电那般耀眼刺目！

我终于明白……
我羞愧地离开了动物园，
恍惚之中听见一声
石破天惊的咆哮，

有一个不羁的灵魂
掠过我的头顶
腾空而去，
我看见了火焰似的斑纹
火焰似的眼睛。
还有巨大而破碎的
滴血的趾爪！

1973 年 6 月

**点评**

　　华南虎，一只被关进笼子里的老虎，一只被剪去爪子的老虎。但是，就像落魄的英雄一样，老虎依旧未改它的威风，未改它的力量和精神。这是一颗不屈的灵魂，即便身陷囹圄，依旧向往自由，向往苍苍莽莽的山林和宽广的天地。华南虎，实际上是一种人和一种精神的象征。这首诗画面感鲜明，节奏曲折有致。

# 悼念一棵枫树

我想写几篇小诗，把你最后的绿叶保留下几片来。

——摘自日记

湖边山丘上
那棵最高大的枫树
被伐倒了……
在秋天的一个早晨

几个村庄

和这一片山野
都听到了，感觉到了
枫树倒下的声响
家家的门窗和屋瓦
每棵树，每根草
每一朵野花
树上的鸟，花上的蜂
湖边停泊的小船
都颤颤地哆嗦起来……

是由于悲哀吗？

这一天
整个村庄
和这一片山野上
飘忽着浓郁的清香

清香
落在人的心灵上
比秋雨还要阴冷
想不到
一棵枫树
表皮灰暗而粗犷
发着苦涩气息
但它的生命内部
却贮蓄了这么多的芬芳

芬芳
使人悲伤
枫树直挺挺地

躺在草丛和荆棘上
那么庞大，那么青翠
看上去比它站立的时候
还要雄伟和美丽

伐倒三天之后
枝叶还在微风中
簌簌地摇动
叶片上还挂着明亮的露水
仿佛亿万只含泪的眼睛
向大自然告别

哦，湖边的白鹤
哦，远方来的老鹰
还朝着枫树这里飞翔呢

枫树
被解成宽阔的木板
一圈圈年轮
涌出了一圈圈的
凝固的泪珠

泪珠
也发着芬芳
不是泪珠吧
它是枫树的生命
还没有死亡的血球
村边的山丘
缩小了许多
仿佛低下了头颅

伐倒了
一棵枫树
伐倒了
一个与大地相连的生命

1973 年秋

**点评**

伐倒了一棵枫树，就是戕害了一个生命。这种戕害，也会危及其他生物，让他
们感受到威胁。枫树倒了，但是它却留下了芳香，留下了含泪看向世间的眼睛。因
此，从本质上说，生命是不可能被灭绝的。然而，一个伟岸生命的逝去终归是一桩
悲剧。这是对伤害无辜生命的社会现实的一种批判，也是献给那些伟大的生命的一
首悼诗。

## 鹰的诞生

啊，谁见过，
鹰怎样诞生？

在高山峡谷，
鹰的窠，
筑在最险峻的悬崖峭壁，
它深深地隐藏在云雾里。

仰望着鹰窠，
像瞅着夜天上渺茫的星星。

虎豹望着它叹息，

毒蛇休想爬上去，

猎人的枪火也射不了那么高！


江南的平原和丘陵地带，

鹰的窠筑在最高的大树上，

（哪棵最高就在哪棵上）

树尖刺破天，

风暴刮不弯。

鹰的窠，

简简单单，

十分粗陋，

没有羽绒或茅草，

没有树叶和细泥，

全是些污黑污黑的枯树枝，

还夹杂了许多荆棘芒刺。

不挡风，不遮雨，

没一点儿温暖和安适！

鹰的蛋，

颜色蓝得像晴空，

上面飘浮着星云般的花纹，

它们在鹰窠里闪闪发光。


鹰的蛋，

是在暴风雨里催化的，

隆隆的炸雷

唤醒蛋壳里沉睡的胚胎，

满天闪电

给了雏鹰明锐的眼瞳，

飓风十次百次地

激励它们长出坚硬的翅膀，
炎炎的阳光
铸炼成它们一颗颗暴烈的心。

啊，有谁看见过，
雏鹰在旷野上学步？
又有谁看见过，
雏鹰在屋檐下面歇翅？

雏鹰不是在平地和草丛里行走的禽类，
它们的翅羽还很短小的时候，
就扇动着，鸣叫着
钻进高空密云里学飞。

风暴来临的时刻，
让我们打开门窗，
向茫茫天地之间谛听，
在雷鸣电闪的交响乐中，
可以听见鹰群激越而悠长的歌声。

鹰群在云层上面飞翔，
当人间沉在昏黑之中，
它们那黑亮的翅膀上，
镀着金色的阳光。

啊，鹰就是这样诞生的。

1970 年夏

**点评**

　　鹰是一种勇猛的动物。鹰的诞生也与众不同。它的窠巢筑在悬崖峭壁上或最高的大树上。它是从雷电、飓风和暴雨中诞生的、在高空云端中学习飞翔的。这是多么非凡的一种生物。它从出生伊始，便选择了艰险，选择了不凡。它选择在恶劣的环境中磨砺锤炼，锻造它们坚硬如钢的翅膀和百折不挠的意志。鹰的诞生，正如英雄的诞生一样，惊天动地，锐不可当。诗人通过赞美鹰，赞美那种独行于天地之间的自由意志和精神，那种勇于同环境作抗争的伟力和抱负。

# 王立山（1953—　）

《天安门诗抄》作者一说为王立山，原山西太原铁三局机电队机械厂工人。本诗由童怀周编选，1978年12月由人民文学出版社出版的诗集。

## 天安门诗抄·扬眉剑出鞘

欲悲闻鬼叫，我哭豺狼笑；洒泪祭雄杰，扬眉剑出鞘。
骨沃中原土，魂入九垓舞；英灵在人间，长播震妖鼓。

**点评**

这是一首政治抒情诗，是在1976年纪念周恩来总理的"四五运动"中出现在天安门广场的众多诗歌中的一首。它集中体现了广大人民群众对"四人帮"集团的憎恨与批判，对总理的沉重悼念，表达了要勇敢地站出来，同妖孽、豺狼一般的反动势力决战到底的决心和斗志。这首诗在当时曾传诵一时，流传极广，成为见证一个特殊年代的一座文学丰碑。

# 北岛（1949—　　）

原名赵振开。生于北京，祖籍浙江湖州。当代诗人，朦胧诗代表人物之一。代表诗作有《回答》《一切》等。

## 回　答

卑鄙是卑鄙者的通行证，
高尚是高尚者的墓志铭。
看吧，在那镀金的天空中，
飘满了死者弯曲的倒影。

冰川纪过去了，
为什么到处都是冰凌？
好望角发现了，
为什么死海里千帆相竞？

我来到这个世界上，
只带着纸、绳索和身影，
为了在审判之前，
宣读那些被判决的声音：

告诉你吧，世界
我——不——相——信！
纵使你脚下有一千名挑战者，
那就把我算做第一千零一名。

我不相信天是蓝的；
我不相信雷的回声；
我不相信梦是假的；
我不相信死无报应。

如果海洋注定要决堤，
就让所有的苦水都注入我心中；
如果陆地注定要上升，
就让人类重新选择生存的峰顶。

新的转机和闪闪星斗，
正在缀满没有遮拦的天空，
那是五千年的象形文字，
那是未来人们凝视的眼睛。

**点评**

　　诗人用格言的句式，表达了对一个荒唐时代的深切质疑与批判。他不相信愚昧落后黑暗的东西能够长久，不相信死亡的威胁。但是，他相信正义的力量，相信时间和历史，相信未来和转机。这首诗具有强烈的怀疑意识和批判精神，同时具备了揭示人生本质的哲理性特征，深刻表达了对那些高尚者的赞美，对那些卑鄙者的憎恨与批判。全诗语气铿锵，坚定有力，适合吟诵。

# 宣 告
## ——献给遇罗克

也许最后的时刻到了
我没有留下遗嘱
只留下笔，给我的母亲
我并不是英雄
在没有英雄的年代里
我只想做一个人

宁静的地平线
分开了生者和死者的行列
我只能选择天空
决不跪在地上
以显出刽子手们的高大
好阻挡那自由的风

从星星的弹孔中
将流出血红的黎明

**点评**

　　在"文革"期间，遇罗克因为质疑出身决定论，而被打成反革命处死。这首诗正是悼念这位为人身自由而英勇抗争的斗士。这是一个站直了的人，也许他并不是英雄，但他是因为说出真话，争取平等权利而死的。他的死亡或许如草芥一般，但将会换来一个黎明，换来希望和正义的申张。历史的发展最终证明了真理，证明了含冤而死的遇罗克的价值。

# 舒婷（1952—    ）

女，原名龚佩瑜，生于福建石码镇，从小随父母定居于厦门。当代诗人，朦胧诗派的代表人物。厦门文联主席。著有《舒婷文集》。

## 致橡树

我如果爱你——
绝不像攀援的凌霄花
借你的高枝炫耀自己；
我如果爱你——
绝不学痴情的鸟儿，
为绿荫重复单纯的歌曲；
也不止像泉源
常年送来清凉的慰藉；
也不止像险峰
增加你的高度，衬托你的威仪。
甚至日光。
甚至春雨。
不，这些都还不够！
我必须是你近旁的一株木棉，
做为树的形象和你站在一起。
根，紧握在地下，
叶，相触在云里。
每一阵风过
我们都互相致意，

但没有人

听懂我们的言语。

你有你的铜枝铁干

像刀，像剑，

也像戟；

我有我红硕的花朵

像沉重的叹息，

又像英勇的火炬。

我们分担寒潮、风雷、霹雳；

我们共享雾霭、流岚、虹霓。

仿佛永远分离，

却又终身相依。

这才是伟大的爱情，

坚贞就在这里：

爱——

不仅爱你伟岸的身躯，

也爱你坚持的位置，足下的土地。

**点评**

　　这是一首爱情诗，形象地表达了诗人的爱情观。爱情是什么？爱一个人究竟是爱他的哪些东西？应该如何去爱一个人？在文革十年之后，人们似乎都耻于谈论爱情。爱情被丑陋化、妖魔化。舒婷却在诗歌里勇敢地说出了爱，勇敢地表达了爱情应该是平等的、分享的、共存的，爱情应该是建立在共同的事业和命运之上的。这样的一种爱情观，在七十年代末八十年代初无疑具有令人耳目一新、振聋发聩的效果。而诗人借助树的意象来表达自己的思想，也赋予了思想鲜艳的颜色。

## 祖国呵，我亲爱的祖国

我是你河边上破旧的老水车，
数百年来纺着疲惫的歌；
我是你额上熏黑的矿灯，
照你在历史的隧洞里蜗行摸索；
我是干瘪的稻穗；是失修的路基；
是淤滩上的驳船
把纤绳深深
勒进你的肩膊；
——祖国呵！

我是贫困，
我是悲哀。
我是你祖祖辈辈
痛苦的希望呵，
是"飞天"袖间
千百年来未落到地面的花朵；
——祖国呵！

我是你簇新的理想
刚从神话的蛛网里挣脱；
我是你雪被下古莲的胚芽；
我是你挂着眼泪的笑涡；
我是新刷出的雪白的起跑线；
是绯红的黎明
正在喷薄；

——祖国呵！

我是你的十亿分之一，
是你九百六十万平方公里的总和；
你以伤痕累累的乳房
喂养了
迷惘的我、深思的我、沸腾的我；
那就从我的血肉之躯上
去取得
你的富饶、你的荣光、你的自由；
——祖国呵，
我亲爱的祖国！

## 点评

　　在诗人笔下，祖国或许贫穷、落后、伤痕累累，但不失希望和美好。诗人愿意同全国十亿人民一起，用自己的血肉之躯，去为祖国争取富饶、荣光和自由。这是一首情感浓郁的政治抒情诗，诗人激情汹涌地表达了彻骨的爱国之情与报国之志，引起了人们广泛的共鸣。

## 双桅船

雾打湿了我的双翼
可风却不容我再迟疑
岸呵，心爱的岸
昨天刚刚和你告别
今天你又在这里
明天我们将在

另一个纬度相遇

是一场风暴、一盏灯
把我们连系在一起
是一场风暴、另一盏灯
使我们再分东西
不怕天涯海角
岂在朝朝夕夕
你在我的航程上
我在你的视线里

**点评**

　　双桅船和岸的关系，是一种相互守望和约定。灯让它们相聚，风暴可能又让它们分离。然而无论身在天涯海角，无论在哪个纬度上，它们终将不断地相遇和重逢。这，可以是爱人之间的彼此守望，也可以是亲人或朋友之间的相互约定。还可以是对一个奋斗目标或理想的守望与期待。船和岸可以是多种不同的相互关系的象征。

# 韩瀚（1935—　　）

　　山东苍山人。曾为安徽文联专业作家。著有诗集《寸草集》《阳春的白雪》《写在祖国的江河和土地上》等。

## 重　量

　　她把带血的头颅，
　　放在生命的天平上，
　　让所有的苟活者，
　　都失去了
　　——重量。

1979 年

**点评**

　　这首诗是为悼念张志新烈士而写的。人皆有一死，或重于泰山，或轻于鸿毛。为了追求真理和正义而死，她的死亡就会比泰山还重，比那些苟活者更有价值。诗句简短精炼，表达了诗人对于人生价值的思考。

# 昌耀（1936—2000）

原名王昌耀，湖南省桃源县人，诗人。曾赴朝鲜战场并负伤。后任青海作协专业作家。有《昌耀诗歌总集》行世。

## 一百头雄牛

### 一

一百头雄牛噌噌的步武。
一个时代上升的摩擦。

彤云垂天，火红的帷幕，血酒一样悲壮。

### 二

犄角扬起，
遗世而独立。

犄角扬起，
一百头雄牛，一百九十九只犄角。
一百头雄牛扬起一百九十九种威猛。
立起在垂天彤云飞行的牛角砦堡，
号手握持那一只折断的犄角
而呼呜呜……

血酒一样悲壮。

## 三

一百头雄牛低悬的睾丸阴囊投影大地。
一百头雄牛低悬的睾丸阴囊垂布天宇。
午夜，一百种雄性荷尔蒙穆穆地渗透了泥土，
血酒一样悲壮。

**点评**

一百头雄牛，扬起犄角。这是一种何等雄壮的气势。一百头雄牛一百九十九只
犄角，那被折断的一只犄角做成了盛酒的角杯，盛满了血酒。这是一种悲壮，一种
慷慨激烈，一种坚强不屈的斗志。这是一种力的展示，也是一种精神的张扬。全诗
画面感突出，冲击力强。

# 凶年逸稿
## 在饥馑的年代

## 1

我喜欢望山。
席坐山脚，望山良久良久
而蓦然心猿意马。
我喜欢在峻峭的崖岸背手徘徊复徘徊，
而蓦然被茫无头绪的印象或说不透的原由深深苦恼。

## 2

有一个时期（那已像梦一般遥远）
我坐在黄瓜藤蔓的枝影里抄录采自民间的歌词。
我时而停下笔来揣摩落在桌布的影迹
或有着石涛的墨韵笔意。
中午，太阳强烈地投射在这个城市上空
烧得屋瓦的釉质层面微微颤抖。
没有云。没有风。斗拱檐角的钟铃不再摇摆。
真实的夏季每天在此仅停留四个小时。
但在紧张施工的城市下水道堑壕却极阴凉。
整晚我坐在自己的斗室敞开惟有的后窗
听古城墙上泥土簌簌剥落如铭文流失于金石。
夜气中沉浮着一种特殊的丁香气味。
是线装图书、露水或黎明的气味。

## 3

这是一个被称做绝少孕妇的年代。
我们的绿色希望以语言形式盛在餐盘
任人下箸。我们习惯了精神会餐。
一次我们隐身草原暮色将一束青草误投给了
夜游的种公牛，当我们蹲在牛胯才绝望地醒悟
已不可能得到原所期望吮嗫的鲜奶汁。
我们在大草原上迷失，跑啊跑啊……
直到夜深才跑到一处陌生村落，
我们倒头便在廊阶沉沉睡去，
一晚夕只觉着门厅里笙歌弦舞不辍，
身边时而驰过送客的车马。

我们再也醒不来。
既然这里曾也沃若我们青春的花叶，
我们早已与这土地融为一体。
我们不想苏醒。但是鸡已啼明。
新燃的腐殖土堆远在对河被垦荒者巡护，
荧荧如同万家灯火，如黎明中的城。
而我们才发觉自己是露宿在一片荒坟。

## 4

是的，在那些日子我们因饥馑而恍惚。
当我走出森林头枕手杖在草地睡去，
银杉弯向我年轻的脸庞，讨好地
向我证实我的山河诚然可爱。
而当在薄暮中穿越荒芜的滩头，
一只白须翁仲立起在坟场泥淖，
让我重新考虑他所护卫的永恒真理，
我感觉他开裂的指爪已迫近我单薄的马甲，
然而此刻究竟是谁的口吻暖似红樱桃
轻轻吹亮了我胸中的火种。

## 5

有一天我看到了山的分娩
我看见从山的穴道降生一条钢铁长龙。
这里原是一处僻远州县，
不久前熊还是截道逞强的暴徒
大胆邀击过往的卡车司机。
后来建筑师用图板在山边构思出了

许多许多的红色屋顶，从此

骆驼队跨过沙漠走在沥青路的鱼形脊背。

那一年在双层防风玻璃窗底

有各式花瓣的雕刻奇妙地折射阳光，

那是以冬日黄昏的寒冷孕育的浮雕。

终于等到某日一个男孩推开门扇跨进大厅，

手举一棵采自向阳墙脚连同土根刨起的青禾，

众人从文案抬起下颔向他送去一束可疑的目光，

仿佛男孩手心托起的竟是一块盗来的宝石。

而我想道：大地果然已在悄悄中妊娠了啊。

## 6

我以炊烟运动的微粒

娇纵我梦幻的马驹。而当我注目深潭，

我的马驹以我的热情又已从湖底跃出，

有一身黎黑的水浆。我觉得它的因成熟

而欲绽裂的股臀更显丰足更显美润。

我觉得我的马驹行走在水波，甩一甩尾翼

为自己美润的倒影而有所矜持。

我以冥构的牧童为它抱来甜美的刍草，

另以冥构的铁匠为它打制晶亮的蹄铁。

当我坐在湖岸用杖节点触涟漪，

那时在我的企盼中会听到一位村姑问我

何以如此忧郁，而我定要向她提议：

可愿与我一同走到湖心为海神的马驹梳沐？

## 7

我是这土地的儿子。
我懂得每一方言的情感细节。
那些乡间的人们总是习惯坐在黄昏的门槛
向着延伸在远方的路安详地凝视。
夜里，裸身的男子趴卧在炕头毡条被筒
让苦惯了的心熏醉在捧吸的烟草。
黑眼珠的女儿们都是一颗颗生命力旺盛的种子。
都是一盏盏清亮的油灯。

## 8

风是鹰的母亲。鹰是风的宠儿。
我常在鹰群与风的嬉戏中感受到被勇敢者
领有的道路，听风中激越的嘶鸣迂回穿插
有着瞬息万变。有着钢丝般的柔韧。
我在沉默中感受了生存的全部壮烈。
如果我不是这土地的儿子，将不能
在冥思中同样勾勒出这土地的锋刃。

## 9

我以极好的兴致观察一撮春天的泥土。
看春天的泥土如何跟阳光角力。
看它们如何僵持不下，看它们喘息。
看它们摩擦，痛苦地分泌出黄体脂。
看阳光晶体如何刺入泥土润湿的毛孔。
看泥土如何附着松针般锐利的阳光挛缩抽搐。

看它们相互吞噬又相互吐出。

看它们如何相互威胁、挖苦、嘲讽。

看它们又如何挤眉弄眼紧紧地拥抱。


啊，美的泥土。

啊，美的阳光。

生活当然不朽。


1961—1962 年于祁连山


**点评**

　　饥馑年代，生命不再孕育，土地不再生产奶和乳汁。人们只能在幻想中、在虚构中向往粮食与丰足。然而，希望总归还在。阳光和泥土、春天和希望依旧会到来。饥荒终归会过去，生活永远不会停止，泥土和阳光永远会孕育新的生命和希望。诗人热爱着这片正在遭受饥荒的土地和这个苦难中的祖国，坚定地相信未来的一切都会更好。这是一个时代的文字记忆和历史见证，传达出了一种乐观向上的信念。

# 公刘（1927—2003）

原名刘仁勇，又名刘耿直，江西南昌人。军旅诗人、作家。主要作品有《神圣的岗位》《黎明的城》《在北方》《白花·红花》《离离原上草》《仙人掌》等。

## 哎，大森林！
### ——刻在烈士饮恨的洼地上

哎，大森林！我爱你，绿色的海！
为何你喧嚣的波浪总是将沉默的止水覆盖？
总是不停地不停地洗刷！
总是匆忙地匆忙地掩埋！
难道这就是海？！这就是我之所爱？！
哺育希望的摇篮哟，封闭记忆的棺材！

分明是富有弹性的枝条呀，
分明是饱含养分的叶脉！
一旦竟也会竟也会枯朽？
一旦竟也会竟也会腐败？
我痛苦，因为我渴望了解；
我痛苦，因为我终于明白——

海底有声音说：这儿明天肯定要化作尘埃，

假如，啄木鸟今天拒绝飞来。

1979.8.12 写于沈阳

（选自《离离原上草》，人民文学出版社 1980 年版）

**点评**

  大森林，这片烈士饮恨的洼地，令人景仰和向往，本来是富于生机与活力的欣欣向荣的所在。但是，这里也会枯朽腐败，也会封闭记忆，不停地洗刷、覆盖和掩埋。这断不是诗人所爱的绿色的海一般的大森林，而是一片受到虫蛀侵害的病林。诗人呼唤啄木鸟尽快飞来，要不然的话，大森林迟早将化作尘埃。如果把大森林看作当时的现实和社会环境，那么诗人所呼唤的正是对腐败的批判拯救，对现实强烈的不满。大森林，就是英烈们战斗过的、为之流血牺牲的国家。诗人对之爱之痛切，因此对现实中的丑恶现象更加不满，渴望着那些能够拯救树木和森林的鸟类的到来。全诗运用了众多的意象来指代现实的各种现象，内涵丰富，引人深思。

# 梁小斌（1954—　　）

安徽合肥人，朦胧诗代表诗人之一。发表长诗《园丁叙事诗》，组诗《断裂》，随笔《冥想录》《融化到此为止》《捕鸡者说》等，著有诗集《少女军鼓队》。

## 中国，我的钥匙丢了

中国，我的钥匙丢了。

那是十多年前，
我沿着红色大街疯狂地奔跑，
我跑到了郊外的荒野上欢叫，
后来，我的钥匙丢了。

心灵，苦难的心灵
不愿再流浪了，
我想回家
打开抽屉、翻一翻我儿童时代的画片，
还看一看那夹在书页里的
翠绿的三叶草。

而且，
我还想打开书橱，
取出一本《海涅歌谣》，
我要去约会，

我向她举起这本书，
做为我向蓝天发出的
爱情的信号。

这一切，
这美好的一切都无法办到，
中国，我的钥匙丢了。

天，又开始下雨，
我的钥匙啊，
你躺在哪里？
我想风雨腐蚀了你，
你已经锈迹斑斑了；
不，我不那样认为，
我要顽强地寻找，
希望能把你重新找到。

太阳啊，
你看见我的钥匙了吗？
愿你的光芒
为它热烈地照耀。

我在这广大的田野上行走，
我沿着心灵的足迹寻找，
那一切丢失了的，
我都在认真思考。

**点评**

因为狂热地奔跑，"我"弄丢了钥匙，从此再也打不开童年，找不到爱情。因此，这是一把开启人生、开启思想和灵魂的钥匙。在国家处于危厄中那样一个特定的年代，我们每个人都有可能把它弄丢，丧失了爱，丧失了坚持正义的能力，丧失了追求真理的决心，失去了太多太多。然而，诗人指出，要沿着心灵的足迹去寻找，要认真思考那一切丢失了的东西。因此，这首诗提出了一种历史的反思，痛切的心灵的反思；提示我们，要反思我们所失去的一切，要找回那把珍贵的"钥匙"。

# 雷抒雁（1942—2013）

陕西泾阳人，当代诗人、作家。曾任鲁迅文学院常务副院长、中国诗歌学会会长。出版有诗集《小草在歌唱》《父母之河》《踏尘而过》《激情编年》等，散文随笔集《悬肠草》《秋思》《分香散玉记》等。

## 小草在唱歌
### ——悼女共产党员张志新烈士

### 一

风说：忘记她吧！
我已用尘土，
把罪恶埋葬！
雨说：忘记她吧！
我已用泪水，
把耻辱洗光！

是的，多少年了，
谁还记得
这里曾是刑场？
行人的脚步，来来往往，
谁还想起，
他们的脚踩在
一个女儿、
一个母亲、

一个为光明献身的战士的心上?

只有小草不会忘记。
因为那殷红的血,
已经渗进土壤;
因为那殷红的血,
已经在花朵里放出清香!
只有小草在歌唱。在没有星光的夜里,
唱得那样凄凉;
在烈日曝晒的正午,
唱得那样悲壮!
像要砸碎礁石的湖水,像要冲决堤岸的大江……

## 二

正是需要光明的暗夜,阴风却吹灭了星光;
正是需要呐喊的荒野,真理的嘴却被封上! ①
黎明。一声枪响,
在祖国遥远的东方,
溅起一片血红的霞光!
啊,年老的妈妈,
四十多年的心血,
就这样被残暴地泼在地上;
啊,幼小的孩子,
这样小小年纪,
心灵上就刻下了
终生难以愈合的创伤!

---

①　一次,张志新被带去陪决,被用泡沫塑料塞进嘴里,又用透明胶把嘴糊上。

我恨我自己，

竟睡得那样死，

像喝过魔鬼的迷魂汤，

让辚辚囚车，

碾过我僵死的心脏！

我是军人，

却不能挺身而出，

像黄继光，

用胸脯筑起一道铜墙！

而让这颗罪恶的子弹，

射穿祖国的希望，

打进人民的胸膛！

我惭愧我自己，

我是共产党员，

却不如小草，

让她的血流进脉管，

日里夜里，不停歌唱……


三


虽然不是

面对勾子军的大胡子连长，

她却像刘胡兰一样坚强；

虽然不是

在渣滓洞的魔窟，

她却像江竹筠一样悲壮！

这是二十世纪，七十年代，

社会主义中国特殊的土壤里，

成长起的英雄

——丹娘！

她是夜明珠，

暗夜里，

放射出灿烂的光芒；

死，消灭不了她，

她是太阳，

离开了地平线，

却闪耀在天上！

我们有八亿人民，

我们有三千万党员，

七尺汉子，

伟岸得像松林一样，

可是，当风暴袭来的时候，

却是她，冲在前边，

挺起柔嫩的肩膀，

肩起民族大厦的栋梁！


我曾满足于——

月初，把党费准时交到小组长的手上；

我曾满足于——

党日，在小组会上滔滔不绝地汇报思想！

我曾苦恼，

我曾惆怅，

专制下，吓破过胆子，

风暴里，迷失过方向！


如丝如缕的小草哟，

你在骄傲地歌唱，

感谢你用鞭子

抽在我的心上，

让我清醒！
让我清醒！
昏睡的生活，
比死更可悲，
愚昧的日子，
比猪更肮脏！

## 四

就这样——
黎明。一声枪响，
她倒下去了，
倒在生她养她的祖国大地上。

她的琴呢？
那把她奏出过欢乐，
奏出过爱情的琴呢？
莫非就此成了绝响？
她的笔呢？
那支写过檄文，
写过诗歌的笔呢？
战士，不能没有刀枪！

我敢说：她不想死！
她有母亲：风烛残年，
受不了这多悲伤！
她有孩子：花蕾刚绽，
怎能落上寒霜！
她是战士，
敌人如此猖狂，
怎能把眼合上！

我敢说：她没想到会死。
不是有宪法吗，
民主，有明文规定的保障；
不是有党章吗，
共产党员应多想一想。
就像小溪流出山涧，
就像种子钻出地面，
发现真理，坚持真理，
本来就该这样!

可是，她却被枪杀了，
倒在生她养她的母亲身旁……

法律啊，
怎么变得这样苍白，
苍白得像废纸一方；
正义啊，
怎么变得这样软弱，
软弱得无处伸张!
只有小草变得坚强，
托着她的身躯，
托着她的枪伤，
把白的、红的花朵，
插在她的胸前，
日里夜里，风中雨中，
为她歌唱……

## 五

这些人面豺狼，
愚蠢而又疯狂！
他们以为镇压，
就会使宝座稳当；
他们以为屠杀，
就能扑灭反抗！
岂不知烈士的血是火种，
播出去，
能够燃起四野火光！

我敢说：
如果正义得不到伸张，
红日，
就不会再升起在东方！
我敢说：
如果罪行得不到清算，
地球，
也会失去分量！
残暴，注定了灭亡，
注定了"四人帮"的下场！

你看，从草地上走过来的是谁？
油黑的短发，
披着霞光；
大大的眼睛，
像星星一样明亮；
甜甜的笑，
谁看见都会永生印在心上！

母亲啊，你的女儿回来了，

她是水，钢刀砍不伤；

孩子啊，你的妈妈回来了，

她是光，黑暗难遮挡！

死亡，不属于她，

千秋万代，

人们都会把她当做榜样！


去拥抱她吧，

她是大地的女儿，

太阳，

给了她光芒；

山冈，

给了她坚强；

花草，

给了她芳香！

跟她在一起，

就会看到希望和力量……

1979 年 6 月 7 日夜不成寐　6 月 8 日急就于曙光中

（原载《诗刊》1979 年第 8 期）


**点评**

　　这是一首献给为真理而英勇献身的张志新烈士的赞美诗、悼亡诗。一位母亲、一个女儿的死，引发了诗人无尽的联想和沉思。既有对坚持真理和正义必胜的信心，也有对残暴敌人的血泪控诉，还有对自我的深刻反思。小草为烈士而歌，小草是烈士英灵的化身。小草象征着希望和未来，象征着坚持正义的人们。诗人用充沛的感情，尽情抒发了对烈士的赞美以及对希望和力量的憧憬和信念。诗歌富于节奏感、旋律感，与情感的抒发正相合拍。

# 顾城（1956—1993）

生于北京。中国朦胧诗派的重要代表诗人。有《顾城诗全编》行世。

## 一代人

黑夜给了我黑色的眼睛，
我却用它寻找光明。

1979 年 4 月

### 点评

这是一代人的精神画像。他们不甘于黑夜的淹没与笼罩，而坚定地追寻光明。黑色与光明形成了鲜明的对比，构成了一个明暗对比的画面，呈现出一种对立和谐之美。

## 生命幻想曲

把我的幻影和梦，
放在狭长的贝壳里。
柳枝编成的船篷，
还旋绕着夏蝉的长鸣。
拉紧桅绳

风吹起晨雾的帆，
我开航了。

没有目的，
在蓝天中荡漾。
让阳光的瀑布，
洗黑我的皮肤。

太阳是我的纤夫。
它拉着我，
用强光的绳索
一步步，
走完十二小时的路途。
我被风推着
向东向西，
太阳消失在暮色里。

黑夜来了，
我驶进银河的港湾。
几千个星星对我看着，
我抛下了
新月——黄金的锚。
天微明，
海洋挤满阴云的冰山，
碰击着，
"轰隆隆"——雷鸣电闪！
我到哪里去呵？
宇宙是这样的无边。

用金黄的麦秸，
织成摇篮，
把我的灵感和心
放在里边。
装好纽扣的车轮，
让时间拖着
去问候世界。

车轮滚过
百里香和野菊的草间。
蟋蟀欢迎我
抖动着琴弦。
我把希望溶进花香。
黑夜像山谷，
白昼像峰颠。
睡吧！合上双眼，
世界就与我无关。

时间的马，
累倒了。
黄尾的太平鸟，
在我的车中做窝。
我仍然要徒步走遍世界——
沙漠、森林和偏僻的角落。

太阳烘着地球，
像烤一块面包。
我行走着，
赤着双脚。

我把我的足迹
像图章印遍大地，
世界也就溶进了
我的生命。

我要唱
一支人类的歌曲，
千百年后在宇宙中共鸣。

**点评**

　　这首诗想象力极其丰富。诗人把自己的梦想装在贝壳里，请太阳当纤夫，拉起生命的风帆，让自己驰骋在银河系里；即便时间的马已累得不能再载着自己，他也要徒步周游世界，去问候鲜花和昆虫，去走遍沙漠、森林和偏僻的角落，把脚印像图章一样印遍大地。这是一个张扬的生命，一个有理想和追求的个体。他就像千百年来的人类一样：在宇宙中跋涉，奏响歌曲，引起共鸣。这首诗表达了诗人积极有为的生活态度，对于生命抱以积极乐观的奋斗姿态。诗歌中的各种事物和意象，都可以指代着生命历程中将会遇到的一道道风景。"生命幻想曲"既是关于个体生命的遐想，也是对于人类共同命运的想象。

# 远和近

你
一会看我
一会看云

我觉得
你看我时很远

你看云时很近

1980 年 6 月

（选自《黑眼睛》，人民文学出版社 1986 年版）

**点评**

　　远和近是相对的。世间的一切事物、情感和心理都是相对的。天边的云很远，然而却比站在你面前的我显得更近。这是一种心理的错位，一种心灵的隔膜。我在你跟前，你却视而不见，这是一种最远的距离。情人之间，人与人之间，都可以因为种种的隔膜或疏离而变得遥不可及。人和人之间的关系，也可能见死不救，倒地不扶，对面不识。这究竟是社会的悲哀，还是我们人类自身生本孤独的本性使然？这首诗寓意深刻，充满了人生哲理，可以作多样的解读。

# 骆耕野（1951—　）

重庆人。曾任四川成都市话剧院编剧、成都岷山艺术团团长等。著有诗集《不满》《再生》等。

## 不 满

"从任何一项成功，

都产生出某种东西，

使更伟大的斗争成为必要。"

——惠特曼《大路之歌》

像鲜花憧憬着甘美的果实，

像煤核怀抱着燃烧的意愿：

我心中孕育着一个"可怕"的思想，

对现状我要大声地喊叫出：

——"我不满"！

谁说不满就是异端？

谁说不满就是背叛？

是涌浪，怎能容忍山涧的狭窄，

是雏鹰，岂肯安于卵壁的黑暗。

不满激扬着对海洋的神往哟！

不满苏生着对蓝天的渴念！

生命的创造多么痛楚而伟大哟，

请赐给母亲以满足的甘甜：

"不！还是祝福孩子尽快成长吧，"

婴儿问世已叩响了母亲不满的心弦。


呵，谁敢说不满就是不爱？

呵，谁敢说不满就是抱怨？


哥伦布不满铅印的海图，

才发现了大洋的彼岸；

哥白尼不满神圣的《圣经》，

才揭开了宇宙的奇观；

刻卜勒不满"日心说"才去发展真理，

亚里斯多德不满柏拉图才能"青出于蓝"。


呵，谁说不满是背弃出类拔萃的先人？

呵，谁说不满是亵渎德高望重的圣贤？


不满：茹毛饮血的人猿才去寻觅火种，

不满：胼手胝足的祖先才去摸索种田；

不满：雄丽的赵州桥才取代了简陋的木桥，

不满："精巧"的石斧才让位于青铜的冶炼；

不满：才产生了妙手回春的华佗，

不满：才造就了巧夺天工的鲁班。

呵，不满正是对变革的希冀，

呵，不满乃是那创造的发端。

我是电流，我不满江河的浪费，

你白白流逝的，乃是我生存的乳泉；

我是高炉，我不满地球的吝啬，

你深深藏匿的，正是我生命的火焰；

我是庄稼，我害怕自然保姆的任性，

变幻莫测的风雨使我忐忑不安；
我是市场，我向往琳琅满目的富有，
陈列单调的橱窗叫我满面羞惭；
我是年迈的城镇，我的服饰多么古旧，
请为我披上高速公路的飘带，
请为我戴上摩天大厦的皇冠；
我是拘谨的生活，陈腐的习俗多么恼人，
请不要过多地责难服装和跳舞，
请不要过多地干涉青年的爱恋；
我是低产的田地，我不满蹒跚的耕牛哟；
我是发紫的肩头，我不满拉船的绳纤；
我不满步枪，不满水车，不满帆船，
我不满泥泞，不满噪音，不满污染。

不满像舰队告别港湾的头一阵笛鸣哟，
不满像雄鸡向往黎明的第一声啼唤。

我是规划，锁在保险柜里多么窒闷，
我要走下蓝图，我要和新兴的工地团圆；
我是革新，躺在功劳上多么可耻，
我要摸索新路，我要攀登纪录的峰巅；
我是政策，我不满踌躇的"伯乐"，
为什么不立刻启用朝野的遗贤？！
我是创造，我不满夜郎自大！
快为我打开与世隔绝的门闩；
我抗议马拉松会议，以时间的名义，
你随意糟践的，乃是我生命的内涵；
我控诉宗教式的软禁，以真理的呼喊，
我是花，我要生长，要献蜜，
我要求助于实践园丁殷勤的刀剪。

呵，不满像胎儿在母腹里阵阵噪动哟，
不满像母性的痛楚而伟大的分娩！

我不满官僚主义，
轻浮地荡尽了先烈的遗产；
我不满文化水平，
至今还托不起四化的航船；
我不满软弱的法制，
英雄碑前有民主的泪浸血染；
我不满大话和空想，
睡在海市蜃楼上描绘漂渺的明天；
我不满抱怨和牢骚，
躲在时代的堤岸上指责涌进的波澜……
呵，不满就是一个绝妙的议事日程，
不满就是一部崭新的行动提案；
不满已催生出伟大的战略转移哟！
不满已催挂起新长征的战斗风帆！

噢，河床在不满中伸直了脊梁，
石油在不满中涌出了海面；
科学在不满中冲破了禁区，
指标在不满中跨上了火箭；
思想在不满中睁开了慧眼，
真理在不满中延伸了路线；
贫穷在不满中紧追着富强哟，
现状在不满中疾速地登攀！

呵，不满像两个矛盾间过渡的桥梁哟，
不满像一粒细胞中产生的裂变；.

不满便有所发明，有所创造，有所前进哟，
不满将通向繁荣，通向幸福，通向完善！

像鲜花憧憬着甘美的果实，
像煤核怀抱着燃烧的意愿；
我心中溢满了深挚的爱哟，
对现状我要大声地叫喊出：
——"我不满"！

（选自《诗刊》1979 年第 5 期）

**点评**

　　诗人用诗意的语言，表达了经历了十年劫难的人们共同的心声。不满，不满于现状，不满足于已有，不满于贫穷落后愚昧腐朽。这是一个时代的情绪，一种普遍的心情。对不满，诗人做了全面的剖析，指出它是推动人类进步发展、走向收获与繁荣的重要动力。而在一个百废待兴的年代，这种看似消极的情绪则完全可以转化为前行的动力。这首诗描画出了一个时期人们普遍的情绪和愿望，寓意深刻，题旨深远，发人深省。全诗运用了反问、设问、比喻、排比等各种修辞手法，使得诗歌气韵丰满，形象生动。

# 傅天琳（1946—　）

女，生于四川资中。中国诗歌学会副会长，重庆新诗学会会长。出版的诗集有《绿色的音符》《音乐岛》《红草莓》《结束与诞生》等。曾获第五届鲁迅文学奖。

## 母　爱

我是你的黑皮肤的妈妈
白皮肤的妈妈
黄皮肤的妈妈

我的爱黑得像炭
白得像雪
黄得像泥土
我的爱没有边界
没有边界我对你的爱

你是白雪覆盖的种子
你是黄土长出的树
你是煤炭亮的火
你是生命你是力量你是希望你是我
孩子啊你是我的孩子

**点评**

　　母亲的爱是怎样的呢？诗人运用丰富的比喻来描述母与子的关系，表现母爱之深沉、彻底、透彻和无边无际。这种人间大爱，黑得像炭，白得像雪，黄得像泥土。而人之子，则是母亲身上发的芽，长出的树，燃亮的火。他是生命、是力量、是希望，是母亲的一切的一切。诗人以自身感同身受的体悟，写出了母爱的宽广博大与浩瀚无边，令人印象深刻。

# 七层塔顶的黄桷树

七层塔顶的黄桷树
像一件高高晾着的衣衫
旷野
拖着它寂寞的影子

许是鸟儿口中
偶尔失落的一粒籽核
不偏不倚
在砖与灰浆的夹缝里
萌发了永恒的灾难
而它稀疏的桠枝上
麻雀吵闹着
正在筑巢
而它伸直的手臂
像要抓住破碎的云片
捎去
并不破碎的盼望
它盼望什么呢？我不知道
犹如我不知道

它摇曳的枝叶

是挣扎，还是舞蹈

是的，它活得多别扭

但绝不会死去


它在不断延伸的岁月

把孤独者并不孤独的宣言

写在天空

1980 年 1 月

（原载《花溪》1982 年第 10 期）

## 点评

那棵长在七层塔顶的黄桷树，长在砖与灰浆夹缝里的树，是一个孤独者的形象，是一个顽强的不屈的生命。也许，生存就是一场灾难，生命本身就是挣扎或舞蹈，就是别扭或扭曲，然而，无论多么艰难的生命，都有自己的盼望与梦想，都有自己的张开与绽放，鸟儿可以在树上筑巢，生命可以开花结果。诗人借助黄桷树这一意象，赞美了顽强而伟大、孤独而不失壮美的生命。那是把生命的宣言写在天空之上的英雄，是需要也值得人们仰视的存在。全诗犹如一幅生动传神的油画，在高远的天幕的背景上突出了一棵突兀的树，奇崛而有力。

# 汪国真（1956—2015）

生于北京，当代诗人、书画家。曾在中国艺术研究院任职。1990 年以诗作引发了"汪国真热"。代表性诗作有《年轻的潮》《年轻的思绪》《热爱生命》《雨的随想》等。

## 热爱生命

我不去想，
　　是否能够成功，
　　既然选择了远方，
　　便只顾风雨兼程。

我不去想，　　　`
　　能否赢得爱情，
　　既然钟情于玫瑰，
　　就勇敢地吐露真诚。

我不去想，
　　身后会不会袭来寒风冷雨，
　　既然目标是地平线，
　　留给世界的只能是背影。

我不去想，
　　未来是平坦还是泥泞，
　　只要热爱生命，

一切，都在意料之中。


**点评**

　　汪国真的诗歌，简洁易懂，而富于人生哲理，堪称心灵鸡汤。这些诗句譬喻简明却又贴切自然，具有很强的感染力，让读者爱读且能留下印象。有些诗句犹如警句格言，能够带给读者有益的人生启示。

# 杨炼（1955—　）

当代诗人。生于瑞士伯尔尼。朦胧诗的代表人物之一。作品以诗和散文为主，兼及文学与艺术批评。代表作有《诺日朗》《大海停止之处》《同心圆》等。

## 诺日朗[①]

### 一　日潮

高原如猛虎，焚烧于激流暴跳的万物的海滨
哦，只有光，落日浑圆地向你们泛滥，大地悬挂在空中

强盗的帆向手臂张开，岩石向胸脯，苍鹰向心……
牧羊人的孤独被无边起伏的灌木所吞噬
经幡飞扬，那凄厉的信仰，悠悠凌驾于蔚蓝之上

你们此刻为哪一片白云的消逝而默哀呢
在岁月脚下匍匐，忍受黄昏的驱使
成千上万座墓碑像犁一样抛锚在荒野尽头
互相遗弃，永远遗弃：把青铜还给土、让鲜血生锈
你们仍然朝每一阵雷霆倾泻着泪水吗
西风一年一度从沙砾深处唤醒淘金者的命运

---

① 　诺日朗：藏语；男神。四川著名风景区九寨沟有一座瀑布和一座雪山以此命名，地处川、
　　甘交界高原区。

栈道崩塌了，峭壁无路可走，石孔的日晕是黑的
而古代女巫的天空再次裸露七朵莲花之谜
哦，光，神圣的红釉，火的崇拜火的舞蹈
洗涤呻吟的温柔，赋予苍穹一个破碎陶罐的宁静
你们终于被如此巨大的一瞬震撼了么
——太阳等着，为陨落的劫难，欢喜若狂

## 二　黄金树

我是瀑布的神，我是雪山的神
高大、雄健、主宰新月
成为所有江河和唯一首领
雀鸟在我胸前安家
浓郁的丛林遮盖着
那通往秘密池塘的小径
我的奔放像大群刚刚成年的牡鹿
欲望像三月
聚集起骚动中的力量

我是金黄色的树
收获黄金的树
热情的挑逗来自深渊
毫不理睬周围怯懦者的箴言
直到我的波涛把它充满

流浪的女性，水面闪烁的女性
谁是那迫使我啜饮的唯一的女性呢

我的目光克制住夜
十二支长号克制住番石榴花的风
我来到的每个地方，没有阴影

触摸过的每颗草莓化作辉煌的星辰
在世界中央升起
占有你们，我，真正的男人

## 三　血祭

用殷红的图案簇拥白色颅骨，供奉太阳和战争
用杀婴的血，行割礼的血，滋养我绵绵不绝的生命
一把黑曜岩的刀剖开大地的胸膛，心被高高举起
无数旗帜像角斗士的鼓声，在晚霞间激荡
我活着，我微笑，骄傲地率领你们征服死亡
——用自己的血，给历史签名，装饰废墟和仪式

那么，擦出你的悲哀！让悬崖封闭群山的气魄
兀鹰一次又一次俯冲，像一阵阵风暴，把眼眶啄空
苦难祭台上奔跑或扑倒的躯体同时怒放
久久迷失的希望乘坐尖锐的饥饿归来，撒下呼啸与赞颂
你们听从什么发现了弧形地平线上孑然一身的壮丽
于是让血流尽：赴死的光荣，比死更强大

朝我奉献吧！四十名处女将歌唱你们的幸运
晒黑的皮肤像清脆的铜铃，在斋戒和守望里游行
那高贵的卑怯的、无辜的罪恶的、纯净的肮脏的潮汐
辽阔记忆，我的奥秘伴随抽搐的狂欢源源诞生
宝塔巍峨耸立，为山巅的暮色指引一条向天之路
你们解脱了——从血泪中，亲近神圣

## 四　偈子[1]

为期待而绝望
为绝望而期待

\*

绝望是最完美的期待
期待是最漫长的绝望

\*

期待不一定开始
绝望也未必结束

\*

或许召唤只有一声——
最嘹亮的，恰恰是寂静

## 五　午夜的庆典

### 开歌路[2]

领：午夜降临了，斑灿的黑暗展开它的虎皮，金灿灿地闪耀着绿色。遥远。青草的芳香使我们感动，露水打湿天空，我们是谁集合起来的呢？

合：哦这么多人——，这么多人！

领：星座倾斜了，不知不觉的睡眠被松涛充满。风吹过陌生的手臂，我们紧紧挤在一起，梦见篝火，又大又亮。
孩子们也睡了。

合：哦这么多人，这么多人！

---

① 偈子：佛经中一种体裁，短小类似于格言，意译为"颂"。
② 本节采用四川民歌中"丧歌"仪式，三小段标题均采自原题。

领：灵魂颤栗着，灵魂渴望着，在漆黑的树叶间，寻找一块空地。在晕眩的沉默后面，有一个声音，徐徐松弛成月色，那就是我们一直追求的光明吗？

合：哦这么多人，这么多人！

## 穿　花

诺日朗的宣谕：
唯一的道路是一条透明的路
唯一的道路是一条柔软的路
我说，跟随那股赞歌的泉水吧
夕阳沉淀了，血流消融了
瀑布和雪山的向导
笑容荡漾袒露诱惑的女性
从四面八方，跳舞而来，沐浴而来
超越虚幻，分享我的纯真

## 煞　鼓

此刻，高原如猛虎，被透明的手指无垠的爱抚
此刻，狼藉的森林漫延被踩躏的美、灿烂而严峻的美
向山洪、向村庄碎石累累的毁灭公布宇宙的和谐
树根像粗大的脚踝倔强地走着，孩子在流离中笑着
尊严和性格从死亡里站起，铃蓝花吹奏我的神圣
我的光，即使陨落着你们时也照亮着你们
那个金黄的召唤，把苦涩交给海，海永不平静
在黑夜之上，在遗忘之上，在梦呓的呢喃和微微呼喊之上
此刻，在世界中央。我说：活下去——人们
天地开创了。鸟儿啼叫着。一切，仅仅是启示

**点评**

　　大地威严，大地无语。诺日朗，是九寨沟的一座瀑布，也是一座雪山。他是一个男神，也是一种强悍生命的化身。他的大跳跃，大欢喜，大悲痛，映射着人类的悲欢命运。这座矗立在世界中央的自然的雕塑，能够带给人诸多的启示。从他身上，从早潮到午夜，从水流到大树，我们都能看到自己的影像，看到生命的跳跃和悲欢，看到黑暗也看到光明。全诗气势磅礴，恰如那九叠回转的瀑布，腾挪闪移，照亮了一道道人生的景象或人生的一个个阶段。

# 欧阳江河（1956—　　）

生于四川省泸州市，原名江河。曾获华语文学传媒大奖"2010年度诗人奖"。代表作有《玻璃工厂》《计划经济时代的爱情》等。著有诗集《透过词语的玻璃》《谁去谁留》《事物的眼泪》等。

## 汉英之间

我居住在汉字的块垒里，
在这些和那些形象的顾盼之间。
它们孤立而贯穿，肢体摇晃不定，
节奏单一如连续的枪。
一片响声之后，汉字变得简单。
掉下了一些胳膊，腿，眼睛，
但语言依然在行走，伸出，以及看见。
那样一种神秘养育了饥饿。
并且，省下很多好吃的日子，
让我和同一种族分食，挑剔。
在本地口音中，在团结如一个晶体的方言
在古代和现代汉语的混为一谈中，
我的嘴唇像是圆形废墟，
牙齿陷入空旷
没碰到一根骨头。
如此风景，如此肉，汉语盛宴天下。
我吃完我那份日子，又吃古人的，直到
一天傍晚，我去英语角散步，看见

一群中国人围住一个美国佬，我猜他们
想迁居到英语里面。但英语在中国没有领地
它只是一门课，一种会话方式，电视节目，
大学的一个系，考试和纸。
在纸上我感到中国人和铅笔的酷似。
轻描淡写，磨损橡皮的一生。
经历了太多的墨水，眼镜，打字机
以及铅的沉重之后，
英语已经轻松自如，卷起在中国的一角。
它使我们习惯了缩写和外交辞令，
还有西餐，刀叉，阿司匹林。
这样的变化不涉及鼻子
和皮肤。像每天早晨的牙刷
英语在牙齿上走着，使汉语变白。
从前吃书吃死人，因此

我天天刷牙。这关系到水，卫生和比较。
由此产生了口感，滋味说，
以及日常用语的种种差异。
还关系到一只手，它伸进英语，
中指和食指分开，模拟
一个字母，一次胜利，一种
对自我的纳粹式体验。
一支烟落地，只燃到一半就熄灭了，
像一段历史。历史就是苦于口吃的
战争，再往前是第三帝国，是希特勒。
我不知道这个狂人是否枪杀过英语，枪杀过
莎士比亚和济慈。
但我知道，我牛津辞典里的、贵族的英语，
也有武装到牙齿的、丘吉尔或罗斯福的英语。

它的隐喻，它的物质，它的破坏的美学，

在广岛和长崎爆炸。

我看见一堆堆汉字在日语中变成尸首——

但在语言之外，中国和英美结盟。

我读过这段历史，感到极为可疑。

我不知道历史和我谁更荒谬。


一百多年了。汉英之间，究竟发生了什么？

为什么如此多的中国人移居英语，

努力成为黄种白人，而把汉语

看作离婚的前妻，看作破镜里的家园？究竟

发生了什么？我独自一又在汉语中幽居，

与众多纸人对话，空想着英语，

并看着更多的中国人跻身其间，

从一个象形的人变为一个拼音的人。


1987 年 7 月于成都。

（选自《透过词语的玻璃》，改革出版社 1997 年版）


## 点评

汉英之间，既指汉语与英语的关系，也指操持汉语的中国人与操持英语的英美人之间的关系。全诗既有对历史的回溯反思，也有对现实的拷问追索。一百年来，汉英之间发生了太多的事情，有战争有结盟，有侵略有反抗。然而，时至今日，我们看到的却是汉语、汉语文化以及汉人几近全线的溃败或后退，是英语、英语文化和英美人全线的前进与进逼。这首诗用对比反衬、反问等修辞，凸显了不同文明与文化之间的竞争、冲突或争战，发出了振聋发聩的时代先声，呼唤人们警惕异质文化的入侵和腐蚀，警惕本族文化的消减或衰落。这是一首意味深长的、发人深思的诗作。

# 玻璃工厂

## 1

从看见到看见，中间只有玻璃。
从脸到脸
隔开是看不见的。
在玻璃中，物质并不透明。
整个玻璃工厂是一只巨大的眼珠，
劳动是其中最黑的部分，
它的白天在事物的核心闪耀。
事物坚持了最初的泪水，
就像鸟在一片纯光中坚持了阴影。
以黑暗方式收回光芒，然后奉献。
在到处都是玻璃的地方，
玻璃已经不是它自己，而是
一种精神。
就像到处都是空气，空气近乎不存在。

## 2

工厂附近是大海。
对水的认识就是对玻璃的认识。
凝固，寒冷，易碎，
这些都是透明的代价。
透明是一种神秘的、能看见波浪的语言，
我在说出它的时候已经脱离了它，

脱离了杯子、茶几、穿衣镜，所有这些
具体的、成批生产的物质。
但我又置身于物质的包围之中，
生命被欲望充满。
语言溢出，枯竭，在透明之前。
语言就是飞翔，就是
以空旷对空旷，以闪电对闪电。
如此多的天空在飞鸟的躯体之外，
而一只孤鸟的影子
可以是光在海上的轻轻的擦痕。
有什么东西从玻璃上划过，比影子更轻，
比切口更深，比刀锋更难逾越。
裂缝是看不见的。

## 3

我来了，我看见，我说出。
语言和时间浑浊，泥沙俱下，
一片盲目从中心散开。
同样的经验也发生在玻璃内部。
火焰的呼吸，火焰的心脏。
所谓玻璃就是水在火焰里改变态度，
就是两种精神相遇，
两次毁灭进入同一永生。
水经过火焰变成玻璃，
变成零度以下的冷峻的燃烧，
像一个真理或一种感情
浅显，清晰，拒绝流动。
在果实里，在大海深处，水从不流动。

## 4

那么这就是我看到的玻璃——
依旧是石头，但已不再坚固。
依旧是火焰，但已不复温暖。
依旧是水，但既不柔软也不流逝。
它是一些伤口但从不流血，
它是一种声音但从不经过寂静。
从失去到失去，这就是玻璃。
语言和时间透明，
付出高代价。

## 5

在同一工厂我看见三种玻璃：
物态的，装饰的，象征的。
人们告诉我玻璃的父亲是一些混乱的石头。
在石头的空虚里，死亡并非终结，
而是一种可改变的原始的事实。
石头粉碎，玻璃诞生。
这是真实的。但还有另一种真实
把我引入另一种境界：从高处到高处。
在那种真实里玻璃仅仅是水，是已经
或正在变硬的、有骨头的、泼不掉的水，
而火焰是彻骨的寒冷，
并且最美丽的也最容易破碎。
世间一切崇高的事物，以及
事物的眼泪。

1987 年 9 月 6 日于山海关

**点评**

　　玻璃是石头在火与水的淬炼中形成的。它是一种精神，象征着世间一切崇高的事物。玻璃是熄灭的火，是变硬的有骨头的水，是一种矛盾对立的统一体或混合体。它与大海深处的水一样，看似凝滞不动，实则是一种静默的生命存在，一种活着的魂魄。玻璃透明的存在，这种经历水火洗礼的崇高精神的内核，超越了语言所能表达的范围，也超越了时间。

# 崔健（1961—　　）

生于北京，朝鲜族。摇滚乐歌手、词曲家、导演、演员、编剧，被誉为"中国摇滚之父"。代表作有《一无所有》《不是我不明白》《最后一枪》等。

## 一无所有

我曾经问个不休
你何时跟我走
可你却总是笑我
一无所有

我要给你我的追求
还有我的自由
可你却总是笑我
一无所有

脚下的地在抖
身边的水在流
可你却总是笑我
一无所有

为何你总笑个没够
为何我总要追求
难道在你面前
我永远是一无所有
告诉你我等了很久
告诉你我最后的要求

我要抓起你双手

你这就跟我走

这时你的手在颤抖

这时你的泪在流

莫非你是正在告诉我

你爱我一无所有

1986 年首次在北京工人体育馆演出

（收入专辑《新长征路上的摇滚》，京文唱片公司出版）

**点评**

　　这首作于 1986 年的歌词，大概堪称大陆最早的摇滚乐经典。它用反复咏唱的旋律，唱出了一代人共同的心声与呼唤。"我"向你请求，请你跟我走，这真诚恳切的声音震动了脚下的大地，最终也打动了你，让你的手在抖、泪在流。那么，你所爱的正是一个一无所有的"我"，正是"我"的一无所有。那是一个物质尚为匮乏、财富尚未剧增的年代，人们渴望着纯粹的不染俗世尘埃的爱情。因此，这样一首呼唤真爱的摇滚歌曲，以其震撼视听的音响效果，打动了千千万万的年轻人，成为了烙刻在一代人心中共同的文化符号和青春印记，也铸就了中国精神文化史上的一道里程碑。

# 杨牧（1944—　　）

生于四川省渠县。曾任新疆自治区文联副主席、《绿风》诗刊主编、《星星》诗刊主编等，著有诗集《复活的海》《野玫瑰》《雄风》《边魂》《黑咖啡紫咖啡》，长篇自叙传《天狼星下》等。

## 我是青年

人们还叫我青年……
哈……我是青年！
我年轻呵，我的上帝！
感谢你给了我一个不出钢的熔炉，
把我的青春密封、冶炼；
感谢你给了我一个冰箱，
把我的灵魂冷藏、保管；
感谢你给了我烧山的灰烬，
把我的胚芽埋在深涧；
感谢你给了我理不清的蚕丝，
让我在岁月的河边作茧。
所以我年轻——当我的诗句
出现在人们面前的时候，
竟像哈萨克牧民的羊皮口袋里
发酵的酸奶子一样新鲜！
……哈，我是青年！
我年轻呵，我的胡大！
就像我无数年轻的同伴——

青春常在沙漠里丢失，
只有叮咚的驼铃为我催眠；
青春常在烈日下暴晒，
只留下一个难以辨清滋味的杏干。


荒芜的秃额，也许正是廉价的土丘，
弧形的皱纹，也许是轻易的抛物线。
所以我年轻——当我们回到春天的时候，
你看看我，我看看你，
哈……我们都有了一代人的特点！
我曾经以青年的身份
参加过无数青年的会议，
老实说，我不怀疑我青年的条件。
三十六岁，减去"十"，
正好……不，团龄才超过仅仅一年！
《呐喊》的作者
那时还比我们大呢，
普希金和马雅可夫斯基
死时也不过才这个年限。
比起主席台上那些终身不衰老的
年轻的声音，
我们还不过是"儿童团"！
……哈，我是青年！
嘲讽吗？那就嘲讽自己吧！
苦味儿的辛辣——带着咸。
祖国哟！
是您应该为您这样的儿女痛楚，
还是您的这样的儿女应该为您感到辛酸？
我，常常望着天真的儿童，
素不相识，我也抚抚红润的小脸。

他们陌生地瞅着我，歪着头，

像一群小鸟打量着一个恐龙蛋。

他们走了，走远了，也许正走向青春吧，

我却只有心灵的脚步微微发颤……


……不！我得去转告我的祖国：

世上最为珍贵的东西，

莫过于青春的自主权！

我爱，我想，但不嫉妒。

我哭，我笑，但不抱怨。

我羞，我愧，但不自弃。

我爱，我恨，但不悲叹。

既然这个特殊的时代，

酿成了青年特殊的概念，

我就要对着蓝天说：我是——青年！

我是青年——

我的血管永远不会被泥沙堵塞；

我是青年——

我的瞳仁永远不会拉上雾幔。

我的秃额，正是一片初春的原野，

我的皱纹，正是一条大江的开端。

我不是醉汉，我不愿在白日说梦；

我不是老妇，絮絮叨叨地叹息华年；

我不是猢狲，我不会再被敲锣者戏耍；

我不是海龟，昏昏睡睡而益寿延年。

我是鹰——云中有志！

我是马——背上有鞍！

我有骨——骨中有钙！

我有汗——汗中有盐！

祖国呵！

既然您因残缺太多

把我们划入了青年的梯队，

我们就有青年和中年——双重的肩！

**点评**

　　一个已然或正在步入中年的人，却坚定地声称自己是青年，那是因为祖国"残缺太多"，需要他们肩负起中年和青年双重的责任。于是，回返青年的诗人意气风发，精神抖擞，相信自己的云中有志、背上有鞍、骨中有钙、汗中有盐，要勇敢地摒弃嫉妒、抱怨、自弃和悲叹，勇敢地担当起青年的职责。这是一首气势昂扬的诗歌，是献给那些被十年文革耽误了青春的一代人的战歌。

# 西川（1963— ）

原名刘军，生于江苏徐州。执教于中央美术学院。和海子、骆一禾并称"北大三诗人"。出版作品有《西川诗选》《深浅》《大河拐大弯》等，曾获鲁迅文学奖等。

## 一个人老了

一个人老了，在目光和谈吐之间，
在黄瓜和茶叶之间，
像烟上升，像水下降。黑暗迫近。
在黑暗之间，白了头发，脱了牙齿，
像旧时代的一段逸闻，
像戏曲中的一个配角。一个人老了。

秋天的大幕沉重地落下。
露水是凉的。音乐一意孤行。
他看到落伍的大雁、熄灭的火、
庸才、静止的机器、未完成的画像。
当青年恋人们走远，一个人老了，
飞鸟转移了视线。

他有了足够的经验评判善恶，
但是机会在减少，像沙子
滑下宽大的指缝，而门在闭合。
一个青年活在他身体之中；

他说话是灵魂附体，
他抓住的行人是稻草。
有人造屋，有人绣花，有人下赌。
生命的大风吹出世界的精神。
唯有老年人能看出这其中的摧毁。
一个人老了，徘徊于
昔日的大街。偶尔停步，
便有落叶飘来，要将他遮盖。

更多的声音挤进耳朵，
像他整个身躯将挤进一只小木盒；
那是一系列游戏的结束：
藏起失败，藏起成功。
在房梁上，在树洞里，他已藏好
张张纸条，写满爱情和痛苦。
要他收获已不可能，
要他脱身已不可能。
一个人老了，重返童年时光，
然后像动物一样死亡。他的骨头
已足够坚硬，撑得起历史，
让后人把不属于他的箴言刻上

1991 年 4 月

**点评**

　　一个人老了，一条生命走向了晚秋和深冬。他历尽了爱情和痛苦的沧桑，读遍了黑暗和时间，他有丰富的经验和坚强的担当能力，他的体内也住着一个青年。他的机会在变少以至于无，他的归宿将是一座棺材。然而，他也已成熟，经得起后人的评说。这是一个老者的姿态，更是老者的精神。能够不被时间所改变的、永远不会老的只有这种精神、阅尽人间沧桑荣辱不惊的心态。

# 在哈尔盖仰望星空

有一种神秘你无法驾驭
你只能充当旁观者的角色
听凭那种神秘的力量
从遥远的地方发出信号
射出光彩，穿透你的心
像今夜，在哈尔盖
这个远离城市的荒凉的
地方，在这青藏高原上的
一个蚕豆般大小的火车站旁
我抬起头来眺望星空
这时河汉无声，稀薄的鸟翼
坠落，使驽马惊惶
逃向我，我站立不动
让灿烂的群星如亿万只脚
把我的肩头踩成祭坛
我像一个领取圣餐的孩子
放大了胆子，但屏住呼吸

## 点评

在远离城市的世界的荒凉一隅，仰望星空，能够感受到浩阔辽远的神奇与神秘。灿烂的星群如亿万只脚一般笼罩在头顶，令人震撼和肃然起敬，心中充溢着一种难以言传的感受。这是一种来自遥远地方的无法控制的力量，让我们敬畏如战战兢兢等待领取圣餐的孩子。这首诗抒发了诗人在特定情境下的一种奇特感受和启示，包括了敬畏自然，敬畏宇宙。

# 芒克（1950— ）

生于沈阳，原名姜世伟。朦胧诗人代表之一。诗集有《阳光中的向日葵》《芒克诗选》《没有时间的时间》《今天是哪一天》《芒克的诗歌》等。

## 阳光中的向日葵

你看到了吗
你看到阳光中的那棵向日葵了吗
你看它，它没有低下头
而是在把头转向身后
它把头转了过去
就好像是为了一口咬断
那套在它脖子上的
那牵在太阳手中的绳索

你看到它了吗
你看到那棵昂着头
怒视着太阳的向日葵了吗
它的头几乎已把太阳遮住
它的头即使是在没有太阳的时候
也依然在闪耀着光芒

你看到那棵向日葵了吗
你应该走近它

你走近它便会发现
它脚下的那片泥土
每抓起一把
都一定会攥出血来

**点评**

　　这是一棵叛逆的向日葵，他不屈服于太阳的牵引，宁愿以死相拼，用生命去切断太阳的羁绊，争取自己的独立和自由。这是一棵倔强的、富于个性的向日葵，一棵永远闪耀着生命光芒的植物。向日葵何尝不是一种生命存在的象征，何尝不是一名英勇的斗士。这首诗表达了对于独立和自由壮美生存的赞美。

# 李亚伟（1963—  ）

生于四川酉阳。1984 年与人成立"莽汉主义"诗派并成为代表人物。主要作品有《中文系》《硬汉们》《困兽》等。

## 中文系

中文系是一条撒满钓饵的大河
浅滩边，一个教授和一群讲师正在撒网
网住的鱼儿
上岸就当助教，然后
当屈原李白的导游然后
再去撒网
要吃透《野草》《花边》的人
把鲁迅存进银行，吃利息

当一个大诗人率领一伙小诗人在古代写诗
写王维写过的那块石头
蠢鲫鱼或傻白鲢在期末渔汛中
挨一记考的耳光飞跌门外

老师说过要做伟人
就得吃伟人的剩饭背诵伟人的咳嗽
亚伟想做伟人
想和古代的伟人一起干

他每天咳着各种各样的声音从图书馆
回到寝室后来真的咳嗽不止
诗人胡玉是个调皮捣蛋鬼
就是溜旱冰不太在行，于是
常常踏着自己的长发溜进
女生密集的场所用腮
唱一首关于晚风吹了澎湖湾的歌

二十四岁的敖歌已经
二十四年都没写诗了
可他本身就是一首诗
永远在五公尺外爱一个姑娘
由于没记住韩愈是中国人还是苏联人
敖歌悲壮地降了一级，他想外逃
但他害怕爬上香港的海滩会立即
被警察抓去考古汉语

万夏每天起床后的问题是
继续吃饭还是永远
不再吃了
和女朋友卖完旧衣服后
脑袋常吱吱地发出喝酒信号

大伙的拜把兄弟小绵阳
花一个月读完半页书后去食堂
打饭也打炊哥
中文系就是这么的
学生们白天朝拜古人和黑板
晚上就朝拜银幕或很容易地

就到街上去凤求凰兮
诗人杨洋老是打算
和刚认识的姑娘结婚老是
以鲨鱼的面孔游上赌饭票的牌桌
这根恶棍认识四个食堂的炊哥
却连写作课的老师至今还不认得
他曾精辟地认为
知识就是书本就是女人
女人就是考试
每个男人可要及格啦

中文系就这样流着
老师命令学生思想自由命令学生
在大小集会上不得胡说八道
二十二条军规规定教授要鼓励学生
创新成果
不得污染期终卷面

中文系也学外国文学
着重学鲍狄埃学高尔基，有晚上
厕所里奔出一神色慌张的讲师
他大声喊：同学们！
快撤，里面有现代派

中文系就这样流着
像亚伟撒在干土上的小便的波涛
随毕业时的被盖卷一叠叠地远去啦


（选自诗集《快餐馆里的冷风景》，北京大学出版社 1994 年版）

**点评**

　　诗人运用了一种戏谑反讽的方式，以看似荒诞不经的方式描述中文系师生众生相，讲述了一个时代中文系学生的学习和生活状况，留下了那个年代生活的种种画面及印记。诗人的态度表面上显得玩世不恭，实则借助诗句处处表达了自己对于中文系生活的独到看法与见解，写出了学生们共同的烦恼、困惑与苦闷，可以视为校园莘莘学子共同的苦闷、共同面对的问题。诗意似乎被漫不经心的描述所消解，但就在这种消解中为我们重构了一种异样的价值取向和精神向度，带给读者以陌生化的感受。

# 海子（1964—1989）

原名查海生，生于安徽省安庆市怀宁县，当代诗人。出版有诗集《土地》《海子、骆一禾作品集》《海子的诗》和《海子诗全编》等。

## 面朝大海，春暖花开

从明天起，做一个幸福的人
喂马，劈柴，周游世界
从明天起，关心粮食和蔬菜
我有一所房子，面朝大海，春暖花开

从明天起，和每一个亲人通信
告诉他们我的幸福
那幸福的闪电告诉我的
我将告诉每一个人

给每一条河每一座山取一个温暖的名字
陌生人，我也为你祝福
愿你有一个灿烂的前程
愿你有情人终成眷属
愿你在尘世获得幸福
我只愿面朝大海，春暖花开

### 点评

这是一种积极的人生态度，劳动，生活，收获，为陌生人祝福，赢取人生的幸福。面朝大海，胸怀开阔，定会迎来春暖花开，万事吉祥如意。这也可以是一种美好的祝愿，对自己，对他人，也是对未来和生活的祝愿。辛勤的劳动和积极的生活态度将会带来灿烂的前程，美满的婚姻和幸福的未来。世间，哪怕是山河这样看似无情物也都充满了温暖，一切都是美好的，生气盎然的。

# 亚洲铜

亚洲铜，亚洲铜
祖父死在这里，父亲死在这里，我也将死在这里
你是唯一的一块埋人的地方

亚洲铜，亚洲铜
爱怀疑和爱飞翔的鸟，淹没一切的是海水
你的主人却是青草，住在自己细小的腰上，守住野花的手掌和秘密

亚洲铜，亚洲铜
看见了吗？那两只白鸽子，它们是屈原遗落在沙滩上的白鞋子
让我们——我们和河流在一起，穿上它们吧

亚洲铜，亚洲铜
击鼓之后，我们把在黑暗中跳舞的心脏叫做月亮
这月亮主要由你构成

## 点评

这块大陆，埋葬了我们的祖祖辈辈，也将埋葬我们自己。海水和花草，鸽子与河流，黑暗与月亮，都属于这块土地。亚洲铜，也是泛着青铜颜色的亚洲人种，我

们居住在自己的皮肤里，我们要在黑暗中跳舞。诗人表达了一种坚定的生存理念，像我们的父辈一样，像屈原一样，像青草守护花朵，像在黑暗中跳舞的月亮一样，生生不息。

# 麦　地

吃麦子长大的
在月亮下端着大碗
碗内的月亮
和麦子
一直没有声响

和你俩不一样
在歌颂麦地时
我要歌颂月亮

月亮下
连夜种麦的父亲
身上像流动金子

月亮下
有十二只鸟
飞过麦田
有的衔起一颗麦粒
有的则迎风起舞，矢口否认

看麦子时我睡在地里
月亮照我如照一口井

家乡的风
家乡的云
收聚翅膀
睡在我的双肩

麦浪——
天堂的桌子
摆在田野上
一块麦地

收割季节
麦浪和月光
洗着快镰刀

月亮知道我
有时比泥土还要累
而羞涩的情人
眼前晃动着
麦秸

我们是麦地的心上人
收麦这天我和仇人
握手言和
我们一起干完活
合上眼睛，命中注定的一切
此刻我们心满意足地接受

妻子们兴奋地
不停用白围裙
擦手

这时正当月光普照大地。
我们各自领着
尼罗河，巴比伦或黄河
的孩子　在河流两岸
在群蜂飞舞的岛屿或平原
洗了手
准备吃饭

就让我这样把你们包括进来吧
让我这样说
月亮并不忧伤
月亮下
一共有两个人
穷人和富人
纽约和耶路撒冷
还有我
我们三个人
一同梦到了城市外面的麦地
白杨树围住的
健康的麦地
健康的麦子
养我性命的麦子！

1985.6

**点评**

　　这是一首歌颂麦子和麦地、歌颂劳动和创造的诗篇。麦子养育了我们，劳动创造了粮食。在劳动面前，人们忘记了仇恨，忘记了苦痛与劳累。无论身处世界的哪个地方，人们都同样地赞美麦子和劳动，犹如赞美生命和养育、繁衍生命的一切。

# 祖 国
## （或以梦为马）

我要做远方的忠诚的儿子
和物质的短暂情人
和所有以梦为马的诗人一样
我不得不和烈士和小丑走在同一道路上

万人都要将火熄灭我一人独将此火高高举起
此火为大开花落英于神圣的祖国
和所有以梦为马的诗人一样
我藉此火得度一生的茫茫黑夜

此火为大祖国的语言和乱石投筑的梁山城寨
以梦为上的敦煌——那七月也会寒冷的骨骼
如雪白的柴和坚硬的条条白雪
横放在众神之山
和所有以梦为马的诗人一样
我投入此火这三者是囚禁我的灯盏吐出光辉

万人都要从我刀口走过去建筑祖国的语言
我甘愿一切从头开始
和所有以梦为马的诗人一样
我也愿将牢底坐穿

众神创造物中只有我最易朽带着不可抗拒的死亡的速度

只有粮食是我珍爱我将她紧紧抱住抱住她在故乡生儿育女
和所有以梦为马的诗人一样
我也愿将自己埋葬在四周高高的山上守望平静家园

面对大河我无限惭愧
我年华虚度空有一身疲倦
和所有以梦为马的诗人一样
岁月易逝一滴不剩水滴中有一匹马儿一命归天

千年后如若我再生于祖国的河岸
千年后我再次拥有中国的稻田和周天子的雪山天马踢踏
和所有以梦为马的诗人一样
我选择永恒的事业
我的事业就是要成为太阳的一生
他从古至今——"日"——他无比辉煌无比光明
和所有以梦为马的诗人一样
最后我被黄昏的众神抬入不朽的太阳

太阳是我的名字
太阳是我的一生
太阳的山顶埋葬诗歌的尸体——千年王国和我
骑着五千年凤凰和名字叫"马"的龙——我必将失败
但诗歌本身以太阳必将胜利

## 点评

作为一名诗人，他要为祖国歌唱；要像古往今来的太阳一样，永远照耀着这片亘古长新的土地。诗人借助天马行空的想象，抒发了对于祖国炽热的热爱之情。为了祖国，诗人愿意将牢底坐穿，愿意高举着照亮众人的火炬，自觉承担起诗人的崇高职责。诗歌旋律回环，有一唱三叹之感。

# 林莽（1949—　）

原名张建中，生于河北徐水。朦胧诗派代表诗人之一，曾在《诗刊》任职。著有《林莽的诗》《我流过这片土地》《永恒的瞬间》等诗集。

## 雪一直没有飘下来

不是在水或音乐的节拍里
有时在一阵阵无名的节奏和忧郁的情调中
有一种声音比诱惑更神秘

不一定要知道你是谁
幻想在人丛中不会找到你
也许因此，雪一直没有飘下来

果树对于果树不知是怎么相爱的
围墙上的麻雀飞去又回来
在开花的季节过后
每一个走过园子的人都会有不同的感觉
人和人是怎么相爱的
有时隔着比树更远的距离

雪一直没有飘下来
尽管在许多瞬间沉入铅灰色的天空
幻想的风使激情发冷
也许那从未降雪的云层很低

它无法知道化成水流的感觉
也许那时你已不再那样说

但，雪一直没有飘下来

（选自《中华诗歌百年精华》，人民文学出版社 2002 年版）


**点评**

　　雪，凝结在很低的云层中，却一直没有飘下来。没有飘下来的雪无法知道化成水流的感觉。世间的事物，既相联系又相隔绝。开花季节过后，每个走过园子的人都会在揣想着爱情。果树之间隔着有限的距离，通过花粉的传授相爱，麻雀流连于围墙，而人丛中，人们又将如何去发现对方，找到爱人？——凭借声音或节奏，凭借幻想与想象……人与人之间的距离，其实比果树、比鸟雀都远。这种距离犹如雪与水之间的距离，看似一点击破，然而那雪却迟迟不下。这首诗运用了生活中伸手可及的意象，朦朦胧胧地传达出了关于爱情、关于人与人的关系的独特思考。

# 柏桦（1956—　　）

生于重庆。西南交通大学教授、成都市作协副主席。著有《表达》《望气的人》《往事》等诗集。

## 惟有旧日子带给我们幸福

墙上的挂钟还是那个样子
低沉的声音从里面发出
不知受着怎样一种忧郁的折磨
时间也变得空虚
像冬日的薄雾
我坐在黑色的椅子上
随便翻动厚厚的书籍
也许我什么都没有做
只暗自等候你熟悉的脚步

钟声仿佛在很远的地方响起
我的耳朵痛苦地倾听
想起去年你曾来过
单纯、固执，我感动得大哭

今夜我心爱的拜访会再来吗？
我知道你总是老样子
但你每一次都注定带来不同的欢乐

我记得那一年夏天的傍晚
我们谈了许多话，走了许多路
接着是彻夜不眠的激动
哦，太遥远了
直到今天我才明白
这一切全是为了另一些季节的幽独

可能某一个冬天的夜晚
我偶然如此时
似乎在阅读，似乎在等候
性急与难过交替
目光流露宁静的无助
许多年前的姿态又会单调地重复

我想我们的消逝一定是一样的
比如头发与日历
比如夸夸其谈与年轻时的装束
那时你一生气就撕掉我的信封
这些美丽的事迹若星星
不同，却缀满记忆的夜空
我一想到它们就伤心，亲切而平和

望着窗外渐浓的寒霜
冷风拍打着孤独的树干
我暗自思量这勇敢的身躯
究竟是谁使它坚如石头
一到春天就枝繁叶茂
不像你，也不像我
一次长成只为了一次零落

那些数不清的季节眼泪

它们都去哪里了？

我们的影子和夜晚？

又将在哪里逢着？


一滴泪珠坠落，打湿书页的一角

一根头发飘下来，又轻轻地拂走

如果你这时来访，我会对你说

记住吧，老朋友

惟有旧日子带给们幸福


1984 年冬

（选自《往事》，河北教育出版社 2002 年版）


## 点评

　　昔日不再，往事不再。过往的日子在回忆时总是备感温馨甜蜜、亲切动人。然而，时间和日历、头发和生命，那些汗液中彼此的温暖与慰藉，都已随风远逝。人的一生永远不可能像树木一样，一年经历一回兴衰成败。人的一生注定只有一次青春一次生命。凋零了的不是树叶，也不是头发和岁月，而是我们一去不复返的生命。无尽的感伤、感慨与喟叹都在这些美好而忧伤的回眸之中。俱往矣，往昔岁月。那些旧日子，带给我们的依然是美好，是幸福，是生动鲜活的永恒的记忆。那里面，印刻着太多的情和爱，太多的感受与情绪，历久而弥新，令人永难释怀和忘怀。

# 韩东（1961—　）

诗人、作家，生于南京。著有长篇小说《扎根》《我和你》，诗集《吉祥的老虎》《爸爸在天上看我》，诗文集《交叉跑动》等。

## 有关大雁塔

有关大雁塔

我们又能知道些什么

有很多人从远方赶来

为了爬上去

做一次英雄

也有的还来做第二次

或者更多

那些不得意的人们

那些发福的人们

统统爬上去

做一做英雄

然后下来

走进这条大街

转眼不见了

也有有种的往下跳

在台阶上开一朵红花

那就真的成了英雄

当代英雄

有关大雁塔
我们又能知道些什么
我们爬上去
看看四周的风景
然后再下来

**点评**

　　大雁塔，风吹雨打了千百年，依旧牢固地矗立在那里。我们每个人，无论是凡人或是要做英雄的，爬上去，看看风景，然后再走下来，或者跳下去。然而，塔依旧是塔，塔依旧耸立在那里。人和塔的关系就是这么简单。这首诗采用了口语化的语言，内涵并不复杂，常常被认为是一种解构诗意上的诗歌。

# 你见过大海

你见过大海
你想象过
大海
你想象过大海
然后见到它
就是这样
你见过了大海
并想象过它
可你不是
一个水手
就是这样
你想象过大海
你见过大海

也许你还喜欢大海
顶多是这样
你见过大海
你也想象过大海
你不情愿
让海水给淹死
就是这样
人人都这样


**点评**

　　这是一首看似另类的诗歌，口语化的语言和表达，有点饶舌或者绕口令一样的诗句，揭示了人和大海的关系：想象过大海，见过大海，喜欢大海，不愿意被海水淹死。人人都是这样，人人都这样看待大海，除了水手。大海独立存在于人们的意识之外，不因人们的喜爱或观赏而改变。而大海也无法给人带去任何变化。有关大海，就只有这些琐事，并无其他可以奉告或描述的。这首诗也被常认为是消解意义及所指的"后现代诗歌"的代表作之一。

# 王家新（1957— ）

生于湖北丹江口市。诗人，诗歌评论家，教授。著有诗集《纪念》《游动悬崖》等。代表作有《瓦雷金诺叙事曲》《帕斯捷尔纳克》《游动悬崖》《回答》《乌鸦》《纪念》《在山的那边》等。

## 帕斯捷尔纳克

不能到你的墓地献上一束花
却注定要以一生的倾注，读你的诗
以几千里风雪的穿越
一个节日的破碎，和我灵魂的颤栗

终于能按照自己的内心写作了
却不能按一个人的内心生活
这是我们共同的悲剧
你的嘴角更加缄默，那是

命运的秘密，你不能说出
只是承受、承受，让笔下的刻痕加深
为了获得，而放弃
为了生，你要求自己去死，彻底地死

这就是你，从一次次劫难里你找到我
检验我，使我的生命骤然疼痛
从雪到雪，我在北京的轰响泥泞的

公共汽车上读你的诗，我在心中
呼喊那些高贵的名字
那些放逐、牺牲、见证，那些
在弥撒曲的震颤中相逢的灵魂
那些死亡中的闪耀，和我的

自己的土地！那北方牲畜眼中的泪光
在风中燃烧的枫叶
人民胃中的黑暗、饥饿，我怎能
撇开这一切来谈论我自己？

正如你，要忍受更疯狂的风雪扑打
才能守住你的俄罗斯，你的
拉丽萨，那美丽的、再也不能伤害的
你的，不敢相信的奇迹

带着一身雪的寒气，就在眼前！
还有烛光照亮的列维坦的秋天
普希金诗韵中的死亡、赞美、罪孽
春天到来，广阔大地裸现的黑色

把灵魂朝向这一切吧，诗人
这是幸福，是从心底升起的最高律令
不是苦难，是你最终承担起的这些
仍无可阻止地，前来寻找我们
发掘我们：它在要求一个对称
或一支比回声更激荡的安魂曲
而我们，又怎配走到你的墓前？
这是耻辱！这是北京的十二月的冬天

这是你目光中的忧伤、探询和质问

钟声一样，压迫着我的灵魂

这是痛苦，是幸福，要说出它

需要以冰雪来充满我的一生

1990 年 12 月

**点评**

　　帕斯捷尔纳克，一个用灵魂写作的俄罗斯诗人和作家。他的遭遇令人唏嘘，但是他有坚定的理想信念，那就是始终关心人民的饥饱冷暖，关心人间的疾苦。诗人写帕斯捷尔纳克，实际上是要通过描述他的一生，来检验自己，拷问自己的灵魂。帕斯捷尔纳克的一生，能够带给人们更多的人生启示。

# 骆一禾（1961—1989）

　　祖籍浙江杭州，生于北京。曾任《十月》杂志编辑。著有诗集《世界的血》《骆一禾诗全编》等。

## 青　草


　　　　那诱发我的
　　　　是青草
　　　　是新生时候的香味

　　　　那些又名山板栗和山白果的草木
　　　　那些榛实可以入药的草木
　　　　那抱茎而生的游冬
　　　　那可以通血的药材　明目益精的贞蔚草
　　　　年轻的红
　　　　那些济贫救饥的老苦菜
　　　　夏天的时候金黄的花朵飘洒了一地
　　　　我们完全是旧人
　　　　我们每年的冬末都要死去一次
　　　　渐渐地变红
　　　　听季节在蟋蟀中鸣叫
　　　　而我们年复一年领略着女子的美
　　　　花萼四裂　花冠像漏斗一样四裂
　　　　开裂的花片反卷
　　　　白色微黄有着漆黑的种子

子房和花柱遍布着年轻的茸毛

因为青草
我们当中的人得以不被饿死
麦子在苜蓿的筐子里度过了难产
她们的胶质
使丝织品泛映光泽

你该爱这青草
你该看望这大地
当我在山冈上眺望她时
她正穿上新布衣裳

## 点评

青草，一岁一枯荣，在这枯荣之间，她奉献给我们的是年轻的果实，那可以食用、可以入药、可以济贫救饥的粮食。她们是活命的麦子，是生命的希望。她们用自己一年一次的生与死，装点大地，哺育人类。我们应该感激她们，感恩她们。对这青草，我们要看望和爱护她们。因此，青草，也可以看作是大地、母亲的象征，是养育我们的人们的代表，是我们应该记住和感恩的对象。

# 晓光（1948—　）

原名陈晓光，生于河北景县。歌词作家、诗人、编审。曾任文化部副部长、中国文联副主席等职。著有《晓光歌诗选集》《心归何处》等。

## 在希望的田野上

我们的家乡
在希望的田野上。
炊烟在新建的住房上飘荡，
小河在美丽的村庄旁流淌。
啊，一片冬麦，一片高粱，
十里荷塘，十里果香。
我们世世代代在这田野上生活，
为她富裕，为她兴旺。

我们的理想
在希望的田野上。
禾苗在农民的汗水里抽穗，
牛羊在牧人的笛声中成长。
啊，西村纺花，东港撒网，
北疆播种，南国打场。
我们世世代代在这田野上劳动，
为她打扮，为她梳妆。

我们的未来

在希望的田野上。

人们在明媚的阳光下生活，

生活在人们的劳动中变样。

啊，老人举杯，孩子欢笑，

小伙弹琴，姑娘歌唱。

我们世世代代在这田野上奋斗，

为她幸福，为她增光。

（原载《歌曲》1981 年 2 期）

**点评**

这片充满希望的田野，正是我们世世代代居住的土地，我们的家乡，我们的祖国。我们在田野上耕作、歌唱，为了她的富裕兴旺、幸福荣光。这片土地，凝结着我们全部的梦想与理想，我们的希望和未来。这是一曲献给家乡和祖国的恋歌，这也是一首写给劳动者和建设者的赞歌。歌曲旋律悠扬，曲折有致，生动悦耳。这首歌自1981年诞生以来，一直传唱不衰，正是其强大艺术魅力的表现。

# 叶延滨（1948—　　）

生于黑龙江哈尔滨。曾先后任《星星》《诗刊》主编。著有诗集《不悔》《二重奏》《囚徒与白鸽》《二十一世纪印象》等。

## 干　妈
### ——陕北记事之一

### 她没有自己的名字

她没有死——
她就站在我的身后，
笑着，张开豁了牙的嘴巴。

我不敢转过脸去，
那只是冰冷的墙上的一张照片——
她会合上干瘪的嘴，
我会流下苦涩的泪。
十年前，我冲着这豁牙的嘴，
喊过：干妈……

我驮着一个"狗崽子"的档案袋，
到圣地延安，
为父母赎罪——
为他们有神的力量，
没有在监狱和炮火中倒下。

为他们有人的弱点，
在和平的年代也生下我这个娃娃！

为他们在语言当子弹的战场，
只会说实话的嘴巴，
被无数弯着的舌头打垮……
带色的风清扫这狼藉的战场，
我是卷进黄土高原的一粒沙。

连知青也像躲避瘟疫一样讨厌我，
丧家狗——实际，也不算难听的话。

"孩子，住到我们家吧。"
"不，我不需要听怜悯的话。"
"孩子，我们老两口也要个帮手，
我为你做饭，你替咱担水……"
也许，这只是一个借口，
但我的自尊的天平需要这块砝码！

从此，我有了一个家，
我叫她：干妈。
因为，像这里任何一个老大娘，
她没有自己的名字，
"王树清的婆姨"——人们这样喊她……

### 灯，一颗燃烧的心

穷山村最富裕的东西是长长的夜，
穷乡亲最美好的享受是早早地睡。
但对我，太长的夜有太多的噩梦，

我在墨水瓶做的油灯下读书，
贪婪地吮吸豆粒一样大的光明！

今天，炕头上放一盏新罩子灯。
明晃晃，照花了我的心。
干妈，你何苦为我花这一块二，
要三天的劳动，
值三十个工分！

深夜，躺在炕上，我大睁着眼睛，
想我那关在"牛棚"里的母亲……

"疯婆子，风雪天跑三十里买盏灯，
有本事腿痛你别哼哼！"
"悄些，别把人家娃吵醒，
年轻人爱光，怕黑洞洞的坟！"
干妈，话音很低，哼得也很轻……

啊，在风雪山路上，
一个裹着小脚的老大娘捧一盏灯……
天哪，年轻人，为照亮人走的路，
你为什么没有胆量像丹柯，
——掏出你燃烧的心？！

## 铁丝上，搭着两条毛巾

带着刺鼻的烟锅味，
带着呛人的汗腥味，

带着从饲养室沾上的羊臊味，
还有从老汉脖子上擦下来的
黄土，汗碱，粪末，草灰……

没几天，我雪白的洗脸巾变成褐色，
大叔他也使唤我的毛巾。

我不声不响地从小箱子里，
又拿出一条毛巾搭在铁丝上，
两条毛巾像两个人——
一个苍老，
一个年轻。

但傍晚，在这条铁丝上，
只剩下一条搓得净净的毛巾。
干妈，当着我的面，
把新毛巾又塞到我的小箱里：
"娃娃别嫌弃你大叔，
他这个一辈子粪土里滚的受苦人，
心，还净……"

啊，我不敢看干妈的眼睛，
怕在这镜子里照出一个并不干净的灵魂！

1980 年

**点评**

　　1969 年诗人高中毕业后到陕北延安插队。这首诗正是写给陕北那没有名字的"干妈"的。在痛苦而亲切的回忆中，干妈栩栩如生。这是一个陕北普通的农妇，伸出宽厚的臂膀，拥抱一颗沙子一样被时代抛弃了的诗人，让他拥有一个温暖的家。通过干妈为"我"花钱买油点灯，为我洗净毛巾等细节，鲜活地刻画出了一个待己如母的农妇形象。这样的人生记忆是永难磨灭的。这是一个人一生中最珍贵的一笔精神财富。诗人用朴实的文字记述下来，让我们记住了一位如同艾青的大堰河保姆一样的干妈。

# 伊蕾（1951—　）

原名孙桂珍，女。生于天津。曾任《天津文学》编辑。著有诗集《爱的火焰》《爱的方式》《独身女人的卧室》《伊蕾抒情诗》等。

## 黄果树大瀑布

白岩石一样砸下来

砸下来

砸碎大墙下款款的散步

砸碎"维也纳别墅"那架小床

砸碎死水河那个幽暗的夜晚

砸碎那尊白蜡的雕像

砸碎那座小岛，茅草的小岛

砸碎那段无人的走廊

砸碎古陵墓前躁动不安的欲念

砸碎重复了又重复的缠绵的失望

砸碎沙地上那株深秋的苹果树

砸碎旷野里那幅水彩画

砸碎红窗帘下那把流泪的吉他

砸碎海滩上那迷茫中短暂的彷徨

把我砸得粉碎粉碎吧

我灵魂不散

要去寻找那一片永恒的土壤

强盗一样去占领、占领

哪怕像这瀑布

千年万年被钉在
悬崖上

1985 年 9 月 20 日
（选自诗集《爱的方式》，中国文联出版公司 1987 年版）

**点评**

　　黄果树大瀑布，悬挂在天地之间的一幅壮烈画卷。在诗人眼中，它既能砸碎有形的小岛、雕像、苹果树，也能砸碎无形的失望、彷徨、欲念等。站在大瀑布面前，诗人犹如洗心革面一般，经历了一次灵魂的洗礼，她在感受到震撼的同时，仿佛涅槃重生了。她决心义无反顾、一往无前地去寻找那片"永恒的土壤"，"强盗一样去占领"。为了自己心目中的向往或理想，哪怕付出如大瀑布千万年被钉在悬崖上一样的代价。这是一种决绝的意志，决绝的奋斗与抗争。诗句中"砸"字铺排而下，犹如瀑布飞流直下，气势汹涌，形象传神。诗歌内在气韵和音韵浑然一体，自然天成。

# 多多（1951—　）

本名栗世征，朦胧诗派代表诗人之一。生于北京，代表作有《玛格丽和我的旅行》《手艺》《致太阳》《多多四十年诗选》等。

## 北方的海

北方的海，巨型玻璃混在冰中汹涌
一种寂寞，海兽发现大陆之前的寂寞
土地呵，可曾知道取走天空意味着什么

在运送猛虎过海的夜晚
一只老虎的影子从我脸上经过
——噢，我吐露我的生活

而我的生命没有任何激动。没有
我的生命没有人与人交换血液的激动
如我不能占有一种记忆——比风还要强大

我会说：这大海也越来越旧了
如我不能依靠听力——那消失
声音的东西
如我不能研究笑声
——那期待着从大海归来的东西
我会说：靠同我身体同样渺小的比例

我无法激动

但是天以外的什么引得我的注意

石头下蛋，现实的影子移动

在竖起来的海底，大海日夜奔流


——初次呵，我有了喜悦

这些都是我不曾见过的

绸子般的河面，河流是一座座桥梁


绸子抖动河面，河流在天上疾滚

一切物象让我感动

并且奇怪喜悦，在我心中有了陌生的作用


在这并不比平时更多地拥有时间的时刻

我听到蚌，在相爱时刻

张开双壳的声响


多情人流泪的时刻——我注意到

风暴掀起大地的四角

大地有着被狼吃掉最后一个孩子后的寂静


但是从一只高高升起的大篮子中

我看到所有爱过我的人们

是这样紧紧地紧紧地紧紧地——搂在一起……


1984 年

**点评**

北方的海，在静默的外表下有着汹涌的波涛，能够吞没天空的巨浪，也有孕育爱情的蚌，多情人的眼泪。当多情的人流泪时，大地归于沉寂，犹如大地掀起四角，在那如幸存者诺亚方舟似的篮子里，所有相爱的人紧紧拥抱。海像人一样，是一种坚强的存在。而真正的海，正是存在于人的内心和灵魂深处。

# 致太阳

给我们家庭，给我们格言
你让所有的孩子骑上父亲肩膀
给我们光明，给我们羞愧
你让狗跟在诗人后面流浪

给我们时间，让我们劳动
你在黑夜中长睡，枕着我们的希望
给我们洗礼，让我们信仰
我们在你的祝福下，出生然后死亡

查看和平的梦境、笑脸
你是上帝的大臣
没收人间的贪婪、嫉妒
你是灵魂的君王

热爱名誉，你鼓励我们勇敢
抚摸每个人的头，你尊重平凡
你创造，从东方升起

你不自由，像一枚四海通用的钱！

1973 年

（以上均选自《在黎明的铜镜中·朦胧诗卷》，
北京师范大学出版社 1993 版）

**点评**

太阳，君临万物，创造万物，照耀众生。太阳，是一种令人敬仰的存在，一种高尚的灵魂与精神，一种心灵的主宰。然而，这样一种高高在上的存在，其本身却并不自由，就像放之四海而皆准的一种存在。即便是多么伟大的人物或存在，看似完美无缺，但是也会有他的不足与欠缺。

## 阿姆斯特丹的河流

十一月入夜的城市
惟有阿姆斯特丹的河流

突然
我家树上的橘子
在秋风中晃动
我关上窗户，也没有用
河流倒流，也没有用
那镶满珍珠的太阳，升起来了
也没有用
鸽群像铁屑散落
没有男孩子的街道突然显得空阔
秋雨过后

那爬满蜗牛的屋顶

——我的祖国

从阿姆斯特丹的河上，缓缓驶过……

**点评**

　　诗人身在异国他乡，倍加思念祖国。那些深入骨髓的记忆无论如何都无法忘却。在异域他国的情景中，处处都是家乡和祖国的身影，祖国处处皆在，像空气一般围绕着诗人，无法摆脱，亦无法割弃。它已然是诗人生命的一部分。

# 于坚（1954— ）

昆明人。云南师范大学文学院教授。著有诗集、文集 20 余种。曾获
"华语文学传媒大奖"年度诗人奖，鲁迅文学奖，《人民文学》诗歌奖，
散文奖，《十月》诗歌奖，散文奖，朱自清散文奖等。

## ○档案（节选）

### 档案室

建筑物的五楼锁和锁后面密室里他的那一份
装在文件袋里它作为一个人的证据隔着他本人两层楼
他在二楼上班那一袋距离他 50 米过道 30 级台阶
与众不同的房间 6 面钢筋水泥灌注 3 道门没有窗子
一盏日光灯四个红色消防瓶 200 平方米一千多把锁
明锁暗锁抽屉锁最大的一把是"永固牌"挂在外面
上楼往左上楼往右再往左再向右开锁开锁
通过一个密码最终打入内部档案柜靠着档案柜这个在那个旁边
那个在这个上面这个在那个底下那个在这个前面这个在那个后面
8 排 64 行分装着一吨多道林纸黑字曲别针和胶水
他那 30 年 1800 个抽屉中的一袋被一把钥匙掌握着
并不算太厚此人正年轻只有 50 多页 4 万余字
外加十多个公章七八张像片一些手印净重 1000 克
不同的笔迹一律从左向右排列首行空出两格分段另起一行
从一个部首到另一个部首都是关于他的名词定语和状语
他一生的三分之一他的时间地点事件人物和活动规律

没有动词的一堆可靠地呆在黑暗里不会移动不会曝光
不会受潮不会起火没有老鼠没有病菌没有任何微生物
抄写得整整齐齐清清楚楚干干净净被信任着
人家据此视他为同志发给他证件工资承认他的性别
据此他每天八点钟来上班使用各种纸张墨水和涂改液
构思开篇布局修改校对使一切循着规范的语法
从写到写一只手的移动钢笔从左向右从一个部首
到另一个部首从动词到名词从直白到暗喻从，到。
一个墨水渐尽的过程一种好人的动作有人叫道"O"
他的肉体负载着他像 O 那样转身回应另一位请他递纸
他的大楼丝纹未动他的位置丝纹未动那些光线丝纹未动
那些锁丝纹未动那些大铁柜丝纹未动他的那一袋丝纹未动

## 卷一　　出生史

他的起源和书写无关他来自一位妇女在 28 岁的阵痛
老牌医院三楼炎症药物医生和停尸房的载体
每年都要略事粉刷消耗很多纱布棉球玻璃和酒精
墙壁露出砖块地板上木纹已消失来自人体的东西
代替了油漆不光滑略有弹性与人性无关
手术刀脱铬了医生 48 岁护士们全是处女
嚎叫挣扎输液注射传递呻吟涂抹
扭曲抓住拉扯割开撕裂奔跑松开滴淌流
这些动词全在现场现场全是动词浸在血泊中的动词
"头出来了"医生娴熟的发音证词：手上全是血
白大褂上全是血被罩上全是血地板上全是血金属上全是血
证词："妇产科""请勿随地吐痰""只生一个好"
调查材料：患感冒的往右去得喉炎的朝前走"男厕"
X 光在三楼住院部出了门向西走 100 米外科在 305
打针的在一楼排队缴费的在左窗口排队取药的排队在右窗口

挤满各种疼痛的一日神经绷紧的一日切割与缝合的一日
初诊和复发的一日腐烂与痊愈的一日死亡与诞生的一日
到处是治病的话与患病的话求生的话与垂死的话到处是
治病的行为与患病的行为送终的行为与接生的行为
这老掉牙的一切黏附着那个头胎那最初的那第一次的
那条新的舌头那条新的声带那个新的脑瓜那对新的睾丸
这些来自无数动词中的活动物被命名为一个实词 0

## 卷二 成长史

他的听也开始了他的看也开始了他的动也开始了
大人把听见给他大人把看见给他大人把动作给他
妈妈用"母亲"爸爸用"父亲"外婆用"外祖母"
那黑暗的那混沌的那朦胧的那血肉模糊的一团
清晰起来明白起来懂得了进入一个个方格一页页稿纸
成为名词虚词音节过去式词组被动语态
词缀成为意思意义定义本义引义歧义
成为疑问句陈述句并列复合句语言修辞学语义标记
词的寄生者再也无法不听到词不看到词不碰到词
一些词将他公开一些词为他掩饰跟着词从简到繁从
肤浅到深奥从幼稚到成熟从生涩到练达这个小人
一岁断奶二岁进托儿所四岁上幼儿园六岁成了文化人
一到六年级证明人张老师初一初二初三证明人
王老师高一高二证明人李老师最后他大学毕业
一篇论文主题清楚布局得当层次分明平仄工整
对仗讲究言此意彼空谷足音文采飞扬言志抒情
鉴定：尊敬老师关心同学反对个人主义不迟到
遵守纪律热爱劳动不早退不讲脏话不调戏妇女
不说谎灭四害讲卫生不拿群众一针一线积极肯干
讲文明心灵美仪表美修指甲喊叔叔叫阿姨

扶爷爷挽奶奶上课把手背在后面积极要求上进

专心听讲认真做笔记生动活泼谦虚谨慎任劳任怨

不足之处：不喜欢体育课有时上课讲小话不经常刷牙

小字条：报告老师他在路上拾到一分钱没交民警叔叔

评语：这个同学思想好只是不爱讲话不知道他想什么

希望家长检查他的日记随时向我们汇报配合培养

一份检查：1968 年 11 月 2 日这一天做了一件坏事

我在墙上画了一辆坦克洁白的墙公共的墙大家的墙集体的

墙被我画了辆大坦克我犯了自由主义一定要坚决改过

药物过敏史：症状来自医生母亲等家长的报告

"宝贝"日服 3 回每次 4—6 片用药后面部有红斑

"好孩子"日服 3 回每次 1 片症状同上红斑较轻

"乖"（外用涂患处）涂抹后患者易发生嗜睡现象

"大灰狼来啦妈妈不要你啦"（兴奋剂）服后患者易晕眩

微量元素配合表：（又名施尔康）爱护关心花朵草

芽苗苗小的嫩的甜蜜的金色的（每片含 25 微克）

天真的纯洁的稚气的淘气的（每片含 25 微克）牵着领着抱着带

着慈祥地看着温柔地抚摸着

轻拍摇晃叮咛嘱咐循循善诱锤炼嫁接

陶冶矫治校正清除培养关怀误伤（各 50 微克）

名牌催眠灵：明天或等你长大了（终身服用）

填料：牛奶语文水果糖历史巧克力鸡蛋炒饭

三光日月星四诗风雅颂钙片义务劳动鱼肝油

果珍报告会故事会大会五千年半个世纪十年来

连续三年左中右初叶中叶最近红烧冰镇黄焖

油爆叉烧腌卤熬味精胡椒粉生抽王的成就

的耻辱的光荣的继续的必然的胜利的伟大的信心

成绩单：优合格甲三好 95 一等评比第一名

产品鉴定书：身高一米七以上净重 63 公斤腰 8 寸

有头发有酒窝有胡须有睾丸有眼珠有肱二头肌

有三室一厅有音响有工资有爱好有风度有爱心
会体贴会跳舞会唱歌会写作会说话会睡觉
耳朵是耳朵鼻子是鼻子腿是腿手是手肛门是肛门
左右耳听力 1.5 公尺肝未触及心肺膈无异常（医师签字）

## 卷三　恋爱史（青春期）

在那悬浮于阳光中的一日世界的温度正适于一切活物
四月的正午一种骚动的温度一种乱伦的温度一种
盛开勃起的温度凡是活着的东西都想动动引诱着
那么多肌体那么多关节那么多手那么多腿到处
都是无以命名的行为不能言说的动作没有呐喊没有
喧嚣没有宣言没有口号平庸的一日历史从未记载
只是动作的各种细节行为的各种局部只是和肉体有关
和皮肤有关和四肢有关和茎有关和根有关和圆的有关
和长的有关和弹性的有关和柔软的有关和坚硬的有关
和汁液有关和磨擦有关和交流有关和透气有关
和开放有关和进攻有关和蹦踢喷射冲刺有关
（回忆）那一日他们同班男生全是 13 岁涌进来
学校的男厕墙上画着禁止的一切好多动作手淫这个动作
手淫是最初的动词男人的入场券手黏乎乎立刻完事
温度正好尝到了那种小甜头亚当们找不着词儿宽恕自己
他们要的词外面没有外头是母校这个名词教室这个名词
外头是花园水池黑板大操场阅览室书这些名词
和他手上的活毫不相干男孩们憋得慌只好做些暧昧的手势
编了些暗语来咕噜互相逗着交谈那种体验走出公厕
去上课听讲记录背诵测验答问考试温习
批复：把以上 23 行全部删去不得复印发表出版

## 卷三　正文（恋爱期）

法定的年纪　18 岁可以谈论结婚　谈出恋爱　再把证件领取

恋与爱　个人问题　这是一个谈的过程　一个一群人递减为几
个人

递减为三个人　递减为两个人的过程　一个舌背接触硬颚的过程

一个软颚下垂　气流从鼻腔通过的过程　一个下唇与上齿

接近或靠拢的过程　一个嘴唇前伸　两唇构成圆形的过程

一个聚音对分散音　糙音对润音　浊音对清音　受阻对不受阻

突发音对延续音　紧张对松弛　降调对升调　舌头对撮口的过程

当然要洗头　洗脸　换衬衣　漱口　换袜子　换皮鞋　洒香水

当然是最好的那一套　最好的那一条　最好的那一种

当然是七点到　当然是公园门口　当然是眺望与姗姗来迟

当然是杨柳岸晓风残月　当然是两张纸垫着　两瓶汽水

当然是相对无言欲言又止掩口一笑欲说还休却道天凉好个秋

当然是志同道合心心相印　当然是深深地　痴痴地　长长地

当然是摸底　你猜猜　"真的　不骗你"　当然是娇嗔　亲昵

当然是含着　噙着　荡漾着　当然是泪眼问花花不语

当然是多么多么　非常非常　当然是忧伤悲哀绝望

当然是转怒为喜　破涕为笑　当然是迟疑　踌躇　试探

当然是摸不透　推测　谜一样的笑容　当然是一块小手绢

一群蚊子　一只毛毛虫　一株蒲公英　一朵白玫瑰

当然是最最最好　刻骨铭心　难忘的　只有一次的

永恒啊月光　永恒啊小路　永恒啊起风了　永恒啊夜幕

永恒啊 11 点　永恒啊公园关大门　永恒啊路灯　永恒啊长街

永恒啊依依　永恒啊回眸　永恒啊背影　永恒啊秋波

时间到了　请赶紧　时间到了　请赶紧　再见　比尔

再见　露　下次　梅　下次　华　再见　桂珍　下次　兰

总结：狂草　不及物动词　形容词　名词　情态状语

赋　比　兴　寓言　神话　拟人法　反讽　黑色幽默

自白派　通感　新古典主义　口语诗　头韵　腹韵　尾韵

矛盾修辞　功能性含混　玉台体　天籁　象征　抑扬格

言此意彼词近旨远敌进我退敌退我扰道高一尺魔高一丈

表态：（大会　小会　居委会　登记的　同志们　亲人们

朋友们　守门的　负责的　签字的　盖章的）

安全　要得　随便　没说的　真棒　放心　般配

同意　点头　赞成　举手鼓掌签字

可以　不错　好咧　真棒行嘛一致通过

## 卷四　日常生活

### 1 住址

他睡觉的地址在尚义街6号公共地皮

一直用来建造寓所以前用锄头板车木锯钉子瓦

现在用搅拌机打桩机冲击电钻焊枪大卡车水泥

大理石钢筋浇灌冲压垒砌铆封

钢窗钢门钢锁防十级地震防火防水灾

A–B–C–503室是他户口册的编码A代表

他所在的区B代表他那一幢C代表他那个单元

5指的是他的那一层楼03才是他的房间

### 2 睡眠情况

他的床距地面1.3米最接近顶盖的位置一个睡眠的高度

噪音小干燥通风很适于储藏存集搁置堆放

晚上10点他拉上窗帘锁好门熄灯这是正式的睡眠

中午他睡长沙发不脱衣裤只脱鞋盖上一床毯子

睡觉的好日子是春天睡得长睡得好睡得不想醒

睡觉的坏日子是6月至9月热闷一次睡眠要分几回

多次小觉才能完事秋天睡得最长蚊子苍蝇不来打扰

不用搔抓放心睡大觉冬天他 9 点上床有电热毯

## 3 起床

穿短裤穿汗衣穿长裤穿拖鞋解手挤牙膏含水

喷水洗脸看镜子抹润肤霜梳头换皮鞋

吃早点两根油条一碗豆浆一杯牛奶一个面包轮着来

穿羊毛外套穿外衣拿提包再看一回镜子锁门

用手判断门已锁死下楼看天空看手表推单车出大门

## 4 工作情况

进去点头嘴开嘴闭面部动手动脚动

头部动眼球和眼皮动站着坐着面部不动走四步

走 10 米递接过来打开拿着浏览拍推拉领取

点数蹲下出来关上喝嚼吐量刷抄弯着

东经 35° 北纬 20° 之间半径 200 公尺海拔 500 公尺气温

22° 东南风三级时间 8 点到 12 点 2 点到 6 点

## 5 思想汇报

（根据掌握底细的同志推测怀疑揭发整理）

他想喊反动口号他想违法乱纪他想丧心病狂他想堕落

他想强奸他想裸体他想杀掉一批人他想抢银行

他想当大富翁大地主大资本家想当国王总统

他想花天酒地荒淫无度独霸一方作威作福骑在人民头上

他想投降他想叛变他想自首他想变节他想反戈一击

他想暴乱频繁活动骚动造反推翻一个阶级

## 6 一组隐藏在阴暗思想中的动词

砸烂勃起插入收拾陷害诬告落井下石

干搞整声嘶力竭捣毁揭发

打倒枪决踏上一只铁脚冲啊上啊

批示：此人应内部控制使用注意观察动向抄送绝密
内参注意保存不得外传"你知道就行了不要告诉他"

## 7 业余活动

一直关心着郊外的风景（下马村以远）
锤炼出不少佳句故乡 10 公里处的麦芒有幸被他提及
（见《雨中》）偶尔雅正《志摩的诗》（志摩现代诗人
留学英国毕业于剑桥著有《沙扬娜拉》曾译成日文
英文法文意大利文塞尔维亚文和非洲 16 国文字）
常常沿着一条 19 世纪的长街散步（尚义街属五华区
计有两处公厕 3 家川味火锅店 12 根电线杆 1 个邮局
1 家发廊 6 个垃圾桶 3 条胡同 14 道大门 3 条大标语
两个广告牌 10 张治病海报寻人启示铺面出租）
每周洗一回衣服看两场电影买 7 次小报（晚报文摘周刊）
做 80 个仰卧起坐逛商店 6 小时（分三回每回两个钟头）
每天零食 20 克蛋糕 20 克葵花子 3 条口香糖 1 包花生米
3 克水果糖看一次日历看 8 回手表坐下去 9 次蹲 20 分钟
躺下去 11 回靠着 4 个小时背着手枕着手手在
裤袋里手在杯子上手垂着手松开脚跷着脚点着地板
脚弯曲着脚套着拖鞋脚在盆里脚在布上面脚赤着
每晚拿掉布罩按下 ON 看广告看新闻联播看天气预报
看动物世界看唱歌看跳舞看 30 集电视连续剧
看广告看外国人看广告看大好河山看广告看
球花衣服水看广告看明天节目预告看今天节目到此
结束祝各位晚安看屏幕一片雪花按下 OFF

## 8 日记

× 年 × 月 × 日晴心情不好苦闷 × 年 × 月 × 日
晴心情好坐了一个上午 × 年 × 月 × 日天又阴掉了
孤独下雨下午继续睡 × 年 × 月 × 日睡了一天

×年某月某日感冒某日刮风某日热某日冷某日等待某某

某年某月某日新年某日生日某日节日

## 卷五　表格

### 1 履历表登记表会员表录取通知书申请表

照片半寸免冠黑白照姓名横竖撇捺笔名 11 个（略）

性别在南为阳在北为阴出生年月甲子秋风雨大作

籍贯有一个美丽的地方年龄三十功名尘与土

家庭出身老子英雄儿好汉老子反动儿混蛋

职业天生我才必有用工资小菜一碟何足挂齿

文化程度少壮不努力老大徒伤悲本人成分

肌肉 30 公斤血 5000CC 脂肪 20 公斤骨头 10 公斤

毛 200 克眼球 1 对肝 2 叶手 2 只脚 2 只鼻子 1 个

婚否说结婚也可以说没结婚也可以信不信由你

政治面目横看成岭侧看成峰远近高低各不同民族

遥远的东方有一条龙星座八字属相手相胎记

遗传绰号面部特征口音指纹脚印血型

家庭成员及社会关系父亲档案重 3000 克前半生

尚缺 500 克待补母亲档案重 2500 克兄弟姊妹

档案各重 1000 克侄儿侄女档案各重 10 克爷爷祖母

大伯二外公大舅妈档案重 5000 克均已故去

简历某年至某年在第一卷某年至某年在第二卷

某年某年在 B 卷（距单位 500 米本区医院内科）

某年至某年在第三卷某年至某年在第四卷

### 2 物品清单

单人床 1 张（已加宽两块木版床头贴格言两条

贝尔蒙多照片 1 张女明星全身照 1 张）

写字台 1 张（五抽桌半旧）内有：信笺信封

日记本粮票饭菜票洗澡票购物票

工作证身份证病历本圆珠笔钢笔

狼毫羊毫梳子 7 把钥匙 27 把

（单车钥匙暗锁钥匙挂锁钥匙软锁钥匙

铜钥匙铝钥匙铁皮钥匙各多少不等）

坏的国产海鸥表 1 只电子表两个（坏的）胃舒平 1 瓶半

去痛粉 20 包感冒清 1 瓶利眠灵半瓶甘油 1 瓶肤轻松

零散的丸药针剂粉膏糖衣片若干

方格稿纸 3 本黑墨水 1 瓶蓝墨水 1 瓶红墨水 1 瓶

风景名胜纪念章 7 枚

书架 1 个（高 1.5 米长 1.2 米共五层）计有：选集 3 种

全集 1 种辞海 1 套《现代汉语》1 套《中文自修辅导手册》

《自学》杂志《性知识手册》《金瓶梅评论集》《大全》

《博览》《世界地图》《中国长联三百三》《健康与食物》

《摄影小经验两百条》《作为意志和表象的世界》《日语入门》

旧杂志 15 公斤旧挂历 5 公斤废纸 20 公斤

单价旧杂志每公斤 0.20 元（挂历废纸同价）

书每公斤 0.40 元

工艺品六种：维纳斯半身石膏像大卫石膏像瓷奔马 1 匹

陶制狮子 1 尊雄鹰 1 只美洲豹 1 头

皮箱 1 个（全新有卫生球味号码锁）内有全新西装两套

金利来领带 1 条（红色）腥红色麦尔登呢 1 块（长 4 米幅宽

1.5 米）丝绸被面两块全新大像册 1 本（无照片）

木箱 1 只（系旧肥皂箱）内有棉衣 1 件（压底）旧军装两件

旧中山装两套旧拉链夹克 3 件喇叭裤 1 条（裤脚边已磨破）

牛仔裤两条（五成新）旧袜子（7 双）短裤汗衫毛巾若干

吉它 1 把（九成新弦已断红棉牌）

玻璃压板 1 块（压着明信片两张照片 3 张一张他本人柔光照

大 8 寸秋天前景为落叶之二为集体照公园门口合影

他前排左起第 9 人之三为一女性照片该人

姓名年龄工作单位出身政治面目行踪均不详）

黑白电视机 1 台军用水壶 1 个汽车轮子内胎 1 个痰盂缸 1 个

空瓶 13 个手电筒 1 个拖鞋 8 双（5 双已不能使用）

旅游鞋 1 只（另一只去向不明，幸存的九成新）

三接头皮鞋两双（半高跟有掌）一双是棕红色

信一扎 35 封（寄信人地址有本市内详

某电视台观众信箱卫生知识专题竞赛筹委会

× 市 × 胡同 × 号 ×× 街 246 号甲 707 室）

红梅牌小收音机 1 架大搪瓷碗 1 个靠背椅 1 把

（藤皮多处断裂）长沙发一个（长 1.8 米面料已发亮弹簧露出两

个）

方便面 7 包咖啡半瓶（雀巢牌）电炉 1 只（1000 瓦）

垫单 3 床（均已旧有斑块和破损）羽毛球两个乒乓球拍一只

扑克牌 3 副（一副九成新另外两副已缺失混而为一）

围棋子 7 粒（白 3 黑 4）分币 71 枚（地上

抽屉共有伍分币 18 枚贰分币 30 枚其余为壹分币小纸币）


**卷末 （此页无正文）**


**附一 档案制作与存放**

书写誊抄打印编撰一律使用钢笔不褪色墨水

字迹清楚涂改无效严禁伪造不得转让由专人填写

每 300 字简体阿拉伯数字大写分类鉴别归档

类目和条目编上号按时间顺序排列按性质内容分为

A 类 B 类 C 类编好页码最后装订之前取下订书钉

曲别针大头针等金属用线装订注意不要钉压卷内文字

卷页要裁齐压平钉紧最后移交档案室清点校对无误

由移交人和接收人签名按编号找到他的那一间那一排

那一类那一层那一行那一格那一空放进去锁好

关上柜子钥匙旋转 360 度熄灯关上第一道门

钥匙旋转 360 度关上第二道门钥匙

旋转 360 度关上第三道门钥匙旋转 360 度

关上钢铁防盗门钥匙旋转 360 度

拔出

1992 年

**点评**

　　这是一首具有实验意义的新诗。诗人运用档案记录的形式，描述了一个人 30 年的人生历程，从出生到成长到恋爱，从工作到思想到心灵，方方面面，事无巨细，不厌其烦地照录。然而，就在这种看似零度情感的叙事中，却写出了一个人的曲折命运和遭际，写出了一个人存在的价值和意义。这是一份人生档案，也是一份生命存在的证明。这也是一份历史的"立此存照"，或许，这样的记录适用于每一个人，适用于经历过文革岁月的一代人。

# 吉狄马加（1961—　　）

彝族，四川凉山人。诗人、作家、书法家。现任中国作协副主席、书记处书记，兼任中国少数民族作家学会会长。出版诗文集四十余种，多次获得中国国家文学奖和国际文学组织机构的奖励。

## 自画像

风在黄昏的山冈上悄悄对孩子说话
风走了，远方有一个童话等着它
孩子留下你的名字吧，在这块土地上
因为有一天你会自豪地死去
　　　　　　　　　　　——题记

我是这片土地上用彝文写下的历史
是一个剪不断脐带的女人的婴儿
我痛苦的名字
我美丽的名字
我希望的名字
那是一个纺线女人
千百年来孕育着的
一首属于男人的诗

我传统的父亲
是男人中的男人
人们都叫他支呷阿鲁

我不老的母亲
是土地上的歌手
一条深沉的河流
我永恒的情人
是美人中的美人
人们都叫他呷玛阿妞

我是一千次死去
永远朝着左睡的男人
我是一千次死去
永远朝着右睡的女人
我是一千次葬礼开始后
那来自远方的友情
我是一千次葬礼高潮时
母亲喉头发颤的辅音

这一切虽然都包含了我
其实我是千百年来
正义和邪恶的抗争
其实我是千百年来
爱情和梦幻的儿孙
其实我是千百年来
一次没有完的婚礼
其实我是千百年来
　　一切背叛
　　一切忠诚
　　一切生
　　一切死
啊，世界，请听我回答
我——是——彝——人

**点评**

　　诗人是彝族的后代，彝族的子孙，身上流淌着最男人的彝族父亲和最美丽的彝族母亲的血液，传承着彝族的习俗和文化。他自愿承担起了彝族历史的一个链条、彝族传统的一部分的责任。这首诗表达了诗人对于本民族文化及历史强烈的自豪感，以及对于民族身份高度的自信。这是一首言心明志的诗作。

# 嘉那嘛呢石上的星空

是谁在召唤着我们？
石头，石头，石头
那神秘的气息都来自于石头
它的光亮在黑暗的心房
它是六字真言的羽衣
它用石头的形式
承载着另一种形式

每一块石头都在沉落
仿佛置身于时间的海洋
它的回忆如同智者的归宿
始终在生与死的边缘上滑行
它的倾诉在坚硬的根部
像无色的花朵
悄然盛开在不朽的殿堂
它是恒久的纪念之碑
它用无言告诉无言
它让所有的生命相信生命

石头在这里

就是一本奥秘的书

无论是谁打开了首页

都会目睹过去和未来的真相

这书中的每一个词语都闪着光

雪山在其中显现

光明穿越引力，蓝色的雾霭

犹如一个飘渺的音阶


每一块石头都是一滴泪

在它晶莹的幻影里

苦难变得轻灵，悲伤没有回声

它是唯一的通道

它让死去的亲人，从容地踏上

一条伟大的旅程

它是英雄葬礼的真正序曲

在那神圣的超度之后

山峦清晰无比，牛羊犹如光明的使者

太阳的赞辞凌驾于万物

树木已经透明，意识将被遗忘

此刻，只有那一缕缕白色的炊烟

为我们证实

这绝不是虚幻的家园

因为我们看见

大地没有死去，生命依然活着

黎明时初生婴儿的啼哭

是这片复活了的土地

献给万物最动人的诗篇


嘉那嘛呢石，我不了解

这个世界上还有没有比你更多的石头
因为我知道
你这里的每一块石头
都是一个不容置疑的个体生命
它们从诞生之日起
就已经镌刻着祈愿的密码
我真的不敢去想象
二十五亿块用生命创造的石头
在获得另一种生命形式的时候
这其中到底还隐含着什么？

嘉那嘛呢石，你既是真实的存在
又是虚幻的象征
我敢肯定，你并不是为了创造奇迹
才来到这个世界
因为只有对每一个个体生命的热爱
石头才会像泪水一样柔软
词语才能被微风千百次地吟诵
或许，从这个意义上而言
嘉那嘛呢石，你就是真正的奇迹
因为是那信仰的力量
才创造了这超越时间和空间的永恒

沿着一个方向，嘉那嘛呢石
这个方向从未改变，就像刚刚开始
这是时间的方向，这是轮回的方向
这是白色的方向，这是慈航的方向
这是原野的方向，这是天空的方向
因为我已经知道
只有从这里才能打开时间的入口

嘉那嘛呢石，在子夜时分
我看见天空降下的甘露
落在了那些新摆放的嘛呢石上
我知道，这几千块石头
代表着几千个刚刚离去的生命
嘉那嘛呢石，当我瞩望你的瞬间
你的夜空星群灿烂
庄严而神圣的寂静依偎着群山
远处的白塔正在升高
无声的河流闪动着白银的光辉
无限的空旷如同燃烧的凯旋
这时我发现我的双唇正离开我的身躯
那些神授的语言
已经破碎成无法描述的记忆
于是，我仿佛成为了一个格萨尔传人
我的灵魂接纳了神秘的暗示

嘉那嘛呢石，请你塑造我
是你把全部的大海注入了我的心灵
在这样一个蓝色的夜晚
我就是一只遗忘了思想和自我的海螺
此时，我不是为吹奏而存在
我已是另一个我，我的灵魂和思想
已经成为了这片高原的主人
嘉那嘛呢石，请倾听我对你的吟唱
虽然我不是一个合格的歌者
但我的双眼已经泪水盈眶！

（嘉那嘛呢石，即玉树以嘉那命名的嘛呢石堆，石头上均刻有藏族经文，其数量为藏区嘛呢石之最，据不完全统计，有二十五亿块嘛呢石。）

## 点评

生命离去后，最终会化作一块石头。嘛呢石，是祝福祈祷，也是世间万千生命的另一种载体、另一种表现形式？面对这堆"神圣"的石头，其实即是面对一种坚定的信仰，面对生命的转化、生与死、过去与未来。诗人感受到了天地之间某种隐秘的暗示，感受到了世间亿万生命的信息与能量。这是一个震撼的时刻，一个接受灵魂洗礼的时刻。他试图用有限的吟唱，记下这份心灵的震撼与思想的"神启"，带给读者同样的灵魂涤荡。

# 李少君（1967—　　）

湖南湘江人。曾任海南文联专职副主席、《天涯》主编，现任《诗刊》副主编。著有《草根集》《诗歌读本：三十二首诗》等。

## 那些消失了的人

只有那些从人群中消失了的人
才是我最怀念的人
他们匆匆离去的背影
在我脑海里留下最深刻的印象
他们曾和我一起哭、一起笑
转眼却已天涯海角
还带走了那些放纵的欢乐与痛苦

只有那些突然失踪的人
才是我最牵挂的人
他们总是在意想不到的时候
干出意想不到之举
让你疯狂或兴奋
而那些活着的人
在你身边转来转去
让你心烦意乱

只有那些已经走出了我们世界的人
才是我最害怕的人

他们常常不请自来

在黑暗中凝视着你

让你不得安宁

你若有不善之举

他们会用最明亮的眼睛紧盯你


只有那些死去了的人

才是我最亲爱的人

和别人总是萍水相逢

只有和他们

我们最终会走到一起


（选自《武汉大学大学生学刊》1988 年第 2 期）


**点评**

  那些消失了的人，既让人怀念，让人牵挂，也让人害怕，让人热爱和亲近。他们的消失，无论是短暂的，还是长久的，都会带给人异样的感受。他们是一种"神灵"或精神，他们是一种异样的眼睛或存在，总是在冥冥之中注视我们，在不可预期的时间遇见我们。甚至于，他们终将成为我们的归宿和最终去处。这些消失了的人，以其消失，反而凸显出了自己的存在。全诗意蕴深厚，内涵丰富，具有哲理性。

# 刘立云（1966—　　）

　　江西井冈山人。曾任《解放军文艺》主编。著有诗集《红色沼泽》、《黑罂粟》《沿火焰上升》《向天堂的蝴蝶》。诗集《烤蓝》获第五届鲁迅文学奖。

## 给儿子的遗书

这夜晚的台灯暗如你哭红的眼睛
我就在你的眼睛里写着什么
我写得泪雨滂沱

天亮之后
我就要去造访那座苍老的名山
不是每个去那儿的人都是去旅游的
许多像我一样年轻的男人
正蜷卧在山下的某一个洞穴
他们有的也有儿子
有的，却还从未触摸过女人
细嫩如水葱的皮肤
那儿六月飘雪，腊月流火
空气里漂浮着一股阳光的煳味

写你的时候我就想起你的样子
你的样子滑稽又可爱

你单眼皮下的黑眼睛

睡觉总注视着我和你妈妈

以至向着我们的半边脑袋

已睡得陡如刀削

人的天性是不可改变的


不可改变的还有人的生命

在那儿随便飞来的一只鸟儿

都有可能击中你的头颅

反之，你也会成为一只鸟儿

去击中另一个人的头颅

一颗头颅的破碎

就如同一只果实的破碎

漫长的期待，等来的只是瞬间的覆灭

破碎总是在瓜熟蒂落的时候

破碎之时，悄无声息


然而我是不会死的

我额头高耸，心地坦然

因为你就是我

在这赝品充斥于市的世界

唯有我是可以被你复制的

我会因为你而千百年地存活下去

我不知道这是人的幸运

还是人的悲哀

这样我就想起几十年后的

某月某天

你该带上你那漂亮而聪颖的新娘

去南方的某片草丛

寻找一座土丘

1988 年 5 月 19 日北京

（选自诗集《黑罂粟》，解放军文艺出版社 1990 年版）

**点评**

　　这是一个父亲写给儿子的嘱咐，一个生命对一个由自己衍生出来的生命的交代与嘱托。人皆有一死。死可能是偶然发生的，却是必然的事件。然而，人的天性，人留恋父母的本能，还有生命的延续与传承，都是不可更易的。若干年后，儿子会成长为丈夫，成长为父亲。他会去寻访父亲的坟茔，会去探寻父亲的精神。生与死，生存与灭亡，只是一个循环往复的过程。生的祝福和死的嘱托，其本意都在于平淡自然。泪水终将冲淡一切的悲痛，生命仍将不断地继续。这首诗的意义即在于揭示生存与死亡的真相——一切都是一种必然，都是一个过程。我们要理性而冷静地直面这个必然和过程。

# 烤　蓝

我要写到火　写到像岩浆般烧红的碳

写到铁钳　铁锤　铁砧

写到屠杀和毁灭前的

寂静　而我就是煨在炉火中的

那块铁　我红光烁烁

却软瘫如泥　正等待你的下一道工序

我要写到铁匠的饥饿　仇恨　愤怒

写到一条女人的大腿从顶楼

的窗口伸出来　打翻昨夜的欲望

我要写到比这更剧烈的

冲床　铣床　刨床　它们的打击是致命的

足以一箭封喉

我要写到血　它们在铁中隐身

粒粒饱满　有着河流般的

宽阔　蛮野　生猛

但却不允许像河流那样泛滥

我要写到地狱　写到它与天堂的距离

就像我与死亡的距离　近在咫尺

我要写到这块铁从高温的悬崖

跌落下来　迎接它的是

零度以下的寒冷　然后带着这一身寒冷

再次进入高温——如此循环往复

并在循环往复中脱胎换骨

渐渐长出咬碎另一块铁的牙齿


我要写到烤在这块铁上的那种蓝

那种炫目的蓝　隐忍的蓝

深邃而幽静的蓝

我要写到这种蓝的沉默　悬疑

引而不发　如一条我们常说的不会叫的狗

如一颗在假想中睡眠的弹丸


（选自诗集《烤蓝》，解放军文艺出版社 2009 年版）

**点评**

　　这是一种生命力的呈现与展示。烤蓝是在火焰中燃烧着的铁发射出的蓝色光芒。它是火的精灵，铁的血和魂魄，是生命经历涅槃而浴火重生。是一种饱孕着的、引而不发的生命。全诗充满了叙事和抒情的张力，力道道劲，阳刚正气。所有的意象都指向一种雄性的坚强的存在。诗歌色彩丰富而鲜明，主题清晰而突出，犹如在火焰中跳跃的生命。这是一种生之舞蹈，壮美豪迈。

# 王久辛（1959—　）

生于陕西省西安市，祖籍河北邯郸。诗人。曾任《中国武警》杂志主编。著有诗集《狂雪》《致大海》等。《狂雪》获首届鲁迅文学奖。

## 狂　雪
——为被日寇屠杀的 30 多万南京军民招魂[①]

### 1

大雾从松软或坚硬的泥层
慢慢升腾　大雪从无际
也无表情的苍天　缓缓
飘降那一天和那一天之前
预感便伴随着恐惧
悄悄向南京围来
雾一样湿湿的气息
雪一样晶莹的冰片
在城墙上
表现着覆盖的天赋
和渗透的才华　慌乱的眼神
在小商贩瓦盆叮当的撞击中
发出美妙动人的清唱
我听见　颤抖的鸟

---

① 1937 年 12 月 13 日南京陷落，日本侵略军在南京开始了长达六个星期的大屠杀，残害中国军民 30 万以上。

一群一群

在晴空盘旋　我听见

半个世纪后的今天上午

大雪　自我的笔尖默默飘来

## 2

有一片六只脚的雪花

伸着三双洁白的脚丫

踩着逃得无影无踪的云的

位置的天空　静静地

向城下飘来　飘来

纷纷扬扬　城门

四个方向的城门　像一对夫妻

互相对望着没有主张那样

四只眼睛洞开

你看看你看看

顺着那眼睛或顺着那城门

你们你们军人　都看看

都看看　他们

中国的老百姓

那一张又一张

菜色的没有生气的脸

看看吧　我求你了

我的所谓的

拥有几百万精锐之师的中华民国啊

## 3

民党　多好的一个称谓的党

国民　国民的党啊

你们就那样抡起中国式的大刀

一刀砍下去

就砍掉了国民　然后

只夹着个党字

逆流而上　经过风光旖旎的

长江三峡　来到山城

品味起著名的重庆火锅

口说　辣哟

娘稀屁


## 4


这时候　鬼子进城了

铅弹　像大雨一样

从天而降大开杀的城门

杀得痛快得像抒情一般

那种感觉

那种感觉国人无人知晓

是那样的　像砍甘蔗一样

一梭子射出去

就有一排倒下　噗嗤

噗嗤　那种噗噗嗤嗤的声音

在鬼子的心里

被撞击得狂野无羁

趴在机关枪上

与强奸犯的贪婪毫无异样


## 5


街衢四通八达

刺刀实现了真正的自由

比如　看见一位老人

刺刀并不说话

只是毫不犹豫地往他胸窝一捅

然后拔出来　根本

用不着看一看刺刀

就又往另外一位

有七个月身孕的

少妇的肚子上一捅

血　刺向一步之遥的脸

根本不抹　就又向

一位十四岁少女的阴部捅去

捅进之后　挑开

伴着少女惨惊怪异的尖叫

又用刺刀往更深处捅

然后又搅一搅

直到少女咽气无声

这才将刺刀抽出

露出东方人的那种与中国人

并无多大差异的狞笑


# 6


那天　他们揪住

我爷爷的弟弟的耳朵

并将战刀放在他的脖子上

进行拍照　我爷爷的弟弟

抖得厉害　抖着软了的身子

他无法不抖　无法不对刚刚

砍了一百二十个中国人的鬼子

产生恐惧　尽管

耳朵差点儿被揪下来

裂口　像剪刀那样

剪着撕裂的心

但是他无法不抖　无法面对

用尸体　垒起的路障

而挺起人的脊梁

无法不抖　无法不抖


# 7


那夜　全是幼女

全是素净得像月光一样的幼女

那疼痛的惨叫

一声又一声

敲击着古城的墙壁

又被城墙厚厚的汉砖

轻轻　弹了回来

在大街上回荡

你听　你听

不仅听惨叫　你听

你听　那皮带上的钢环的

撞击声　是那样的平静

而又轻松　解开皮带

又扎紧皮带的声音　你必须

屏息静气地听　必须

剔开幼女的惨叫

才能听到

皮带上的钢环的碰撞声

你听　你听啊

那清脆窸窣的声音

像不像一块红布

一块无涯无际的红布

正在少女的惨叫声中抖开

越来越红　　越来越红

红　　红啊

不理解斯特拉文斯基

《春之祭》旋律的朋友们

你想象一下这种独特的红色吧

那不是《国歌》最初的音符吗

那不是《国际歌》最后的绝响吗

你听　　你们听呀

## 8

这不是西瓜

是桃状的人心

是中国南京人的人心

是山田和龟田的下酒菜

我当然无法知道

这道佳肴的味道

我只好进行虚幻而又惊心的猜想

那位中国通的日本军官

也许是从难民营里

一千个男人中挑出的

五个健壮的男人

他　　拍拍他们的肩

亲切微笑着说　　咪西咪西

便决定了开膛破肚的问题

他的士兵很笨

他下手了　　大洋刀

从前胸捅入从后背穿出

露出雪亮的弯弯月牙

在没有月光的阳光下

那健壮的男人

一个　两个

三个　四个　五个

五颗健壮的中国人的人心

拼成一道下酒菜

他们像行家一样　仔细品味

哟西哟西地让嘴唇

做出非常满意的曲线

我无法知道

这道佳肴的味道

但我肯定知道

一个人　比如我

我的心

是无法被人吃掉的除非

我遇到了野兽

## 9

野兽四处冲锋八面横扫

像雾一样到处弥漫

如果你害怕

就闭上眼睛

如果你恐惧

就捂严双耳

你只要嗅觉正常

闻　就够了

那血腥的味道

就是此刻

半个世纪之后的今天晚上

我都能真切地闻到

那硝烟　起先

是呛得人不住地咳嗽　而后

是温热的黏稠的液体

向你喷来开始没有味道

过一刻便有苍蝇嗡嗡

伴着嗡嗡　那股腥腥的味道

便将你拽入血海　你游吧

我游到今天仍未游出

那入骨的铭心的往事

## 10

他们　那些鬼子

有着全世界最独特的欣赏习惯

鬼子

鬼子对传统观念的反叛

可以达到儿子奸淫母亲

父亲奸淫女儿的地步

只是这种追求　他们

强迫中国人进行

中国人

中　国　人　啊

这种经历　这种经历

像长城一样巍峨

一块一块条形的厚重的青砖

像兄弟一样　手挽着手

肩并着肩　组成了

我们的历史　瓷实
浑厚　使得我们无法佯装潇洒
一位诗人
就是我　我说
只要邪恶和贪婪存在一天
我就决不放弃对责任的追求

## 11

我扎入这片血海
瞪圆双目却看不见星光
使出浑身力量却游不出海面
我在这血海中
抚摸着三十万南京军民的亡魂
发现他们的心上
盛开着愿望的鲜花
一朵又一朵
硕大而又鲜艳
并且奔放着奇异的芳香
像真正的思想
大雾式涌来
使我的每一次呼吸
都像一次升华
在今天
在今天南京市的大街上
呈现着表情宁静的老人的神情
又被少女身上喷发的香粒
一次　又一次击中
我怎么了

## 12

空白　空白终于过去

思绪像惨叫一样

刺入我被时间淡化的肉体

作为军旅诗人

我无法不痛恨我可怜的感情

无法不对这撕心裂肺的疼痛

进行深呼吸式的思索

我用尽全身的力量

深深地吸

吸到即将窒息的时候

眼睛盯着镜中的眼睛

然后　一丝一丝地推出

那种永远也推不干净的痛苦

它们呈雾状围绕着我

在我和镜子的距离中

闪现被腰斩的肢体

涌沸血泉的尸身

被钉在木板上的手心

以及被浇上汽油

烧得只剩下半个耳轮的

耳朵　和吊在歪脖子树上的

那颗仍圆睁怒目的头颅

等等　等等　我无法无视

无法面对这惊心动魄的情景

说那句时髦的　无所谓

## 13

我　和我的民族

面壁而坐

我们坐得忘记了时间

在历史中

在历史中的 1937 年 12 月 13 日里

以及自此以后的六个星期中

我们体验了惨绝人寰的大屠杀

体验了被杀的种种疼痛

那种疼痛

在我的周身流淌

大水　大水

大水横着竖着

横横竖竖地呈圆周形爆炸

采蘑菇的小姑娘

你捡到了吗　那块最小的弹片

捡到了吗　捡到了吗

那最小的一块弹片

## 14

她捡到的

不是我父亲肩胛骨中

一到梅雨季节

便隐隐作疼的那块弹片

那块弹片

那块弹片伴随着

父亲离休后的日子

在我和弟弟

还有姐姐妹妹

还有爱着我的父亲的母亲心上

疼痛　并化作一块心病

使我们无时无刻不惦念着父亲

不惦念着父亲的疼痛

战争结束了吗

我该问谁


## 15


希特勒死了

墨索里尼和东条英机也早被绞死

但是　那种耻辱

却像雨后的春笋

在我的心中疯狂地生长

几乎要抚摸月亮了

几乎要轻摇星光了

那种耻辱

那种奇耻大辱

在我辽阔的大地一样的心灵中

如狂雪缤纷

袒露着我无尽的思绪


## 16


我没有经历过战争

我的父亲打过鬼子

也差点被鬼子打死

虽然　我不会去复仇

对那些狗日的　日本鬼子

沾满中国人鲜血的日本鬼子　但我
不能不想起硝烟和血光交织的岁月
以及这岁月之上飘扬的不屈的旗帜

## 17

我们不是要建立美丽的家园吗
我们不是思念着深夜中的狗的吠叫声吗
我们不是想起那叫声便禁不住要唱歌吗
不是唱歌的时候便有一种深情迸发出来吗
不是迸发出来之后便觉得无比充实吗
我们在我们的祖宗洒过汗水的泥土中
一年又一年地播种收获
又在播种收获的过程中娶亲生育
一代又一代　代代相传着
关于和平或者关于太平盛世的心愿吗

## 18

作为军旅诗人
我一入伍
便加入了中国炮兵的行列
那么　就让我把我们民族的心愿
填进大口径的弹膛
炮手们哟　炮手们哟
让我们以军人的方式
炮手们哟
让我们将我们民族的心愿
射向全世界　炮手们哟
这是我们中国军人的抒情方式

整个人类的兄弟姐妹

让我们坐下来

坐下来

静静地坐下来

欣赏欣赏今夜的星空

那宁静的又各自存在的

放射着不同强弱的星光和月辉的夜空啊


## 19


你说

万恶的战争　我们在棋盘上

体味着你馈赠给我们的智慧

使我们对聂卫平和日本　以及

东南亚的高手充满敬仰

但你为什么冲出棋盘

在一些角落里狂轰滥炸

并使我们一次又一次地

想起昨天

昨天狂雪扑面

寒流锥心刺骨


## 20


在北京

在人民英雄纪念碑前

我把我的双手

放在冰凉的汉白玉上

仿佛剥开了一层层黝黑的泥土

再看看那些卷刃的大刀

尖锐的长矛　菜团子

和黄澄澄的小米

手榴弹和歪把子机枪

那本毛边纸翻印的《论持久战》

以及杨靖宇将军的胃

赵一曼砍不断的精神　等等

在泥土深处　像激情一样

悄悄涌入我的心头

我于是便知道了

什么是和平


## 21


是的　我曾发狂地

热爱我自己健美的四肢

以及双层眼皮下闪着黑波的眸子

像我的恋人

一次又一次地狂吻着我的思想

和我挺拔的鼻子一样的个性

是的　我爱我自己

爱我自己生命中的分分秒秒

在每一分钟

我都有可能写好

一首关于生命体验的诗篇

在每一瞬间

我都有可能永远地

爱上一对漂亮的眼睛

但我深深　深深地知道

这绝不是生命的全部内容

关于哲学

我还不同意萨特的某些见解

关于地质

大陆镶嵌构造理论似乎更有道理

关于诗歌

就不用说了

创造着

我感到幸福人间

弥漫着无穷的智慧和情感

## 22

是的　历史自有历史自己的道路

我们的愿望

如果没有撞破头的精神

青铜的黄钟便永远哑默不语

虽然　一位军旅诗人

三年前就说过

中国将不再给任何国度的军人

提供创造荣誉建立功勋的机会

但是历史

但是历史自有历史自己的道路

我们走在大路上

意气风发斗志昂扬

## 23

今天　谁还记得

这首五十年代

回荡在祖国天空的歌声

谁　谁还记得

是我　我还记得阮文追

记得白描画的连环画上

他将美军录音机里的磁带揪出

撕烂　从八层楼高的窗户跳下去

瘸着腿　一歪一斜地

走向刑场的画面

那是不屈的英雄

是一个弱小民族锋利的牙齿

不仅咬碎了死的恐惧

也咬出了一个国家

独立自由的心声

我永远记得

那张雪一样苍白的脸

那是电影

《海岸风雷》的片头

那个老水手的一句台词

我永远记得

和我们走在大路上

意气风发斗志昂扬

一起这些关于战争

与死亡的各种零件

他们和 1937 年 12 月 13 日

之后的长达六个星期的屠杀的史实

都在我想象的组合中

组装起一部有关战争的电影

在我的脑屏幕上

起先是大雾一样的恐惧弥漫

而后　是狂雪一样的厄运

从天而降　在南京

在 1937 年 12 月 13 日之后的南京

在 1990 年 3 月 24 日至 25 日凌晨

3 点 45 分的　诗人王久辛的眼前

一遍又一遍地放映

这部名叫《狂雪》的影片

我愣愣地连续看了两天两夜

没说半句话

关于战争

关于军人

关于和平

蓦然　我如大梦初醒

灵魂飞出一道彩虹

而后　写出这首诗歌

1990 年 3 月北京

**点评**

　　如何表现南京大屠杀这桩惨绝人寰的惨案，对于诗人是严峻的考验。作者从军旅诗人的体会与感受出发，试图重返历史现场，揭示杀人狂魔与野兽的野蛮行径，揭开历史的那些陈旧而新鲜的鲜血淋漓的伤口，让我们看到人民遭受的深重灾难，看到日本侵略者的灭绝人性。而从这种复原的历史场景中，诗人痛切地思考了大屠杀带给中华民族的沉重反思与觉醒，昭示着中华民族的奋发崛起。狂雪飞扬，是为了那些不能安息的灵魂而舞，也是诗人心中汹涌的悲愤与愤怒，更是一个民族觉醒和崛起的先声。

# 韩作荣（1947—2013）

笔名何安，黑龙江海伦人。曾任《人民文学》主编、中国诗歌学会会长。著有诗集多部，其中《韩作荣自选集》获首届鲁迅文学奖。

## 自画像

我是粗糙的，我的瞳仁已经生锈

让世界变得斑驳，泪水

都还有生铁的腥味

粗粝的目光，看你一眼

都会在肌肤留下血痕

一张铁青的脸、冰冷的脸

羁留着岁月的辙印

和永远洗不去的风霜

我的肮脏的，指甲一样坚硬的思想

藏污纳垢

即使剪去它们

又会偷偷长出来

我想洗刷自己

可我无法洗去欲望和焦虑

一个泥做的人，被水浸润

永远也无法净洁

我是卑劣的，纵然我不想扯谎

可我隐藏和逃避

不想道貌岸然，但却胆怯、虚弱

我的心跳来跳去

血管已捆不住心脏

自然，我也是高傲的

我的骨坚硬，可以碎裂、绝不弯曲

我肮脏的血肉，宁可交给火焰

也不留给蛆虫

（选自诗集《重叠的水》，人民文学出版社 2006 年版）

**点评**

　　这首诗是诗人的自警与自励。也许他也会隐藏、逃避，胆怯、虚弱，体内也有欲望和焦虑，但是他的心永远装在自己的胸膛里，血液永远在血管里奔流，绝不道貌岸然，他的秉性是高傲的，骨头是坚硬的，绝不同流合污，甘愿堕落。因此，《自画像》实质上也是一首言志诗，表达了诗人高洁的理想和情操坚守。

# 雷平阳（1966—　）

生于云南昭通，诗人。著有《风中的群山》《天上攸乐》《雷平阳诗选》《云南记》《雷平阳散文选集》等。《云南记》获第五届鲁迅文学奖。

## 光　辉

天上掉下飞鸟，在空中时
已经死了。它们死于飞翔？林中
有很多树，没有长高长直，也死了
它们死于生长？地下有一些田鼠
悄悄地死了，不须埋葬
它们死于无关？人世间
有很多人，死得不明不白
像它们一样

（原载《诗刊》下半月刊 2008 年 1 月号）

**点评**

　　人和众多的生物一样，可能不明不白地死去。生命可能在偶然之间中止。可是，人是万物之灵，又岂能如此悄无声息地死去，像蝼蚁一般？！他们的死去，或许是被害，或许是无谓地、无价值地死去。这首诗既可以视为是对那些不明不白地死去的人们的哀悼，也可以看作是对这些人不堪提及的生存的批判。身而为人，就应该像树那样，死在生长的途中；或者像鸟一样，死于飞翔的过程。这是光辉的生与死。而不要像田鼠一般，死于无关，死于莫名。

## 史铁生（1951—2010）

　　作家、散文家。生于北京。代表作有《我与地坛》《务虚笔记》《病隙碎笔》等。

## 永　在

　　　　我一直要活到我能够
　　　　坦然赴死，你能够
　　　　坦然送我离开，此前
　　　　死与你我毫不相干。

　　　　此前，死不过是一个谣言
　　　　北风呼号，老树被
　　　　拦腰折断，是童话中的
　　　　情节，或永生的一个瞬间。

　　　　我一直要活到我能够
　　　　入死而观，你能够
　　　　听我在死之言，此后
　　　　死与你我毫不相干。

　　　　此后，死不过是一次迁徙
　　　　永恒复返，现在被
　　　　未来替换，是度过中的
　　　　音符，或永在的一个回旋。

我一直要活到我能够
历数前生，你能够
与我一同笑看，所以
死与你我从不相干。

**点评**

death死是容易的，生却是艰难的。然而，身患残疾的诗人却坚定地选择生，选择坚持。即便生存本身充满了苦难，他也一定要活到能够笑看人生，笑对生死，坦然赴死。这是一种何等顽强的生存信念和意志！这又是多么不屈不挠的一个生命！唯有如此洞彻的生，才可能获得永在，才可能不朽。

# 张枣（1962—2010）

生于湖南长沙。诗人、学者和诗歌翻译家。著有诗集《张枣的诗》《春秋来信》等，代表作有《镜中》《何人斯》等。

## 镜　中

只要想起一生中后悔的事

梅花便落了下来

比如看她游泳到河的另一岸

比如登上一株松木梯子

危险的事固然美丽

不如看她骑马归来

面颊温暖

羞惭。低下头，回答着皇帝

一面镜子永远等候她

让她坐到镜中常坐的地方

望着窗外，只要想起一生中后悔的事

梅花便落满了南山

**点评**

一个女人的一生，不去做登梯望高这样危险的事情，让人后悔的事，而要去做那些寻常的美丽的事。羞惭低头的女人，是皇帝的观赏对象；而女人，却望着窗外，想着往事。镜中映照出的是自己，也是自己的人生。后悔让梅花飘落，让人白头，人这一生应该无悔地度过。这，大概就是这首诗的深刻寓意。

# 巴音博罗（1963—　）

生于辽宁桓仁，满族。辽宁鞍山市作协副主席。著有诗集《悲怆四重奏》等。

## 鲜花不能对抗子弹

鲜花不能对抗子弹
但是少女们能
少女们踮起脚跟只消用一个个热吻
就能把冷却的子弹刹那融化

鲜花不能对抗子弹
但母亲们能
母亲们挥舞着炊烟般的纱巾
就能让旋转着的子弹减速跌落

鲜花不能对抗子弹
但孩子们能
那无数雀跃张开的翅膀
使扣动扳机的手指节节断掉

鲜花不能对抗子弹
也许枪管能
只需用力把它扭曲、弯折
再厉害的子弹也失去了惟一通道

哦，也许这一切都是虚妄的愚行

鲜花不能对抗子弹
但死亡能
死亡用它宽广无边的岑寂
使人们在巨大的欢呼之后：自悼

（原载《诗刊》1999 年第 3 期）

## 点评

　　鲜花过于娇嫩和柔软，无法抵抗子弹的尖锐射击。但是少女们的热吻、母亲的家、孩子们雀跃的手臂，却可以对抗子弹。子弹是战争是你死我活的争斗，或许用枪管代表的武器可以对抗它。然而，这一切的一切也可能只是一种虚幻的想象和错误的举措。真正能够对抗子弹和战争的只有死亡，只有灭绝对方同时也消灭了自己的死亡。换言之，子弹、对抗和战争的最终结果就是同归于尽，就是一切归于死寂。因此，鲜花不能对抗子弹，其实，无论是谁，无论什么都无法对抗武器。子弹和武器带来的最终结果只能是死亡。诗歌运用了对比、排比、反复等修辞，强化了主题的表达。

# 翟永明（1955— ）

女，生于成都。女性主义诗歌的重要代表。代表作有《独白》《女人》《静安庄》等。

## 独　白

我，一个狂想，充满深渊的魅力
偶然被你诞生。泥土和天空
二者合一，你把我叫作女人
并强化了我的身体

我是软得像水的白色羽毛体
你把我捧在手上，我就容纳这个世界
穿着肉体凡胎，在阳光下
我是如此炫目，使你难以置信

我是最温柔最懂事的女人
看穿一切却愿分担一切
渴望一个冬天，一个巨大的黑夜
以心为界，我想握住你的手
但在你的面前我的姿态就是一种惨败
当你走时，我的痛苦
要把我的心从口中呕出
用爱杀死你，这是谁的禁忌？
太阳为全世界升起！我只为了你

以最仇恨的柔情蜜意贯注你全身
从脚至顶，我有我的方式

一片呼救声，灵魂也能伸出手？
大海作为我的血液就能把我
高举到落日脚下，有谁记得我？
但我所记得的，绝不仅仅是一生

（选自《称之为一切》，春风文艺出版社 1997 年版）

## 点评

诗歌运用跳跃的意象和飞驰的想象，传达了诗人对于作为女性的自身的审视与思考。叙述了一个女人从诞生到成长到恋爱结婚以至于死亡的一生。女人是天空和大地的产物，充满了无穷的魅力，柔似水，软似羽，是父母的掌上明珠。女人是爱情动物，如蛾扑火地去爱一个人，用自己独特的方式，爱到恨的极限。也许女人最终将葬身于大海和落日的脚下，也许女人的一生没人再记得，然而，"我"却记下了自己鲜活而真实的生命旅程，个性张扬的一生，敢爱敢恨的一生。这是一个女性的自白，更是一份生命的宣言。

# 格式（1965—　）

　　山东阳谷景阳岗人。本名王太勇。著有诗集《不虚此行》《盲人摸象》《本地口音》等。

## 我爱的人变成了灰

直到她闭上眼我才知道我还活着
直到她没法爱我了我才晓得她曾经爱过我
她的肉曾经裹着我的肉她的嘴曾经咬着我的嘴
她的手再也不拉我的手了
我把她拉起来给她换上干净的新衣裳
让她在众人面前体面地消失
我看见她的敌人也弯下了身子
不敢正眼看她谁会想到一个人竟以这样的方式
与另一个生命和解

（原载《星星》2005 年 5 月上半月刊）

**点评**

　　一个生命远行了，"我爱的人变成了灰"。死亡让"我"重新觉醒，让"我"意识到了自己的生和存在。爱的人的死亡应该是体面的、尊严的，就连敌人都要向她鞠躬，同她和解。这是一个生命的终结，也是一段爱的终结。爱的人变成了灰，永世不得再见。这首诗写出了一种痛彻骨髓的凄楚体验，足以引起读者的共鸣。

# 高凯（1963—　　）

生于甘肃合水。现任甘肃文学院院长。著有《心灵的乡村》《英雄诗篇》等诗集。

## 村小：生字课

蛋　蛋　鸡蛋的蛋
调皮蛋的蛋　乖蛋蛋的蛋
红脸蛋蛋的蛋
张狗蛋的蛋
马铁蛋的蛋

花　花　花骨朵的花
桃花的花　杏花的花
花蝴蝶的花　花衫衫的花
王梅花的花
曹爱花的花

黑　黑　黑白的黑
黑板的黑　黑毛笔的黑
黑手手的黑
黑窑洞的黑
黑眼睛的黑

外　外　外面的外
窗外的外　山外的外　外国的外
还在门外喊报到的外

外　外——
外就是那个外

飞　飞　飞上天的飞
飞机的飞　宇宙飞船的飞
想飞的飞　抬膀膀飞的飞
笨鸟先飞的飞
飞呀飞的飞……

（选自《诗刊》2000 年第 10 期）

## 点评

　　这首诗的结构精巧奇特。借助几个"生字"，模拟一堂乡村小学的生字课，写出了一个乡村孩子眼中的世界或者一个教师希望展示给一个乡村孩子的未来和生活。这既是一次知识的传授课，也是一堂生活经验和生存理想的传授课。乡味十足，童趣十足。所举譬喻，皆自身边，令人过目难忘。

# 大解（1957—　　）

原名解文阁，生于河北省青龙县。《诗神》副主编。著有长诗《悲歌》等。诗集《个人史》获第六届鲁迅文学奖。

## 百年之后
### ——致妻

百年之后　当我们退出生活
躺在匣子里　并排着依偎着
像新婚一样躺在一起
是多么安宁

百年之后　我们的儿子和女儿
也都死了　我们的朋友和仇人
也平息了恩怨
干净的云彩下面走动着新人

一想到这些　我的心
就像春风一样温暖　轻松
一切都有了结果　我们不再担心
生活中的变故和伤害

聚散都已过去　缘分已定
百年之后我们就是灰尘
时间宽恕了我们　让我们安息

又一再地催促万物　重复我们的命运

（原载《诗刊·上半月刊》2004 年第一期）

**点评**

　　百年之后，一切尘埃落定。所有的恩怨情仇，所有的纠葛纠缠，所有的变故伤害、焦虑困惑，都将随同肉体化为灰尘。只有时间是永恒的，它将包容一切，宽恕一切也消弭一切。万物生长，周而复始，生命不息，个体有限。所有的恩怨、变故或伤害都是暂时的，都将成为历史，成为过去。遐想百年之后的世界，还有什么是我们拿不起来、放不下来、舍不得的？这种遐想赋予了我们从容、温暖和轻松，让我们可以淡定生活，笑对人生。这是一首哲理意味很浓的诗歌，富于思辨力和说服力。

# 尹丽川（1973—　　）

生于重庆，祖籍江苏。2000 年与人成立"下半身"诗歌团体。著有作品集《再舒服一点》等。

## 妈　妈

十三岁时我问
活着为什么你。看你上大学
我上了大学，妈妈
你活着为什么又。你的双眼还睁着
我们很久没说过话。一个女人
怎么会是另一个女人
的妈妈。带着相似的身体
我该做你没做的事么，妈妈
你曾那么的美丽，直到生下了我
自从我认识你，你不再水性杨花
为了另一个女人
你这样做值得么
你成了空虚的老太太
一把废弃的扇。什么能证明
是你生出了我，妈妈。
当我在回家的路上瞥见
一个老年妇女提着菜篮的背影
妈妈，还有谁比你更陌生

（刊载于《下半身》创刊号）

**点评**

妈妈是谁？女儿是谁？我们从哪里来，将要到哪里去？这些似乎都是永恒之问、时间之问。妈妈为了女儿而改变了水性杨花的旧习。妈妈生下了女儿，为的是看着孩子长大，上大学，去做自己未能做过的事情。为了女儿，妈妈在不断地改变着自己，让自己变成一把废扇，最终变成一个连女儿都不认识的陌生的老太太。那是岁月的赐予与塑造。时间让妈妈老去，让女儿长大成一个新的"妈妈"。诗人在看似不动声色的、"零度情感"的叙述中，凸显了妈妈的一生、一个女人真实的写照。女儿对于妈妈的情感也被寄寓在了无言的、无字的表达之中。

# 叶浪

　　四川成都人。成都市林业和园林管理局副局长。2008 年汶川大地震后曾参与成都市抗震救灾指挥部。

## 我有一个强大的祖国
### ——5 月 14 日作于成都市抗灾救灾指挥部

那是一张熟悉的脸，
是我痛失亲人后看到的最亲切的笑脸，
她眼里闪着泪花，
话里充满着力量。
那一刻，
我感到我有一个强大的祖国。

那是一张陌生的脸，
是我埋在瓦砾下看见的最勇敢的脸，
它撬开了残垣，
搬走了巨石。
那一刻，
我感到我有一个强大的祖国。

地动天不塌，
大灾有大爱。
这一刻，
我感到我有一个强大的祖国。

那是一张美丽的脸，
是我躺在病床上看见的天使的脸，
她包扎着我的创伤，
驱走了我的恐惧。
那一刻，
我感到我有一个强大的祖国。

那是一张慈祥的脸，
是我奔离教室前看到的最镇定的脸，
她为了自己的学生，
成就了自己的永恒。
那一刻，
我感到我有一个强大的祖国。

地动天不塌，
大灾有大爱。
这一刻，
我感到我有一个强大的祖国。

那是一张年轻的脸，
是我在排队长列里看到的最急切的脸，
她为了灾区的伤员，
献出了自己的殷殷鲜血。
那一刻，
我感到自己有一个强大的祖国。

那是一张忙碌的脸，
是我在抢险救灾中看到的最疲惫的脸，
她眼里布满血丝，
来不及探询家人的安危。

那一刻，
我感到我有一个强大的祖国。

地动天不塌，
大灾有大爱。
这一刻，
我感到我有一个强大的祖国。

那是世界上最可爱的脸，
是家乡地震后不曾面见的男男女女的脸，
她远在他乡海外，
温暖的目光却紧紧地落在了我的身上。
那一刻，
我感到我有一个强大的祖国。

地动天不塌，
灾难人有情。
这一刻，
我感到我有一个强大的祖国。


**点评**

　　2008年5月12日汶川特大地震发生后，诗人在现场指挥抗震救灾，亲眼目睹了一幕幕救人的感人图景，即兴写下了这首饱蘸着炽热情感的诗篇，赞美了我们强大的祖国。而对于祖国的赞美则是通过那无数的救援者、教师、医护人员、救灾官兵、志愿者、输血者、海外同胞等英勇无私的行动来表现的。这个国家之所以强大，也正是因为有这些仁人志士，是由这些坚强的中华民族的脊梁所决定的。诗歌一唱三叹，回环往复，强化了主题的表达。

# 苏善生（1984—　）

　　山东临沂人，现居北京。作家、编剧。《孩子，快抓紧妈妈的手》原作者佚名，后被认为是苏善生所作。

## 孩子，快抓紧妈妈的手

　　孩子快
　　快抓紧妈妈的手
　　去天堂的路太黑了
　　妈妈怕你碰了头
　　快抓紧妈妈的手让妈妈陪你走

　　妈妈我怕
　　天堂的路太黑
　　我看不见你的手
　　自从倒塌的墙把阳光夺走
　　我再也看不见你柔情的眸

　　孩子你走吧
　　前面的路再也没有忧愁
　　没有读不完的课本再也没有爸爸的拳头
　　你要记住我和爸爸的模样

来生还要一起走

妈妈别担忧
天堂的路有些挤
有很多同学和朋友
我们说不哭不哭
哪一个人的妈妈都是我们的妈妈
哪一个孩子都是妈妈的孩子
没有我的日子
你把爱给活着的孩子吧

妈妈
你别哭
泪光照亮不了
我们的路
让我们自己
慢慢的走

妈妈
我会记住你和爸爸的模样
记住我们的约定
来生还要一起走

**点评**

　　这首诗感人至深，在汶川地震时发表，流传甚广。诗歌采用被压在废墟之下、处于弥留之际的孩子同母亲的应答，来表现地震所带来的巨大灾难。母子心手相连、血肉相连的情感感人泪下。二者之间的相互安慰、劝勉和鼓励真实、动人。正是因为这首诗和《我有一个强大的祖国》等一批抗震救灾优秀诗篇的问世，造就了近年来罕见的一次"地震诗歌潮"，成为了当代诗歌史上具有标志性意义的一个创作现象。

# 倮伍拉且（1958—　）

四川凉山人，彝族诗人。凉山州文联主席、《凉山文学》主编、四川省作家协会副主席。著有诗集《绕山的游云》《大自然与我们》《诗歌图腾》等。

## 故乡的太阳和月亮

我完全明白
照耀我的故乡大凉山的这个太阳
也同样照耀着这个世界的每一个地方
夜晚我常常遥望的月亮
给我无数的美妙的遐想的月亮
也在每个人的头上闪耀银子一样的光芒
圆了又缺缺了又圆

可是只有大凉山的阳光
照耀着大凉山的山冈河流
同时照耀着我
我行走在河岸上或者站在高高山岗之上
我的身躯我的灵魂和思想
才可以充分感受到阳光的温暖
接受金子一样的阳光的浸染

也只有大凉山的月亮

才像我心爱的女人圣洁的面庞

我的故乡大凉山夜空里的那一轮

我心爱的女人圣洁的面庞一样的月亮

每一个夜都升起在我的心海上

我的脑海上我的灵魂和思想的海上

全世界都能够看到我的海上升起的月亮

（选自《诗刊》2007 年第 10 期）

## 点评

开篇，诗人即"清醒地"提出，故乡大凉山的太阳也照耀着全世界，大凉山的月亮也在每个人的头上放射光芒。接着，笔触陡转，诗人写道，只有大凉山的阳光，照彻了"我"的灵魂和思想；只有大凉山的月亮，才像"我"心爱的女人。只有故乡的一切才是最温暖、最亲切和可爱的。故乡的日月赐予了"我"思想和灵魂，让"我"的脑海上升起了明月。故乡独一无二，故乡不可取代。太阳也罢，月亮也罢，一旦与故乡发生了关联，便是与"我"的生命发生了关联，便是"我"灵魂中不可或缺的、独一无二的存在。歌唱太阳和月亮，实质上就是歌唱那赋予了"我"生命与灵魂、爱人和情感的故乡。

# 伊甸（1953—    ）

原名曹富强，浙江海宁人。任教于嘉兴学院文法学院。著有诗集《红帆船》《在生存的悬崖上》《石头·剪子·布》等。

## 阳光总是走得很慢

在平原上，阳光总是走得很慢
我常常赶在它前面，想抢到一些好东西
我抢到过暴雨、雷霆和浓浓的夜色
抢到过失恋、疾病和无数的枯枝败叶

在平原上，你一定要走在阳光后面
慢慢移动脚步，就像小时候母亲拉着你的手
——这是整个世界在拉着你的手
你一步一个脚印，从未想过要抢在母亲前面

在平原上，阳光的灵魂开阔而温暖
我们狭窄而冷漠的灵魂，不要急于飞翔
掏出来慢慢晾晒吧，晒久了
它会一点一点融化，像阳光那样金黄而透明

在平原上，阳光总是以舒缓的旋律
慢悠悠地歌唱。一句好歌词不妨从早唱到晚
从春唱到冬，从天空唱到大地

一支好曲子不妨唱上一生

（选自《中国诗歌》2012 年第 12 期）

**点评**

　　一支好曲子不妨从早唱到晚，不妨唱上一生。这，便是本诗的主题。阳光就是日头，就是时间。就让时间它慢慢走，让我们像蹒跚学步的孩子一样，跟随着母亲，跟随着全世界，慢慢地走。就让灵魂慢下来，就让我们把灵魂拿出来放到阳光下去暴晒，去除狭窄与冷漠，变得阳光般金黄而透明。要让灵魂飞扬、攀升，要让时光慢慢度过，尽情享受平原上的阳光，唱曲好歌，享用此生。

# 于右任（1879—1964）

陕西三原人，祖籍泾阳，近现代政治家、教育家、书法家。原名伯循，字诱人，尔后以"诱人"谐音"右任"为名，晚年自号"太平老人"。著有《右任诗存》《右任文存》《右任墨存》等。

## 国　殇

葬我于高山之上兮，
望我大陆；
大陆不见兮，
只有痛哭。

葬我于高山之上兮，
望我故乡；
故乡不见兮，
永不能忘。

天苍苍，
海茫茫，
山之上，
有国殇。

**点评**

诗人运用了楚辞离骚式的词体，抒发了自己对大海彼岸故土家园的热恋。这是一位老之已至、死亡将临的老人的杜鹃啼血和慷慨悲歌。然而，在诗人看来，这种哀伤，这种殇亡并不仅仅属于个人，而是一个国家的殇亡与苦痛。诗人决定死后葬于山巅，永远眺望祖国故土。这种由衷的心愿表达正是其深刻爱国情怀的外化。因此，这首诗向来被视为一首杰出的爱国诗作而广受传诵。

# 余光中（1928—　）

　　生于南京，籍贯福建泉州市永春县。诗人、评论家。曾任台湾中山大学文学院院长。主要作品有《乡愁》《余光中经典》《传说》《白玉苦瓜》等。

## 乡　愁

小时候
乡愁是一枚小小的邮票
我在这头
母亲在那头

长大后
乡愁是一张窄窄的船票
我在这头
新娘在那头

后来呵
乡愁是一方矮矮的坟墓
我在外头
母亲呵在里头

而现在
乡愁是一湾浅浅的海峡
我在这头

大陆在那头

**点评**

　　乡愁是道不尽的、写不完的。从小时候到成年再到如今，乡愁始终与自己的童年、母亲、爱人和故乡联系在一起。因为有所思、所念的在那里，那里便是自己的故乡。故乡永远牵引着游子的思绪和想念。然而，那道浅浅的海峡，却生生阻断了这种思念。为乡愁所困的诗人，其情何以堪？唯有击筑引吭，慷慨而歌，留下了这首脍炙人口的诗篇。

# 春天，遂想起

春天，遂想起
江南，唐诗里的江南，九岁时
采桑叶于其中，捉蜻蜓于其中
（可以从基隆港回去的）
江南
小杜的江南
苏小小的江南
遂想起多莲的湖，多菱的湖
多螃蟹的湖，多湖的江南
吴王和越王的小战场
（那场战争是够美的）
逃了西施
失踪了范蠡
失踪在酒旗招展的
（从松山飞三小时就到的）
乾隆皇帝的江南

春天，遂想起遍地垂柳
的江南，想起
太湖滨一渔港，想起
那么多的表妹，走过柳堤
（我只能娶其中的一朵！）
走过柳堤，那许多表妹
就那么任伊老了
任伊老了，在江南
（喷射云三小时的江南）

即使见面，她们也不会陪我
陪我去采莲，陪我去采菱
即使见面，见面在江南
在杏花春雨的江南
在江南的杏花村
（借问酒家何处）
何处有我的母亲

复活节，不复活的是我的母亲
一个江南小女孩变成的母亲
清明节，母亲在喊我，在圆通寺

喊我，在海峡这边
喊我，在海峡那边
喊，在江南，在江南
多寺的江南，多亭的
江南，多风筝的
江南啊，钟声里
的江南
（站在基隆港，想——想

想回也回不去的）
多燕子的江南

1951 年 4 月 29 日午夜

**点评**

　　春天里，海峡彼岸的诗人浮想联翩，遐想雨中多情的江南故乡。然而，有浅浅的海峡阻隔，故土却是回不去的。春天的江南，有太多的事物、太多的人让诗人怀念和向往，——有爱人，也有母亲。诗人一心想着江南，想着如何回到江南。于是，他采用了括号加注释的方式，急切地表明了自己热望回到江南，去回望童年，去重温旧梦和亲情。美丽的江南，杏花春雨，杨柳依依，燕剪柳枝，采莲采菱，其乐陶陶，其乐悠悠。然而江南却归不得，想回也回不去。诗人只有空叹奈何！这是一首怀乡诗，表达了对于海峡隔绝、祖国未能统一的无限伤感和对于故乡的热烈怀念。情感真挚炽烈，意境优美如画。

## 白玉苦瓜
### ——故宫博物院所藏

似醒似睡，缓缓的柔光里
似悠悠醒自千年的大寐
一只瓜从从容容在成熟
一只苦瓜，不再是涩苦
日磨月磋琢出深孕的清莹
看茎须缭绕，叶掌抚抱
哪一年的丰收像一口要吸尽
古中国喂了又喂的乳浆
完美的圆腻啊酣然而饱

那触觉，不断向外膨胀

充实每一粒酪白的葡萄

直到瓜尖，仍翘着当日的新鲜

茫茫九州只缩成一张舆图

小时候不知道将它叠起

一任摊开那无穷无尽

硕大似记忆母亲，她的胸脯

你便向那片肥沃匍匐

用蒂用根索她的恩液

苦心的悲慈苦苦哺出

不幸呢还是大幸这婴孩

钟整个大陆的爱在一只苦瓜

皮靴踩过，马蹄踩过

重吨战车的履带踩过

一丝伤痕也不会留下

只留下隔玻璃这奇迹难信

犹带着后土依依的祝福

在时光以外奇异的光中

熟着，一个自足的宇宙

饱满而不虞腐烂，一只仙果

不产在仙山，产在人间

久朽了，你的前身，唉，久朽

为你换胎的那手，那巧腕

千晬万睐巧将你引渡

笑对灵魂在白玉里流转

一首歌，咏生命曾经是瓜而苦

被永恒引渡，成果而甘

1963 年 2 月 11 日

（以上均选自诗集《白玉苦瓜》，台北大地出版社 1974 年版）

**点评**

　　台北故宫博物院所藏的稀世珍品白玉苦瓜，是一件精妙绝伦的工艺品，诗人把它比作不朽的仙果，囊括了整个大陆的爱，也浸透了雕刻工匠一生的心血。这是一颗不朽的苦瓜，一件永恒的雕塑。它是玉匠心血和生命的化身，是一部历史的缩影。诗人细致入微的描述，惟妙惟肖，生动而形象，令人印象深刻。诗歌运用丰富的意象，写出了白玉苦瓜之精美奇绝。

# 罗门（1928—　）

原名韩仁存，生于海南文昌。曾任台湾蓝星诗社社长。主要作品有《曙光》《死亡之塔》《罗门诗选》等。

## 麦坚利堡①

超过伟大的
是人类对伟大已感到茫然

战争②坐在此哭谁
它的笑声曾使七万个灵魂陷落在比睡眠还深的地带
太阳已冷星月已冷太平洋的泡沫被炮火煮开也都冷了
史密斯　威廉斯　烟花节光荣伸不出手来接你们回家
你们的名字运回故乡　比入冬的海水还冷

---

① 麦坚利堡（Fort Mckinly）是纪念第二次大战期间七万美军在太平洋地区战亡；美国人在马尼拉城郊，以七万座大理石十字架，分别刻着死者的出生地与名字，非常壮观也非常凄惨地排列在空旷的绿坡上，展览着太平洋悲壮的战况，以及人类悲惨的命运，七万个彩色的故事，是被死亡永远锁住了，这个世界在都市喧噪的射程之外，这里的空灵有着伟大与不安的颤栗，山林的鸟被吓住都不叫了。静得多么可怕，静得连上帝都感到寂寞不敢留下；马尼拉海湾在远处闪目，芒果林与凤凰木连绵遍野，景色美得太过忧伤。天蓝，旗动，令人肃然起敬；天黑，旗静，周围便黯然无声，被死亡的阴影重压着……作者本人最近因公赴菲，曾往游此地，并站在史密斯、威廉斯的十字架前拍照。——作者注

② 战争是人类生命与文化数千年来所面对的一个含有伟大悲剧性的主题。在战争中，人类往往必须以一只手去握住"伟大"与"神圣"，以另一只手去握住满掌的血，这确是使上帝既无法编导也不忍心去看的一幕悲剧。可是为了自由、真理、正义与生存，人类又往往不能不去勇敢的接受战争。透过人类高度的智慧与深入的良知，我们确实感知到战争已是构成人类生存困境中，较重大的一个困境，因为它处在"血"与"伟大"的对视中，它的副产品是冷漠且恐怖的"死亡"。我在"麦坚利堡"那首诗中，便是表现了这一强烈的悲剧性的感受。——作者注

在死亡的喧噪里  你们的无救  上帝的手呢

血已把伟大的纪念冲洗了出来
战争都哭了  伟大它为什么不笑
七万朵十字花  围成园  排成林  绕成百合的村
在风中不动  在雨里不动
沉默给马尼拉海湾看  苍白给游客们的照相机看
史密斯  威廉斯  在死亡紊乱的镜面上我只想
知道
哪里是你们童幼时眼睛常去玩的地方
哪地方藏有春日的录音与彩色的幻灯片

麦坚利堡  鸟都不叫了  树叶也怕动
凡是声音都会使这里的静默受击出血
空间与空间绝缘  时间逃离钟表
这里比灰暗的天地线还少说话  永恒无声
美丽的无音房  死者的花园  活人的风景区
神来过  敬仰来过  汽车与都市也都来过
而史密斯  威廉斯  你们是不来也不去了
静止如取下摆心的表面  看不清岁月的脸
在日光的夜里星灭的晚上
你们的盲睛不分季节地睡着
睡醒了一个死不透的世界
睡熟了麦坚利堡绿得格外忧郁的草场

死神将圣品挤满在嘶喊的大理石上
给升满的星条旗看给不朽看给云看
麦利坚堡是浪花已塑成碑林的陆上太平洋
一幅悲天泣地的大浮雕挂入死亡最黑的背景
七万个故事焚毁于白色不安的颤栗

史密斯　威廉斯　当落日烧红满野芒果林的昏暮

神都将急急离去　星也落尽

你们是那里也不去了

太平洋阴森的海底是没有门的

1960 年 10 月

**点评**

　　七万名军人的死亡，最终变成了落在石碑上的一个个名字。战争摧毁了生命，而生命本来可以是娇妍的花朵，有自己的家乡，自己的芬芳。然而，如今，他们却全都变成了一个个冰冷的静默的名字。这首诗写出了战争的酷烈，是对战争的批判，更是为了提醒人们不要忘了那些为和平献出生命的伟大的战士。

## 遥望故乡

炮声吵了一阵过后

又睡去

海却一直睡不着

一个浪对一个浪说过来

一个浪对一个浪说过去

说了三十年只说一个字

家

云在听

风在听

海自己也在听

我们来不及的

驶着双目的两轮车

从望远镜的甬道里

急急回去

要不是远方迷蒙了

便是眼睛湿了

从声声感叹中回来

山与水哭着在后边跟

已看不清那是海

还是母亲端来一盆

漾漾的洗澡水

用手抹去脸上的水珠

却抹来满掌的皱纹

满掌冷冷的铁丝网

1975 年

（以上均选自《罗门诗选》，洪范书店 1984 年版）

**点评**

　　故乡在大海的对岸。故乡被炮声和铁丝网所阻断。然而，诗人却依旧固执地、忍不住地要遥望故乡。这是一种内在的痛，一种心灵的苦楚。这种痛和苦又是人为造成的。这首诗表达了诗人深切的思乡之情，抒发了渴望两岸统一、家人团圆的渴望。

# 洛夫（1928—　　）

原名莫运瑞、莫洛夫，生于湖南衡阳。台湾现代诗人。著有诗集《魔歌》、长诗《漂木》等。

## 边界望乡

说着说着
我们就到了落马洲

雾正升起，我们在茫然中勒马四顾
手掌开始生汗
望远镜中扩大数十倍的乡愁
乱如风中的散发
当距离调整到令人心跳的程度
一座远山迎面飞来
把我撞成了
严重的内伤

病了病了
病得像山坡上那丛凋残的杜鹃
只剩下惟一的一朵
蹲在那块"禁止越界"的告示牌后面
咯血。而这时
一只白鹭从水田中惊起
飞越深圳

又猛然折了回来

而这时，鹧鸪以火发音

那冒烟的啼声

一句句

穿透异地三月的春寒

我被烧得双目尽赤，血脉贲张

你却竖起外衣的领子，回头问我

冷，还是

不冷？

惊蛰之后是春分

清明时节该不远了

我居然也听懂了广东的乡音

当雨水把莽莽大地

译成青色的语言

喏！你说，福田村再过去就是水围

故国的泥土，伸手可及

但我抓回来的仍是一掌冷雾

1979 年 6 月 3 日

后记：1979 年 3 月中旬应邀访港，16 日上午余光中兄亲自开车陪我参观落马洲之边界，当时轻雾氤氲，望远镜中的故国山河隐约可见，而耳边正响起数十年未闻的鹧鸪啼叫，声声扣人心弦，所谓"近乡情怯"，大概就是我当时的心境吧。

（选自《洛夫诗选》，中国友谊出版公司 1993 年版）

**点评**

　　故土就在眼前，在望远镜中乡愁被放大了数十倍。那些故乡的山和飞鸟，都会让诗人无限的感伤。故土流淌着诗人的血和泪，故乡并不遥远却只能站在边界远远地望上一眼。这是一种深入灵魂的情感，是与血和肉牵连在一起的情感。这种情感，就是爱国之情，思乡之情。这是一种凡人而皆然的思绪和感受，因此能够引起人们普遍的共鸣。

# 痖弦（1932—　）

生于河南南阳，本名王庆麟。台湾诗人。著有《痖弦诗抄》《深渊》《盐》等诗集。

## 红玉米

宣统那年的风吹着
吹着那串红玉米
它就在屋檐下
挂着
好像整个北方
整个北方的忧郁
都挂在那儿
犹似一些逃学的下午
雪使私塾先生的戒尺冷了
表姊的驴儿就拴在桑树下面

犹似唢呐吹起
道士们喃喃着
祖父的亡灵到京城去还没有回来

犹似叫哥哥的葫芦儿藏在棉袍里
一点点凄凉，一点点温暖
以及铜环滚过岗子
遥见外婆家的荞麦田
便哭了

就那种玉米是红

挂着，久久地

在屋檐底下

宣统那年的风吹着


你们永不懂得

那样的红玉米

它挂在那儿的姿态

和它的颜色

我的南方出生的女儿也不懂得

凡尔哈仑也不懂得


犹似现在

我已老迈

在记忆的屋檐下

红玉米挂着

一九五八年的风吹着

红玉米挂着

1957 年 12 月 19 日

（选自《台湾诗人十二家》，重庆出版社 1983 年版）

**点评**

  红玉米，这个鲜明的意象，代表着诗人对家乡的思念，代表着那些老去的时间、岁月，也代表着那些远去的亲人、往事。在红玉米这一特殊的物品上面，寄寓着诗人多少浓厚的情感。睹物思人，睹物思乡，情景依旧，人何以堪。

# 郑愁予（1933—　　）

原名郑文韬，生于山东济南，当代诗人。曾任台湾《联合文学》总编辑。著有《郑愁予诗选》《郑愁予诗集》等，代表作有《错误》《水手刀》等。

## 错　误

我打江南走过
那等在季节里的容颜如莲花的开落

东风不来，三月的柳絮不飞
你的心如小小的寂寞的城
恰如青石的街道向晚
跫音不响，三月的春帷不揭
你的心是小小的窗扉紧掩

我达达的马蹄是美丽的错误
我不是归人，是个过客……

**点评**

那个掩映在独门中的人，期待着归人，因此那哒哒的马蹄，引起了她无限的向往和思念。正如春风吹动了柳絮，跫音踏响了青石街道，那个空守的女人，本来心如寂寞的城和紧掩的窗扉，却被这意外的响声重新唤醒。然而，这只是一个错误。人生有许多的错误，你所期待的、你所等待的也许一直不会来，而到来的却不是你所想要的。这，大概便是人生的一种无奈吧。

# 纪弦（1913—2013）

原籍陕西周至，生于河北清苑，原名路逾，笔名路易士、青空律。当代诗人，现代派诗歌的倡导者。在台湾诗坛享有极高的声誉。著有诗集《纪弦精品》等。

## 狼之独步

我乃旷野独来独往的一匹狼

不是先知
没有半个字的叹息
而恒以数声凄厉已极之长嗥
摇撼彼空无一物之天地
使天地战栗如同发生了疟疾
并刮起凉风飒飒的令我毛骨悚然

这就是一种厉害
一种过瘾

**点评**

这是一只独步的狼，一个高傲的存在。它独行于天地之间，不叹息，不未卜先知，只以几声长嗥摇撼天地。这就是一种过瘾的存在，一个生命的引吭高歌和大张扬。狼，不也正是一种人的象征吗？

# 四十的狂徒

狂徒——四十岁了的，
还怕饥饿与寒冷，妒忌与毁谤吗？
教全世界听着：

我在此。

我用铜像般的沉默，
注视着那些狐狸的笑，
穿道袍戴假面的魔鬼的跳舞，
下毒的杯，
冷箭与黑刀。

我沉默。

刚下了课，拍掉一身的粉笔灰；
就赶到印刷所去，拿起校对的红笔来，
卷筒机一般地快速，卷筒机一般地忙碌，
一面抽着劣等纸烟，喝着廉价的酒，
欣欣然。

仅仅凭了一块饼的发动力，
从黎明到午夜，不断地工作着，
毫无倦容，亦无怨尤，
曾是你们看见了的。

而在风里，雨里，常常是
淋得周身湿透，冻得双手发紫，
这骑着脚踏车，风驰电掣，
出没于"现实"之千军万马，
所向无敌的生活上的勇士，
也是你们鼓掌叫过好的。

然而捕狮子的陷阱
就设在我的坐椅下，
纸包的定时炸弹
就藏在我的抽屉里；
你们好狠！

你们在我的户外窥伺；
你们在我的路上埋伏；
你们散布流言，到外讲我的坏话
你们企图把我整个地毁灭；
你们好狠！

甚至还要寄匿名信来侮辱我，
画一只乌龟，写上我的名字；
还要打秘密的电话来恐吓我，
叫我小心点，否则挨揍；
你们好坏！

我既贫穷，又无权势，
为什么这样地容不得我呢？
我既一无所求，而又与世无争，
为什么这样地容不得我呢？

哦哦，我知道了：

原来我的灵魂善良，

而你们的丑恶；

我的声音响亮，

而你们的喑哑；

我的生命树是如此的高大，

而你们的低矮；

我是创造了诗千首的抹不掉的存在，

而你们是过一辈子就完了的。

那么，让我说宽恕吧。


我说：来吧！

一切肉体上的痛苦，

要来的都来吧！

我宽恕。

一切精神上的痛苦，

要来的都来吧！

我宽恕。

而这，就是一个人的尊严：

一个四十岁的狂徒的写照。


**点评**

　　这是一首自况诗。人生四十而不惑。无论贫穷还是无权势地位，都不能让诗人气馁。善良，响亮，高大，这便是诗人的存在状态，也是他区别于芸芸众生的所在。尽管有种种的诋毁或诽谤，种种明的或暗的攻击，但是他都已准备好了宽恕，因为他坚信自己的存在的独特价值。这是一位四十岁诗人的自我写照，也是一个追求尊严和自我的大写的人的写照。

# 席慕蓉（1943—　）

　　女，祖籍内蒙古，出生在四川，童年在香港度过，成长在台湾。曾获比利时皇家金牌奖，布鲁塞尔市政府金牌奖，台湾中兴文艺奖章新诗奖等。出版有诗集、画册、散文集及选本等五十余种。

## 一棵开花的树

如何让你遇见我
在我最美丽的时刻为这
我已在佛前求了五百年
求它让我们结一段尘缘

佛于是把我化作一棵树
长在你必经的路旁
阳光下慎重地开满了花
朵朵都是我前世的盼望

当你走近请你细听
那颤抖的叶是我等待的热情
而当你终于无视地走过
在你身后落了一地的
朋友啊那不是花瓣
是我凋零的心

1980.10.4

**点评**

　　一棵正值盛花期的树，就像一个正当芳年的少女。她期待着一段爱情，一段美丽的邂逅。这样的爱情和邂逅历经了百年的祈求，似乎是前世的安排。然而，那个心目中的爱人却匆匆走过，连个回眸都不给，更遑论驻足欣赏。花自开放，亦自凋零。那掉落的何止是一朵朵花瓣落英缤纷，那是一颗正在死灭的心灵，一个美丽的期冀。全诗充满了一种哀婉、凄清之旋律。诗人揭示了一个从祈求到守望、从期待到失落的心灵活动的全过程。这棵开花的树既可以是对爱情的追求，也可以是守望友情和愿望、念想的象征。

# 附录

## 历次诗歌获奖作品

### 中国作家协会第一届全国优秀新诗（诗集）奖获奖作品（1979—1982）

**一等奖**

| 归来的歌 | 艾　青 | 四川人民出版社 1980 年 5 月 |
| 祖国，我对你说 | 张志民 | 河北人民出版社 1981 年 7 月 |
| 我骄傲，我是一棵树 | 李　瑛 | 江苏人民出版社 1980 年 11 月 |
| 仙人掌 | 公　刘 | 四川人民出版社 1980 年 11 月 |
| 在远方 | 邵燕祥 | 花城出版社 1981 年 11 月 |
| 流沙河诗集 | 流沙河 | 上海文艺出版社 1982 年 12 月 |
| 曾经有过那种时候 | （土家族）黄永玉 | 江苏人民出版社 1981 年 1 月 |

**二等奖**

| 山的恋歌 | （满族）胡昭 | 吉林人民出版社 1982 年 5 月 |
| 绿色的音符 | 傅天琳 | 四川人民出版社 1981 年 10 月 |
| 双桅船 | 舒　婷 | 上海文艺出版社 1982 年 2 月 |

### 全国中、青年诗人优秀新诗奖（1979—1980）

| 八万里风云录 | 张万舒 | 《安徽文艺》1979 年第 1 期 |
| 呼声 | 李发模 | 《诗刊》1979 年第 2 期 |
| 沉思 | 公　刘 | 《诗刊》1979 年第 2 期 |
| 春潮在望 | 白　桦 | 《人民日报》1979 年 3 月 17 日 |
| 春风燕语 | 刘　征 | 《诗刊》1979 年第 5 期 |
| 不满 | 骆耕野 | 《诗刊》1979 年第 5 期 |
| 现代化和我们自己 | 张学梦 | 《诗刊》1979 年第 5 期 |
| 辣椒歌 | 陈显荣 | 《诗刊》1979 年第 6 期 |
| 关于入党动机 | 曲有源 | 《诗刊》1979 年第 7 期 |

| 深求 | 王辽生 | 《雨花》1979 年第 7 期 |
|---|---|---|
| 祖国啊，我亲爱的祖国 | 舒　婷 | 《诗刊》1979 年第 7 期 |
| 小草在歌唱 | 雷抒雁 | 《诗刊》1979 年第 8 期 |
| 湘江夜 | 梁如云 | 《诗刊》1979 年第 8 期 |
| 战火中纪事 | 纪　鹏 | 《解放军文艺》1979 年第 8 期 |
| 重量 | 韩　瀚 | 《清明》1979 年第 2 期 |
| 对一座大山的询问 | 边国政 | 《诗刊》1979 年第 12 期 |
| 请举起森林一般的手，制止！ | 熊召政 | 《长江文艺》1980 年第 1 期 |
| 给他 | 林　子 | 《诗刊》1980 年第 1 期 |
| 司乌祠漫想 | 毛　锜 | 《韩城文艺》1980 年第 2 期 |
| 祖国啊，我要燃烧夙愿 | 叶文福 | 《文汇增刊》1980 年第 3 期 |
| 北山恋 | 刘　章 | 《诗刊》1980 年第 4 期 |
| 答 | 高伐林 | 《诗刊》1980 年第 4 期 |
| 播种者 | 徐　刚 | 《人民文学》1980 年第 5 期 |
| 汗水 | 傅天琳 | 《星星》1980 年第 5 期 |
| 无名河 | 林　希 | 《诗刊》1980 年第 6 期 |
| 寻觅 | 朱　红 | 《诗刊》1980 年第 8 期 |
| 回乡纪事 | 肖　振 | 《诗刊》1980 年第 8 期 |
| 故园六咏 | 流沙河 | 《诗刊》1980 年第 9 期 |
| 假如我重活一次 | 未　央 | 《诗刊》1980 年第 9 期 |
| 我是青年 | 杨　牧 | 《新疆文学》1980 年第 10 期 |
| 干妈 | 叶延滨 | 《诗刊》1980 年第 10 期 |
| 雪白的墙 | 梁小斌 | 《诗刊》1980 年第 10 期 |
| 我爱 | 赵　恺 | 《诗刊》1980 年第 11 期 |
| 为高举的和不举的手臂歌唱 | 刘祖慈 | 《诗刊》1980 年第 11 期 |
| 在工业区拾到的抒情诗 | 雁　翼 | 《诗刊》1980 年第 12 期 |

## 中国作家协会第二届全国优秀新诗（诗集）奖获奖作品（1983—1984）

| 雪莲 | 艾　青 | 黑龙江人民出版社 |
|---|---|---|
| 复活的海 | 杨　牧 | 人民文学出版社 |

| 晓雪诗选 | 晓　雪（白族） | 四川民族出版社 |
| 温泉 | 牛　汉 | 上海文艺出版社 |
| 迟开的花 | 邵燕祥 | 北京十月文艺出版社 |
| 神山 | 周　涛 | 解放军文艺出版社 |
| 无名河 | 林　希 | 江苏人民出版社 |
| 邹荻帆抒情诗 | 邹荻帆 | 长江文艺出版社 |
| 现代化和我们自己 | 张学梦 | 江苏人民出版社 |
| 白玫瑰 | 李　钢 | 重庆出版社 |
| 老水手的歌 | 曾　卓 | 黑龙江人民出版社 |
| 春的笑容 | 李　瑛 | 文化艺术出版社 |
| 父母之河 | 雷抒雁 | 人民文学出版社 |
| 今情，往情 | 张志民 | 四川人民出版社 |
| 老去的是时间 | 陈敬容 | 黑龙江人民出版社 |
| 春风燕语 | 刘　征 | 陕西人民出版社 |

## 中国作家协会第三届全国优秀新诗（诗集）评奖获奖作品（1985—1986）

| 二重奏 | 叶延滨 | 花城出版社 |
| 另一只歌 | 绿　原 | 四川文艺出版社 |
| 初恋的歌 | 吉狄马加 | 四川民族出版社 |
| 红纱巾 | 李小雨 | 四川文艺出版社 |
| 无题抒憎诗 | 刘湛秋 | 重庆出版社 |
| 寻觅集 | 郑　敏 | 四川文艺出版社 |
| 北岛诗选 | 北　岛 | 新世纪出版社 |
| 地就是那个梅 | 梅绍静 | 作家出版社 |
| 雄性的太阳 | 叶文福 | 作家出版社 |
| 白鸽子，蓝星星 | 晓　桦 | 解放军文艺出版社 |

## 第一届鲁迅文学奖（1995—1996）全国优秀诗歌奖获奖作品

| 《生命是一片叶子》 | 李　瑛 |
| 《今天没有空难》 | 匡　满 |

《韩作荣自选集》　　　　　韩作荣

《在瞬间逗留》　　　　　　沈　苇

《鸟落民间》　　　　　　　张新泉

《狂雪》　　　　　　　　　王久辛

《寻觅光荣》　　　　　　　辛　茹

《拒绝末日》　　　　　　　李松涛

## 第二届鲁迅文学奖（1997—2000 年）全国优秀诗歌奖获奖作品

《羞涩》　　　　　　　　　杨晓民　　　　　长江文艺出版社

《曲有源白话诗选》　　　　曲有源　　　　　作家出版社

《地球是一只泪眼》　　　　朱增泉　　　　　解放军文艺出版社

《西川的诗》　　　　　　　西　川　　　　　人民文学出版社

《纯粹阳光》　　　　　　　曹宇翔　　　　　明天出版社

## 第三届鲁迅文学奖（2001—2003）全国优秀诗歌奖获奖作品

《野诗全集》　　　　　　　老　乡　　　　　敦煌文艺出版社　　2003 年 11 月

《郁葱抒情诗》　　　　　　郁　葱　　　　　河北教育出版社　　2003 年 9 月

《幻河》　　　　　　　　　马新朝　　　　　中原农民出版社　　2002 年 12 月

《幸存的一粟》　　　　　　成幼殊　　　　　山东画报出版社　　2003 年 1 月

《娜夜诗选》　　　　　　　娜　夜（满族）　甘肃文化出版社　　2003 年 8 月

## 第四届鲁迅文学奖（2004—2006 年）全国优秀诗歌奖获奖作品

《喊故乡》　　　　　　　　田　禾　　　　　人民文学出版社　　2006 年 9 月

《看见》　　　　　　　　　荣　荣　　　　　宁波出版社　　2005 年 9 月

《行吟长征路》　　　　　　黄亚洲　　　　　浙江文艺出版社　　2006 年 9 月

《大地葵花》　　　　　　　林　雪　　　　　春风文艺出版社　　2006 年 10 月

《只有大海苍茫如幕》　　　于　坚　　　　　长征出版社　　2006 年 11 月

## 第五届（2007—2009）鲁迅文学奖诗歌获奖作品

《烤蓝》　　　　　　　　　刘立云　　　　　解放军文艺出版社　　2009 年 11 月

| 《向往温暖》 | 车延高 | 人民文学出版社 | 2009 年 9 月 |
| 《李琦近作选》 | 李　琦 | 时代文艺出版社 | 2008 年 10 月 |
| 《柠檬叶子》 | 傅天琳 | 上海文艺出版社 | 2009 年 12 月 |
| 《云南记》 | 雷平阳 | 长江文艺出版社 | 2009 年 12 月 |

### 第六届（2010—2013）鲁迅文学奖诗歌奖获奖作品

| 《整理石头》 | 阎　安 | 太白文艺出版社 | 2013 年 3 月 |
| 《个人史》 | 大　解 | 长江文艺出版社 | 2013 年 12 月 |
| 《忧伤的黑麋鹿》 | 海　男 | 云南人民出版社 | 2013 年 12 月 |
| 《将进茶——周啸天诗词选》 | 周啸天 | 天地出版社 | 2012 年 3 月 |
| 《无限事》 | 李元胜 | 重庆大学出版社 | 2012 年 11 月 |